桂文我上方落語全集

第四巻

四代目
桂文我

Pan Rolling

ごあいさつ

　新型コロナの感染者数が日毎に低下してきた昨今、誰もが「このまま、終息してくれれば有難い」と思っているでしょうが、安全・安心な日々を迎えるには、かなりの時間を要すると思います。

　約二年間、寄席や落語会も大打撃を受け、公演中止や延期が重なり、壊滅状態の日々が続きましたが、昨今は会場の百パーセントの入場も許されるようになりました。

　しかし、これからも暫くの間、私の落語会は五十パーセントの入場者数のままにしようと思っているのは、油断は禁物ということと、お客様から「客席に隙間があると、荷物も置けるし、体格の良い方が前に座られても、高座が見やすい」という御意見をいただいたからです。

　大半の方が「このような時代が来るとは、夢にも思わなかった」と思っておられるでしょうが、私の場合、以前から危機感はありました。

　私が先を見ることが出来ると、自慢をしているのではありません。

　高校時代の恩師・廣田正俊先生が「社会に出たら、都会と田舎の二ヶ所に拠点を持っておけ。何方も壊滅状態になったら諦めるしかないけど、都会か田舎か、何方かは被害が少ないと思う。学生時代に習った学業は忘れても、これだけは覚えておくように！」と、語気を荒くして仰り、「そんなことが、あるはずがない」と、当時は高を括っていましたが、本当に廣田先生の仰る時代が来たのです。

現在、私は三重県松阪市の山間部に住んでおり、三重県のコロナの感染度は、他の県に比べて低かったことから、三重県内で続いている落語会は開催可能の場合が多く、また、他の県の落語会の主催者も「三重県の山の中に住んでるのなら、安心でしょう」と仰り、開催して下さることも多々ありました。

そして、コロナの感染が拡がる間、この全集を始めとし、絵本や紙芝居、また、怪談噺の録音などの仕事をこなし、演芸資料の整理も進めることが出来たのです。

アルバイトをしたり、ネット配信で投げ銭を集めるようなことをする必要が無かったことは、本当に幸せでした。

私は、どこの芸能事務所や組織にも所属をせず、独立独歩の活動をしているだけに、周りと歩調を合わせることが無かったことも、それなりに良かったと思っています。

『桂文我上方落語全集』も四巻目となり、今回も出来るだけ、目新しいネタを入れたつもりですし、ポピュラーな落語も細かく構成しました。

解説の和本の引用は、原文のままを掲載するのが本筋ですが、平仮名・カタ仮名ばかりでは読みにくいこともあり、漢字を加えたり、読みやすくしたことを御了承下さいませ。

この度、頭木弘樹氏に有難い一文を寄せていただきました。

頭木氏には『落語を聴いてみたけど面白くなかった人へ』（筑摩書房／ちくま文庫）という落語関係の名著があります。

以前、その本に一文を書かせていただくことになり、予め全文を読ませてもらったところ、大変驚きました。

このような角度から落語を検証した本は皆無であり、演芸研究家・落語作家として威張っている者が著した本とは、グレードが違っていたのです。

無論、個人的な好き嫌いはあるでしょうが、私が目を通してきた落語関係の本の中では、ピカ一の内容の本であることは保証しますので、御一読下さいませ。

『桂文我上方落語全集』は、各巻毎に表記の違いがあるかもしれませんが、ゴーストライターが書いた本ではなく、自らが書いた落語集であり、落語会の録音速記でもありません。

出来るだけ細かく仕上げたつもりですが、それでも落ち度はあるでしょう。

お気付きの点があれば、出版社や私に教えていただけると幸甚です。

この後も次々に纏めて参りますので、末永く、お付き合い下さいませ。

令和四年一月吉日　　四代目　桂文我

目次

時うどん

ときうどん

清「さア、此方《こっち》へ出といで。夜遅うまで遊んだよって、腹が減ってるやろ」
喜「最前から、ペコペコや」
清「向こうに、屋台のうどん屋が出てるわ。ほな、うどんを食べて帰ろか」
喜「わア、嬉しいなア。熱々のうどんを食べて、ゴロッと寝たら、極楽や」
清「それはそうと、銭は残ってるか?」
喜「仰山遣《つこ》たよって、そんなに残ってないわ。(袂《たもと》を探って)あア、八文出てきた」
清「昔から、うどんは二八の十六文や。八文やったら、半分しか無いわ。わしも仰山遣たよって、(袂を探って)七文しか無い」
喜「わしより、一文少ないわ。二人足しても、十五文。うどんを食べるには、一文足らん」
清「足らん分は、頭で食べよか」

喜「いや、口で食べる」
清「それは、わかってるわ。一文足らん分は、何《なん》とかしょう。八文を、此方《こっち》へ貸せ。わしが食べて、お前に半分渡すよって、黙って後ろで待っとけ。おい、うどん屋」
う「ヘェ、お越しやす」
清「二人で半分ずつ食べるよって、一杯だけ拵《こしら》えて。今晩は、えろう冷えるな」
う「ヘェ、寒さが骨身に染みますわ。（丼を渡して）さァ、お待ちどうさんで」
清「ほゥ、早い！　寒い晩は、早《はよ》う出してくれるだけでも御馳走や。（丼を持ち、出汁《だし》を吸って）ほゥ、鰹節を張り込んでる。出汁が美味《うま》いと言うて、天狗になったらあかん。うどんは、コシのあるのが一番や。（うどんを食べて）おォ、コシがある！　（右袖を払って）コラ、引っ張りな！　まだ、半分食べてないわ。（うどんを食べ、右袖を払って）コラ、引っ張りな！　うどん屋のオッさんが、お前の顔を見て笑《わろ》てるわ。（右袖を払って）コラ、引っ張りな！　そんなに、このうどんが食いたいか？　食いたけりゃ、（丼を渡して）食え！」
喜「食うわ、食うわ！　わしの方が、一文仰山出してる。おい、これが八文のうどんか？　出汁の中へ、うどんが三本浮いてるだけや」

清「うどんの代わりに、出汁を仰山渡してる」

喜「いや、出汁は要らん。袖を引っ張らなんだら、皆、食うつもりやったやろ。（うどんを食べて）終いの一本は、二つに切ろか。（うどんを食べて）残ったのは、出汁ばっかりや。（出汁を呑み干して）あァ、もう無いわ！」

清「食べたら、此方へ貸せ。あァ、美味かった。さァ、丼を返すわ」

う「お代わりは、どうです？」

清「いや、要らん。うどん代は、十六文か？　銭は細かいけど、構へんか？」

う「お釣りが要りますよって、細かい方が有難い」

清「ほな、払うわ。一つ、二つ、三つ、四つ、五つ、六つ、七つ、八つ。今、何刻《なんどき》や？」

う「確か、九つで」

清「十、十一、十二、十三、十四、十五、十六。おォ、御馳走さん。また、来るわ。（走って）早う、此方へ来い！」

喜「清《せえ》やん、一寸待って！　おい、食べた後で走るな。それでのうても、わしの腹の中は、うどんの出汁で、チャポンチャポンと言うてるわ。そやけど、清やんは嘘吐《つ》きや。『わしは、十五文しか持ってない』と言うて、ちゃんと十六文を持ってた」

清「横に居《お》っても、わからんか？　落ち着いて、考えてみい」

喜『一つ、二つ、三つ、四つ、五つ、六つ、七つ、八つ。何刻や？』『九つ』『十、十一、十二、十三、十四、十五、十六』。あァ、やっぱり持ってた！」
清「まだ、わからんか。もう一遍、よう考えてみい」
喜『一つ、二つ、三つ、四つ、五つ、六つ、七つ、八つ。何刻や？』『九つ』『十、十一、十二、十三、十四、十五、十六』。アレ、奇怪《おか》しい？　あァ、そうか。一文を誤魔化《ごまか》して、得をしてる。誤魔化す銭は一文でも、面白い！　明日の晩、やったろ」
清「いや、お前には出来ん。出汁が美味いとか、コシがあると言うて誉めて、うどん屋の機嫌が良うなった所で、トントントンと行くよって、誤魔化せる。息と間《ま》が肝心やよって、お前には出来ん」
喜「息と間が肝心やったら、清やんがやった通り、明日の晩、やってみるわ！」

次の日の晩、小銭を袂へ放り込んで、うどん屋を捜して歩いてる。

喜「夕べ、清やんがやった通りにしたらええわ。向こうに、屋台のうどん屋が居る。ほんまに、気の毒なうどん屋や。オォーイ、うどん屋！　オォーイ、うどん屋！」
ウ「向こうから、ケッタイな人が来た。ヘェ、お越しやす」

喜「さァ、熱いのを一杯拵えてくれるか。今晩は、えろう冷えるな」
ウ「いえ、温《ぬく》うございます。外へ出る商売やよって、喜んでますわ」
喜「温うても、夏より寒いがな」
ウ「それは、そうですわ。夏より暑い冬は、滅多にございません」
喜「そやよって、寒いと言うてるわ。おい、まだ出来んか？　最前から、ネギを刻んでるわ。まァ、ゆっくり拵えてくれ」
ウ「ヘェ、お待ちどうさんで。（丼を渡して）さァ、出来ました」
喜「（丼を持って）夕べ、清やんがやった通りにせなあかん。ほな、出汁から吸うわ。（出汁を吸って）わァ、辛《から》ァ！　いや、誉めなあかん。中々、良え出汁や。鰹節はともかく、醤油を張り込んでる。辛さで、ビリッと身体が引き締まった。出汁が辛いと言うて、天狗になったらあかん。コシのある、シコシコとした奴を頼むわ。（うどんを食べて）わァ、グニャグニャや！　いや、誉めなあかん。コシは無い方が、腹のこなれが良えわ。わしは、昨日まで病気で寝てた。（うどんを食べて）わァ、グニャグニャや！　（出汁を吸って）あァ、辛ァ！　（右袖を払って）コラ、引っ張りな！　まだ、半分食べてないわ」
ウ「一体、何を言うてなはる？　後ろに、誰も居りませんわ」

喜「いや、此方のことは放っといて！（うどんを食べて）わァ、グニャグニャや！（出汁を吸って）あァ、辛ァ！（右袖を払って）コラ、引っ張りな！うどん屋のオッさんが、お前の顔を見て笑てるわ」

ウ「いえ、笑てません！お宅は、熱でもあるのと違いますか？」

喜「いや、此方のことは放っといて！（うどんを食べて）わァ、グニャグニャや！（出汁を吸って）あァ、辛ァ！（右袖を払って）コラ、引っ張りな！そんなに、このうどんが食いたいか？食いたけりゃ、食え！食うわ、食うわ！」

ウ「良かったら、医者を呼びましょか？ひょっとしたら、苦しいのと違います？」

喜「いや、此方のことは放っといて！おい、これが八文のうどんか！」

ウ「いえ、十六文ですわ。何をしても宜しいけど、値は十六文！」

喜「それは、わかってるわ！出汁の中に、うどんが三本浮いてるだけや」

ウ「それは、あんたが食べたよって」

喜「いや、此方のことは放っといて！（うどんを食べて）一寸でも、グニャグニャや。ほな、二つに切ろか。この辛いダシを皆、呑むの？修行と思て、呑もか。（全て、出汁を吸って）丼を、其方《そっち》へやっといて。こんな物を食べてたら、病気になるわ」

ウ「ほんまに、気色の悪い人や。早う、此方へ貸しなはれ。ちゃんと、丼を洗《あろ》とこ」

喜「ここまでは夕べの通りやけど、昨日と違う所があるわ。夕べのうどん屋は、『お代わりは、どうです？』と聞いてくれた。今日のうどん屋は、向こうを向いて、丼を洗てる。コラ、お前は愛想が無いな。何で、『お代わり、どうです？』と聞かん？」

ウ「これは商売やよって、言わしてもらいます。お代わりは、どうです？」

喜「いや、要らん」

ウ「ほな、言わしなはんな！」

喜「わァ、昨日の通りや。うどん代は、十六文か？　ほな、一文ずつ払うわ。わァ、気の毒や」

ウ「一体、何が気の毒です？　余程、お宅の方が気の毒や」

喜「ほな、払うわ。一つ、二つ、三つ、四つ、五つ、六つ、七つ、八つ。今、何刻や？」

ウ「えェ、五つです」

喜「六つ、七つ、八つ！」

三文、損しよった。

解説「時うどん」

日露戦争以降、東京の噺家が上方の寄席に出演する機会が増えたことで、数多くの上方落語が東京落語へ移植されましたが、それに引き替え、東京落語が上方落語へ移植されたのが極めて少なかったのは、どういう訳でしょう？

さまざまな要素やギャグが放り込んである上方落語のアクを抜く作業の方が、東京落語へ上方流の肉付けをするよりも楽だったのかもしれませんが、何よりも三代目柳家小さんという名人が、上方落語のアクを抜き、洗練された東京落語に再構成する腕を持っていたことが大きな要因だと思います。

三代目小さんや、当時の東京の噺家には、上方落語は宝の山に見えたでしょうし、確固たる自信を持っていた上方の噺家は、粋に構成されていた東京落語に興味を示さなかったのかもしれません。

さまざまな理由は考えられますが、何にせよ、当時の上方の噺家は、三代目小さんの腕と人格を認め、ネタを譲ったことは間違いないでしょう。

ただし、東京落語の「時そば」は、上方落語の「時うどん」を、三代目小さんが移植したと言われていることについては、少し疑問符が付きます。

「時うどん」が収録されている第二次世界大戦以前の上方落語の速記本やSPレコードが見付からず、当時の演芸評でも見たことがない上、数多く刊行されている三代目小さんの速記本に収録されているのも見たことがありません。

もっとも、私の目が行き届いていないだけかもしれませんから、御存知の方は御教授くだされば幸甚です。

私の推測に過ぎませんが、江戸時代から江戸では「時そば」の構成で上演され、上方では独自に「時うどん」が演られていたとも考えられますし、「時そば」を「時うどん」に変化させたのかもしれません。

大胆な推測ですが、そのように思えるほど、当時、「時うどん」を上演したという形跡が残っていないのです。

昔の落語の解説書や、評論の間違いの孫引きや曾孫引きが、後々まで悪影響を与えている場合もあるだけに、「時うどん」が「時そば」になったということを鵜呑みにすることは出来ませんし、誰もSPレコードに吹き込んでいないことも不思議と言えましょう。

当時は面白い構成ではなかったとも考えられますし、「時うどん」や「時そば」の演者が少なかったのかもしれません。

原話は『軽口初笑／巻三』（享保十一年京都版）の「他人は食より」で、「お中間、お使いに出て、先棒で暇が入って、日は暮れる、腹は減る。鎌倉河岸で蕎麦切りを食い、『亭主、今のは幾らぞ』『六文でござる』。煙草入の底に、五文ならでなし。よもや負けはせまいと思案して、かの銭を一ツ二ツ三ツ。『亭主、何時ぞ』『四ツでござる』『四ツか。五ツ、六ツ』と数えてやった」。

また、『富久喜多留』(天明二年板)の「あま酒」、『坐笑産《ざしょうみやげ》』(安永二年板)の「あま酒」、『芳野山』(安永二年板)の「夜鷹蕎麦」などに似た噺が掲載されており、戦前の速記本では『落語・金馬集』(樋口隆文館、大正三年)に、二代目三遊亭金馬の速記で残っています。

LPレコード・カセットテープ・CDは、「時うどん」は二代目桂枝雀・笑福亭仁鶴、「時そば」は六代目春風亭柳橋・五代目柳家小さん・十代目柳家小三治などの各師の録音で発売されました。

ちなみに、現在では、蕎麦は東京、うどんは大阪というイメージがありますが、江戸時代は、そうでもなかったようです。

江戸時代初期の江戸の醤油は不味《まず》く、上方・尾張・三河から仕入れる醤油が上等だっただけに、蕎麦や鰻の文化は発展しにくかったのですが、現在の千葉県野田で醤油が醸造されるようになってから、江戸の味の快進撃が始まり、現在に繋《つな》がる江戸前の味覚が定着しました。

また、蕎麦は上方でも食べられており、現在の東京の蕎麦の名店・砂場の元祖は大坂だっただけに、現在のイメージと、江戸時代の事実に温度差があることは否めません。

しかし、上方落語の「時うどん」を、蕎麦で演っても不自然になると思いますし、「時そば」

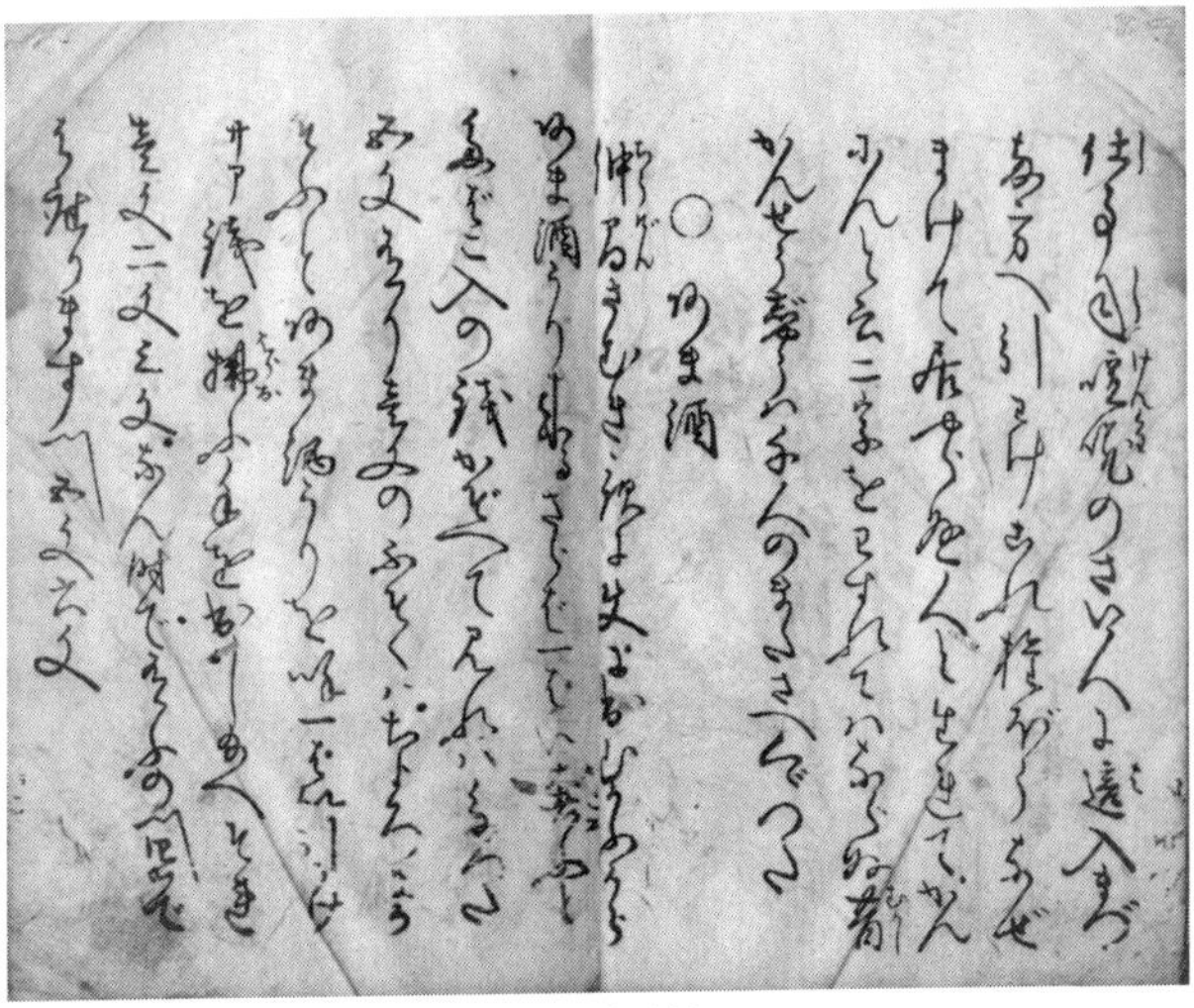

『富久喜多留』（天明２年板）、（外題換え改題本）。

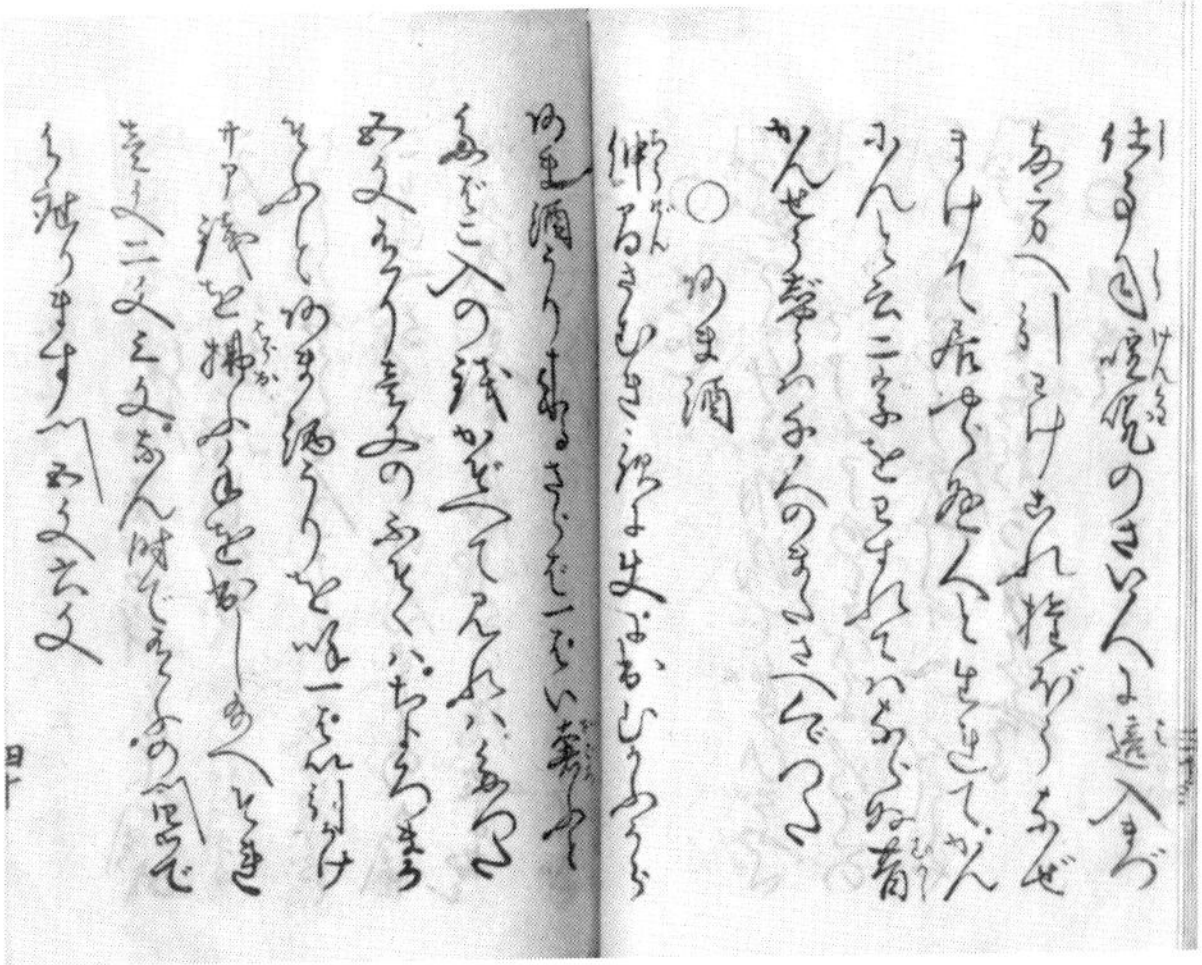

『坐笑産』（安永２年板）。

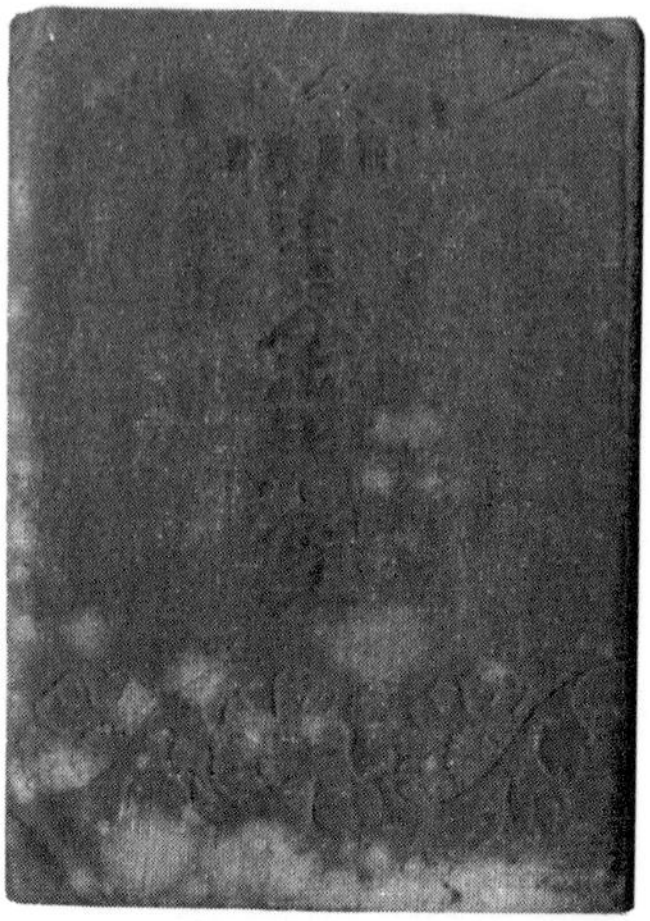

『落語・金馬集』（樋口隆文館、大正３年）の表紙と速記。

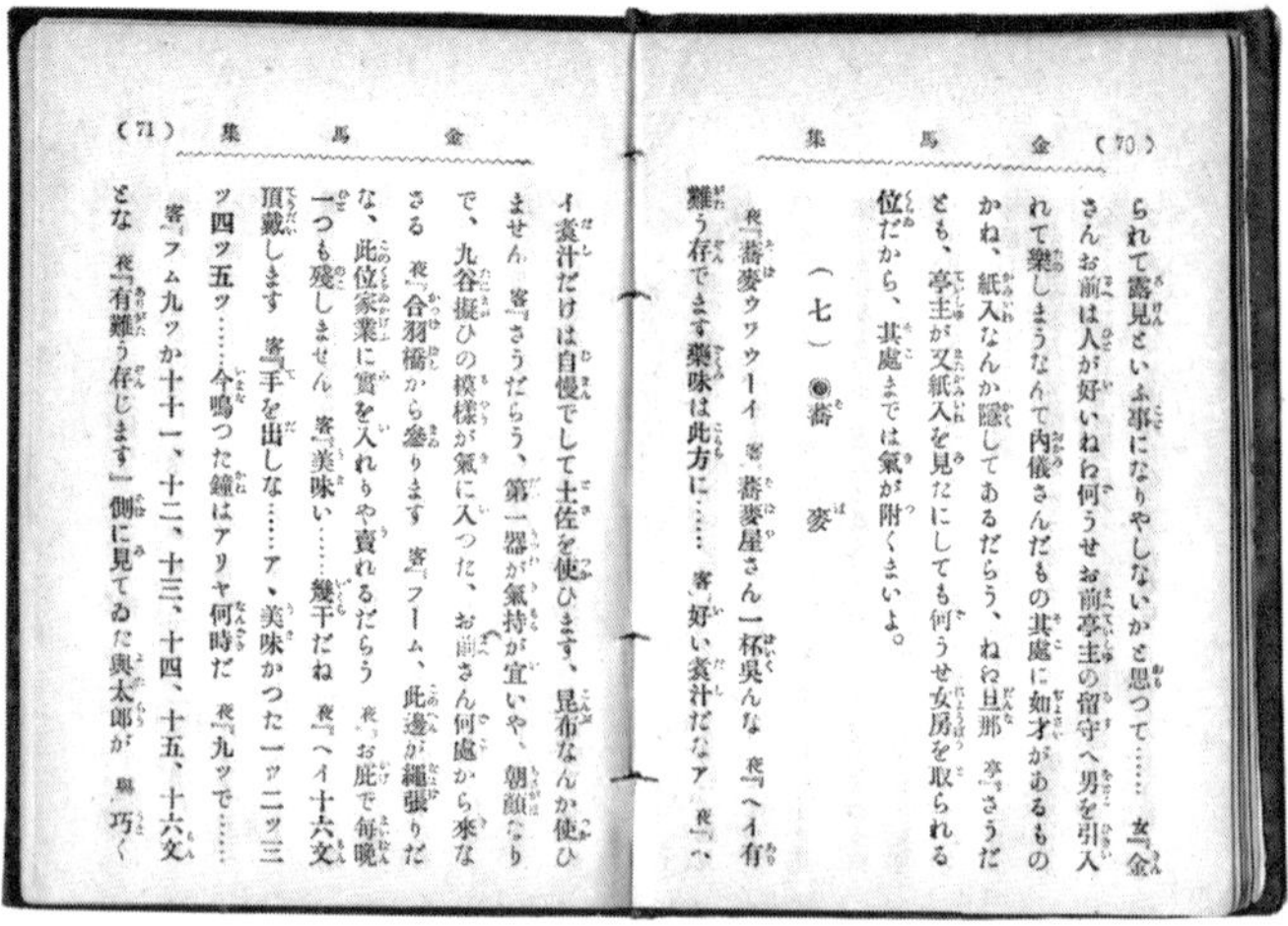

（70）　金馬集

られて露見といふ事になりやしないかと思つて……　女『金さんお前は人が好いね何うせお前亭主の留守へ男を引入れて樂しまうなんて内儀さんだもの其處に如才があるものかね、紙入なんか隱してあるだらう、ねえ旦那　亭『さうだとも、亭主が又紙入を見たにしても何うせ女房を取られる位だから、其處までは氣が附くまいよ。

（七）◉蕎麥

夜『蕎麥ウワーイ　客『蕎麥屋さん一杯呉んな　夜『ヘイ有難う存じます藥味は此方に……　客『好い羹汁だなア　夜『へ

（71）　金馬集

イ羹汁だけは自慢でして土佐を使ひます、昆布なんか使ひません　客『さうだらう、第一器が氣持が宜いや、朝顏なりで、九谷擬ひの模樣が氣に入つた、お前さん何處から來なさる　夜『合羽橋から參ります　客『フーム、此邊が繩張りだな、此位家業に實を入れりや賣れるだらう　夜『お庇で毎晩一つも殘しません　客『美味い……幾干だね　夜『ヘイ十六文頂戴します　客『手を出しな……ア、美味かつた一ッ二ッ三ッ四ッ五ッ……今鳴つた鐘はアリヤ何時だ　夜『九ッで……　客『フム九ッか十十一、十二、十三、十四、十五、十六文とな　夜『有難う存じます』側に見てゐた與太郎が　與『巧くを、うどんに直すと、粋な雰囲気が無くなるように思います。

上方落語と東京落語の違いを語る時、「時うどん」と「時そば」の構成や演出を検証することが、一番わかりやすいと言えるでしょう。

もう少し肝心なことを付け加えると、このネタは時と銭がポイントになっています。

江戸時代は、二時間を一刻・一つとして、午前零時を九つと定め、八つから四つまで数え、午後十二時が九つに戻り、再度、四つまで進みました。

「時うどん」で、うどんを二人で食べた時刻は、九つの午前零時であり、後日、間違えた時刻の五つは、午後八時となります。

もっとも、当時は不定時制なので、令和の今日のように、秒単位で正確な時刻を表す訳ではなく、九つは午前零時頃、五つは午後八時頃になりましょう。

「時うどん」を演じる時、うどんを啜《すす》る音を見せ場にする場合も多いのですが、「かぜうどん」（※東京落語の「うどんや」）のように、丼一杯分のうどんを美味《おい》しそうな音をさせて食べる訳ではないので、そこそこ上手に音を出せればよいと思います。

残り半分を食べる男が、最後の一本のうどんを食べる前に、「あと一本やよって、二つに切ろ」という台詞《せりふ》は、アマチュアの方が入れていたギャグを使わせてもらいました。

とにかく、雰囲気が重くならず、軽快で、爽やかに演じることを心掛けながら、全国で開催される落語会や独演会で上演している次第です。

お貞の話

おていのはなし

大阪平野町の医者・清庵《せえあん》の伜《せがれ》・清三郎は、今年十九で、背が高く、色白で男前だけに、近所の女子が放っとかん。

清三郎が来ると、着物の胸許を合わせたり、裾《すそ》を直したりするが、清三郎が女子に見向きもせんのは、父親の友達・竹《ちく》庵の娘・お貞と、幼い頃から夫婦になる約束が出来てる。

お貞は、花も恥じらう年頃までは達者でありながら、「満つれば欠くるは、世の習い」で、労咳《ろうがい》という胸の病いを患うて、手遅れという塩梅。

両親が悲しんでると、余命幾何《いくばく》も無いのを知らせることになるだけに、難しい。

内「お貞ちゃん、目が覚めたか？　起こさんように、寝顔を見てた。今日は風が無いよって、風鈴が一寸も鳴らん。良かったら、西瓜でも切ろか？」

貞「食べたい物は、何もありません。今、夢を見てました」
内「どんな夢か、聞かしとおくれ」
貞「清さんが枕許へ座って、『早う良うなって、嫁に来て』と仰いました。『まァ、清さん！』と言うて、目が覚めたら、お母はんの顔があったよって、ガッカリして」
内「コレ、阿呆なことを言いなはんな！」
貞「夢と思たら、情け無《の》うなって」

昔の娘のいじらしさで、母親に「どうしても、清さんに会いたい」とは言えず、辛抱をして、涙ぐむ。

内「もし、あんさん！」
旦「コレ、お貞の容態でも変わったか？　ほゥ、なるほど。淋しがるのも、無理は無い。ほな、手紙を届けさせるわ。（手紙を書いて）コレ、久助。この手紙を、清さんへ届けとおくれ。『早々に、お越しが願いたい』と言うて、お連れするように」
久「へェ、行ってきます。（表へ出て）わァ、暑い！　カンカン照りで、頭の天辺《てっぺん》から焦げてくるわ。お嬢さんに良うなってもらわなんだら、お家は暗闇や。八つの齢《とし》から御当家に奉公して、お嬢さんと一緒に大きゅうしてもろた。芝居を見る時も、『久助、随いといで』。お腹が空いたら、『久助、食べるか？』。『何で、人の気を見るのが上手やろ？』と思たら、『見立てが上手《うま》いはず、医者の娘でございます』と、落噺《おとしばなし》は上手に出来てる。それに、清さんも良え御方や。いつやったか、裏庭の掃除をしてて、離れを見たら、お嬢さんが花を活けて、それを清さんが見てはった。お似合いやよって、『ヨッ、御両人！』と声を掛けたら、お嬢さんが『まァ、久助の阿呆！』やなんて。あァ、あの時は艶《いろ》っぽかった。（笑って）わッはッはッは！」

清「ケッタイな声を出してるのは、久助と違うか？」

久「あァ、清さん。この手紙を読んで、ウチへ来とおくなはれ」

清「あァ、御苦労さん。（手紙を読んで）早速、今から行かしてもらう！」

久「ほな、お供をします。（店へ帰って）へェ、清さんをお連れしました」

清「誠に、御無沙汰を致しております。仕事に追われて、日が経ってしまいまして」

父「他人行儀な挨拶は抜きで、お貞の部屋へ通っとおくれ」

清「ほな、そう致します。（お貞の部屋へ行って）お貞ちゃん、どんな塩梅や？　暑いよって、身体に気を付けて。病いが治ったら、祝言を上げるわ」

貞「もう、あきません」

清「気の弱いことを言わんと。達者になったら、いつでも祝言は上げられる」
貞「自分の身体は、自分が一番わかります。皆に大事にしてもろて、思い残すことはございませんけど、たった一つの心残りは、清さんと夫婦になれんことで。この身は滅んだ後、魂だけでも、清さんと祝言を上げたい。もし、私が良うなかった時」
清「コレ、縁起の悪いことを言うたらあかん！」
貞「どうぞ、終いまで聞いとおくれやす。私が良うなかった時、妹のお篠と一緒になって下さいませ。お篠も、清さんのことを好いてるようで。他の御方と清さんが夫婦になるのは辛抱が出来ませんけど、お篠やったら諦めます」
清「一々、気の弱いことを言わんように！　お貞ちゃん、どうした？　誰か、来とおくれやす！」

自分の思いを伝えると、気が緩んだか、お貞は息を引き取ってしまう。

涙と共に、通夜から葬式、四十九日・百カ日が過ぎて、今日は一周忌。

法要が済んだ後、竹庵が清三郎に、お篠のことを切り出すと、清三郎も承知をして、黄《こう》道吉日《どうきちにち》を選んで、祝言となる。

親戚縁者が集まって、三三九度の盃が済んで、後は呑めや唄えの無礼講。

盃事が済んで、清三郎とお篠は別間へ移る。

お篠は床入り前の身繕いのため、鏡台の前へ座って、化粧をし始めた。
清三郎は布団の上で肘枕をしながら、鏡に映るお篠の姿に見惚れてると、清三郎の耳許で、「清さん！」という女子の声がする。
暫《しばら》くすると、また、「清さん！」という声。

清「お篠ちゃん、何か言わなんだか？」
篠「いえ、何も。清さん、何か？」
清「いや、何でもない。やっぱり、空耳か」

清三郎が鏡台を見ると、鏡に映るお篠の顔が、お貞に変わる。

清「あッ、お貞ちゃん！〔ハメモノ／ドロドロ。大太鼓で演奏〕遺言通り、お篠ちゃんと祝言を上げた。床入りという時に出てくるとは、どういう訳や？」
貞「清さん、お篠と床入り前に聞いていただきたいことがございます。この世で清さんと添えず、あの世へ旅立つことを口惜しゅう思いますけど、お篠の身を借りて、夫婦になりに参りました。これで思い残すことは、（思い切ったように、顔を上げて）ございません。どうぞ、お篠を幸せにしてやって下さいませ！」

お篠の傍へ駆け寄ろうとすると、金縛りに遭《お》うたが如く、身体が動かん。

お篠を見ると、目を見開いて、身じろぎもせず、円《つぶ》らな瞳から、真珠のような涙が零《こぼ》れ落ちる。

鏡へ映るお貞の顔が、見る見る内に、お篠に変わって、その場へ倒れてしまう。

清「（お篠を抱き、揺すって）コレ、お篠ちゃん！」
篠「（気が付いて）ハッ！　お化粧をしておりましたら、目の前が真っ暗になって、雲の上を飛んでるような気持ちになりました。気が付くと、倒れておりまして」
清「あんたの顔が、お貞ちゃんに変わった。鏡の中から、お貞ちゃんが涙を零して、『どうぞ、お篠を幸せにしてやって下さいませ。これで、思い残すことは無い』と言うて」
篠「お姉ちゃん、おおきに。私のことを、そこまで思てくれはるやなんて」
清「あんたは良え姉さんを、私は良え許嫁《いいなづけ》を持ったということや」
篠「鏡の中の顔が、お姉ちゃんに変わるやなんて、そんなことがありますやろか？」
清「いや、不思議やない。これも、鏡台（※姉妹）のなせる業《わざ》や」

解説「お貞の話」

先代（三代目桂文我）は、若手時代、桂文紅師との二人会「文々の会」を続けたぐらいで、生涯を通して、独演会や二人会を催すことは少なかったと言えますが、「京の茶漬」「くやみ」「青菜」などは絶品で、「胴乱の幸助」「千両みかん」のような大ネタも上演し、「死ぬなら今」「覗《のぞ》き医者」「湯文字誉め」という珍品も高座に掛け、寄席や落語会に彩りを加えていました。

人情噺は「子は鎹《かすがい》」を何度か上演したぐらいでしたが、小泉八雲の作品を改作した「お貞の話」は、怪談に上方人情を加え、味わい深い一席に仕上げており、飄々と上演する高座が忘れられません。

昭和五十六年、二代目桂枝雀の内弟子を卒業し、京阪神で催されている落語会で、先輩方の着物を畳んだり、お囃子の手伝いをするようになった頃、大阪京橋のダイエーで催されていた島之内寄席で、先代の「お貞の話」を聞きました。

アッサリした口調でありながら、何とも言えない風情が漂い、完全に観客の心をつかんでいたと思います。

ズボラで、酒呑みのイメージが強かった先代が、なぜ、「お貞の話」を手掛けるようになったのでしょうか？

また、原作を離れ、緻密な構成でまとめた時の作成のプロセスが聞けなかったことは、今となれば残念ですが、その当時、付き合いのあった作家・演芸研究家・噺家仲間のアイデアを加えながら、名作文学の落語版が出来たようにも思います。

初演は昭和三十五年頃だったそうで、「それは、私の生まれた年ぐらいです」と言うと、「そのことは、ネタと関係ないわ」と、笑いながら仰いました。

悲しみの中に、幸せな光が射すという原作を、ここまで改作し、見事な一席物に仕上げた腕前には、並の落語作家では適わない演出力や構成力が感じられます。

良い機会ですから、明治三十七年、アメリカで刊行された、ラフカディオ・ハーン（小泉八雲）の『怪談』に収録されている「ザ・ストーリー・オブ・おてい」を直訳し、まとめた物を紹介しておきましょう。

＊＊＊＊＊

昔、越前国新潟の医者の息子で、親の跡を継ぐために勉学に励んでいた長尾は、幼い頃から、お貞という少女と婚約をしていました。

お貞は父親の友人の娘で、長尾の勉学が済んだ後、婚礼の式を挙げることになっていましたが、お貞は身体が弱く、十五才の時、結核に冒されます。

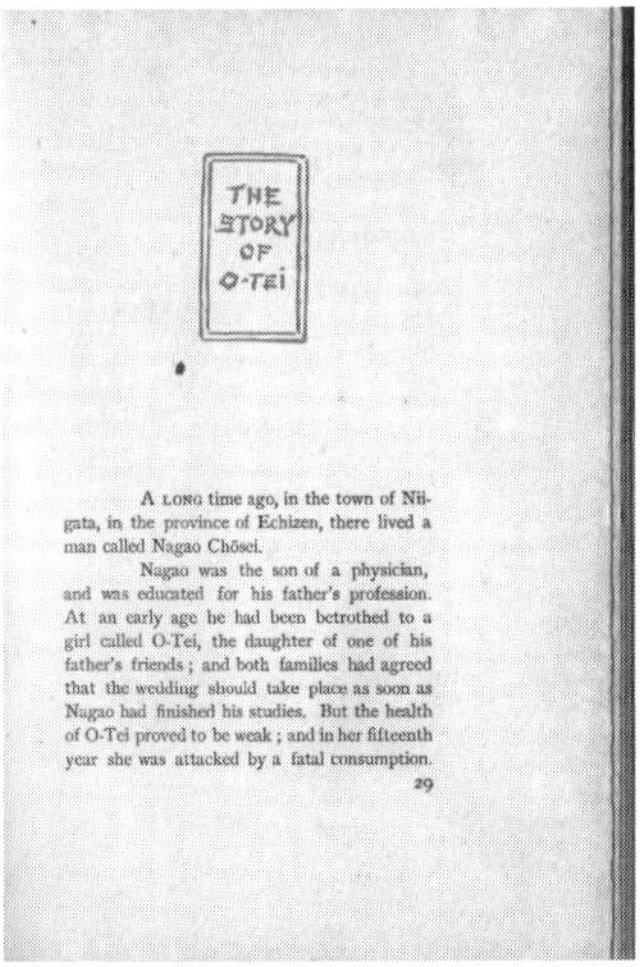
THE STORY OF O-TEI

A LONG time ago, in the town of Niigata, in the province of Echizen, there lived a man called Nagao Chōsei.

Nagao was the son of a physician, and was educated for his father's profession. At an early age he had been betrothed to a girl called O-Tei, the daughter of one of his father's friends; and both families had agreed that the wedding should take place as soon as Nagao had finished his studies. But the health of O-Tei proved to be weak; and in her fifteenth year she was attacked by a fatal consumption.

29

Lafcadio Hearn（小泉八雲）, "KWAIDAN（怪談）" The Story of OTEI（お貞の話）, 1904.

お貞は自分の死期を悟り、別れを告げるために、長尾を呼びました。

貞「幼い頃からの約束で、年末に式を挙げることになっていましたが、私は長くはありません。私達にとって、どうすることが良いかは、神様が御存知です。もう少し生き延びられたとしても、周りの方々に面倒を掛け、悲しみを与え続けることしか出来ません。このひ弱な身体では、あなたの良い妻にもなれないでしょう。あなたのために、私が生きたいと願うことすら、とても身勝手な願いなので、諦めています。どうぞ、悲しまないでください。また、お目に懸かれる時があると思っています」

長「また、会えるに違いないし、そこで

は辛《つら》い別れも無いはずです」
貞「いいえ、あの世で会うのではありません。この世での再会が、きっとあると信じています。そう言っても、私は明日、土に埋められてしまいますが……」
長尾は驚き、お貞を見て、お貞は長尾の驚いた顔を微笑んで見ながら、優しい、夢心地のような声で続けました。
貞「あなたが望まれるのであれば、この世でです。唯、そうするためには、私は改めて、女の子として生まれ、女性に成長しなければなりませんし、あなたは待たなければなりません。十五、十六年の長い年月になりますが、あなたは、まだ十九才です」
お貞の最期を静かに見送ろうと、長尾は優しく答えました。
長「七才の時から誓い合った仲だから、喜んで待ちましょう。唯、顔形や名前が違う人に生まれ変わったら、何か合図をくれないと、あなたのことがわからないでしょう」
貞「神様か仏様しか、どのように、どこで会えるかは御存知がありません。唯、あなたが望んでくださる限り、必ず、帰って参ります。どうぞ、覚えておいてくださいませ」

お貞は話すのを止め、目を閉じると、静かに息を引き取りました。

長尾は悲しみが深かったので、俗名を彫った位牌を仏壇に置き、毎日、お供えをしたのです。

お貞が亡くなる直前に言った奇妙なことに思いを寄せ、お貞の魂を喜ばせることが出来ればと思い、「お貞が別人の身体になって、私の前に現れた時には結婚する」という誓約書を書き、印を捺《お》し、封をし、仏壇の位牌の傍に置きました。

しかし、長尾は一人息子だったので、嫁を取らねばならず、家族の希望に従い、父が選んだ人を嫁に迎えたのです。

その後も、お貞の位牌にお供えをし、お貞のことは片時も忘れることはありませんでしたが、お貞の姿形の記憶はおぼろげとなり、思い出すことが難しくなりました。

月日は流れ、その間に両親・妻・子どもが亡くなるという、長尾には数多くの不幸な出来事が起こり、一人ぼっちになります。

長尾は家を捨て、悲しみを忘れるために長い旅に出て、旅の途中、温泉で有名な山の中の風光明媚な町・伊香保に着きました。

泊まった宿屋で給仕をしに来た若い娘を見て、あまりにもお貞に似ていたので、「まさか、夢ではないか」と頬をつねり、今までに感じたことが無いほど、心臓が躍ったのです。

その娘が食事を用意したり、寝間を整えたりするために出入りする時、物腰や動作が、若い頃、将来を約束したお貞の優美な思い出として蘇ってきました。
早速、その娘に話し掛けると、柔らかく、ハッキリした声で答えましたが、その甘さが当時の悲しさと共に、長尾を悲しくさせたのです。

長「あなたは、私が知っている娘に、よく似ています。あなたが部屋に入ってきた時、とても驚きました。不躾《ぶしつけ》ながら、あなたの生まれ故郷と名前を教えてくれませんか？」

その娘は、お貞そっくりの、忘れられない声で、直ぐに答えました。

貞「私の名前は、お貞です。あなたは私の許嫁で、越後の長尾さんですね。十七年前、私は新潟で死にました。あなたは、この世に私が別の女の姿で戻って来た時、私と結婚すると誓約書を書き、印を捺し、封をし、仏壇に置かれた、私の名前を彫った位牌の隣りに置きましたね。だから、私は戻ってきました」

そう言うと、その娘は気を失い、倒れてしまいました。
その後、その娘と長尾は結婚し、幸せに暮らしましたが、伊香保で長尾の問いに答えたことも、それ以前の記憶も思い出すことは無くなったと言います。

伊香保で出会った瞬間に、奇妙に燃え上がった、生まれる前の記憶は、再び、曖昧になり、わからないままで残りました。

＊　＊　＊　＊　＊

平成二十年三月十二日、大阪梅田太融寺で開催した「第四三回・桂文我上方落語選（大阪編）」で初演し、それ以降、何度も上演しましたが、その度、ネタのイメージが変化しました。

最初の頃は、細かいギャグも入れていましたが、この落語の世界に突飛な笑いは要らないと思うようになり、今は淡々と噺の世界を拡げるように務めています。

オチを言い終わった後、客席に温かい笑いと、ホッとしたような雰囲気が拡がるのが、このネタの値打ちでしょう。

今後も先代の雰囲気を残しながら、人情味の濃い上方創作落語として、後世に伝えて行きたいと思っています。

小泉八雲記念館（島根県松江市）の年譜の要約ですが、小泉八雲の紹介もしておきましょう。

パトリック・ラフカディオ・ハーンは、嘉永三年、ギリシャ西部のレフカダ島に生まれ、二歳でアイルランドに移り、イギリスとフランスでカトリックの教育を受けた後、アメリカでジャーナリストになります。

ルイジアナ州ニューオーリンズ、カリブ海のマルティニーク島で執筆活動を続けた後、英訳『古事記』の影響で、明治二十三年に来日し、島根県尋常中学校に英語教師として赴任。その後、熊本第五高等中学校・神戸クロニクル社・帝国大学文科大学講師・早稲田大学と移ります。

明治二十九年、松江士族の娘・小泉セツと正式に結婚し、日本に帰化し、三男一女に恵まれ、翻訳・紀行文・再話文学を中心に、約三〇の著作を残しましたが、明治三十七年、心臓発作で、五十四年の生涯を閉じました。

世界各地を転々とした経験を栄養とし、日本の怪談を著すことに腐心した小泉八雲ですが、その功績の蔭には、国際結婚をした妻・セツの存在が大きかったようです。

東京時代、セツが行商人などから奇談を集めたり、古本屋で怪談本を購入して語った話をハーンが記録し、傑作『怪談』をまとめました。

ハーンの晩年、セツが怪談を話す時、「本を見る、いけません。あなたの言葉、あなたの考え」と言ったそうですから、口承の躍動感と値打ちを重視していたのでしょう。

それだけに日本最古の口承文学書・歴史書である『古事記』を重んじ、自らの日本名・八雲も、『古事記』に出てくる「八雲立つ　出雲八重垣　妻籠みに　八重垣作る　その八重垣を」という歌から採りました。

今後、小泉八雲の『怪談』も題材にし、落語に仕上げて行きたいと考えています。

木挽茶屋

こびきぢゃや

彦「コレ、定吉。浜の納屋へ行って、木挽《こびき》の熊五郎を呼んできなはれ」
定「へェ。(納屋へ来て) 熊はん、旦さんが呼んではる」
熊「あァ、直に行くわ。(旦那の前へ来て) 旦さん、何か御用で?」
彦「いつも、御苦労さん。仕事は、どんな塩梅じゃ?」
熊「栂《とが》の芯去《しんさ》りと、檜の上柾《じょうまさ》を出してもらいましたよって、三日ぐらい仕事があります」
彦「物も相談じゃが、今日は仕事を休んで、お茶屋へ随いて行って下さらんか?」
熊「ウチは、嬶《かか》と小伜と両親の五人家内。八十銭の稼ぎを持って帰らなんだら、皆が干物になるよって、堪忍《かんにん》してもらいます」
彦「熊はんから、割前は取らん。お茶屋へ随いて行って下さったら、二円の日当を出す」
熊「お茶屋へお供をして、二円の日当をいただけますか? 喜んで、行って下さる!」

彦「コレ、ケッタイな物言いをしなはんな。ところで、お茶屋は行ったことがあるか？」
熊「いえ、一遍もございません。行ったことが無かったら、具合が悪いと仰る？」
彦「いや、知らん方が宜しい。あんたを呉服屋の熊旦那にして、お茶屋で芸妓《げいこ》や舞妓を煙《けむ》に巻きたい。ところで、旦那と言われたことがあるか？」
熊「それやったら、一遍だけございます。春の彼岸に、天王寺へお参りした時、道端で乞食に銭をやりましたら、『有難うございます、旦那様』と言われました」
彦「そんな値打ちの無い旦那やのうて、芸妓や舞妓が『熊旦、熊旦』と言うてくれるわ」
熊「それは、けしからん！　大の男を掴《つか》まえて、『つまらん、つまらん』とは」
彦「つまらんやのうて、熊旦じゃ。しゃべると、木挽がバレる。何を聞かれても、『アァ、アァ！』と言いなはれ。正体がバレんように、今から稽古をしょうか」
熊「何やら、恥ずかしゅうございますな。(弱々しい声を出して)アァ、アァ」
彦「コレ、何と頼り無い声じゃ。しっかり、『アァ、アァ！』と言いなはれ」
熊「(高い声を出して)アァーッ！　アァーッ！」
彦「それやったら、烏じゃ。高い声で引っ張らんと、低い声で、短《みじこ》う言いなはれ」
熊「(溜め息まじりの声を出して)アァ、アァ。(咳《せ》き込んで)ゴホ、ゴホ！」
彦「まるで、病人じゃ。そんな声やのうて、『アァ、アァ！』と言いなはれ」

熊「（泣いて）アァーッ！」

彦「泣かんと、もっと楽に言いなはれ」

熊「アァ、アァ！」

彦「おォ、上手になった」

熊「『アァ、アァ！』が上手になっても、世間では何の役にも立ちません」

彦「一々、ボヤきなはんな。わしのことは旦那と呼ばんと、彦兵衛と言うとおくれ。いつも芸妓衆は、わしのことを『彦旦《ひこだん》、彦旦』と呼んでくれるよって」

熊「失礼な芸妓は、ドツきなはれ！　旦さんを、『ひょこたん、ひょこたん』やなんて」

彦「ひょこたんやのうて、彦旦じゃ。ほな、『コレ、彦兵衛』と言う稽古もしょうか」

熊「お顔を見てると言いにくいよって、向こうを向いとおくれやす。ほな、言いますわ。コレ、彦兵衛！　（頭を下げて）誠に、相すまんことで」

彦「一々、謝らんでも宜しい。木挽の恰好《かっこう》では具合が悪いよって、着物を脱ぎなはれ」

熊「旦さんも、お人が悪い。二円の代わりに、着物を抵当に取るやなんて」

彦「そんな着物を、誰が欲しがる。黒い褌《ふんどし》は、木挽の褌か？　その上から、襦袢《じゅばん》と着物を着て、帯を締めなはれ。羽織の上から、帯を締めなはんな」

熊「あァ、邪魔臭い！　帯の間から、羽織は引き抜く！」

彦「無茶をしたら、帯が緩むわ」
熊「ほな、上から手拭いを巻いて、楔《くさび》を打ち込む」
彦「何じゃ、木挽仕事のように言うてる。そんなことをしたら、帯が破れるわ」
熊「旦那の帯やよって、構わん」
彦「コレ、何を言うのじゃ。ほゥ、立派な旦那になったわ」
熊「良え恰好《かっこう》をして、『アァ、アァ！』で、日当が二円。これからは木挽を止めて、これを仕事にさしていただきます」
彦「一々、阿呆なことを言いなはんな。これは、今日だけの趣向じゃ」
熊「今日は旦那やよって、偉そうにさしてもらいます。行こか、彦兵衛！」
彦「コレ、今から偉そうに言いなはんな」
八「(店へ入って）えェ、御免！　旦さん、八百八でございます」
彦「おォ、八っつぁん。さァ、此方へ入りなはれ。今から、お茶屋へ行く所じゃ」
八「こんな明るい内から、お茶屋へお越しになる？　わァ、羨ましいことで」
彦「八っつぁん、この旦那を知ってるか？」
八「へェ、此方の旦那？　あッ、木挽の熊！」
熊「(高い声を出して）アァ、アァ！」

八「コラ、何を吐《ぬ》かしてけつかる。日向へ干した草履のように、そっくり返りやがって」
熊「八百屋風情が、口を利ける身分か。わしは呉服屋の熊旦那やよって、下に居ろう！」
八「一々、大層に言うな。もし、旦さん。一体、どうなってます？　木挽の熊はんを呉服屋の旦那に仕立てて、お茶屋で芸妓や舞妓を煙に巻く？　ほゥ、面白い！　今朝、嬶と喧嘩をして、ムカついてます。ほな、私も連れて行ってもらえませんか？」
彦「段々、面白なってきた。ほな、薬屋の八旦那にする。芸妓や舞妓が『もし、八旦那』と呼んだら、『アァ、アァ！』と言いなはれ」
八「ほゥ、面白い返事ですな。（高い声を出して）アァ、アァ！」
彦「あァ、熊はんより上手じゃ。日当は出せんが、持ってきた青物を買うわ。さァ、家内が出した着物に着替えなはれ」
八「こんな結構な着物を頂戴しまして、有難うございます」
彦「いや、やるとは言うてない。今日だけ、貸すのじゃ」
八「あァ、借りるだけで？　（溜め息を吐いて）ハァ！」
彦「コレ、溜め息を吐きなはんな。仕度が出来たら、ボチボチ出掛けよか」
和「南無阿弥陀仏、南無阿弥陀仏。はい、御免！」
彦「これは、お住持。お寺へ行く暇が無《の》うて、申し訳無いことで」

和「いえ、何を仰る。近所からのもらい火で、本堂が焼けました。心を傷めておりました時、此方様より過分な気遣いを賜りましたよって、お礼に参りました」
彦「前のようには参りませんが、お堂は前の八分目の大きさで寄進を致します」
和「おォ、誠に有難いことで。ところで、何方《どちら》かへお越しになるような塩梅」
彦「今から、お茶屋へ参ります。木挽の熊はんを呉服屋の熊旦那、八百屋の八っつぁんを薬屋の八旦那に仕立てて、お茶屋の芸妓や舞妓を煙に巻こうという趣向で」
和「斯様《かよう》なことを申しますと、堕落僧のように思われますが、散財は愉快と聞いております。どんなことをなさるか、火事に遭《お》うた気晴らしに、拝見をする訳には参りませんか？」
彦「ほゥ、面白い！　ほな、医者の井上先生になってもらいます。芸妓や舞妓が『もし、井上先生』と申しましたら、『はい、はい』と仰っていただきたい」
和「『もし、井上先生』と呼ばれたら、(馬方の調子で言って)はい、はい！」
彦「それやったら、馬方ですわ。コレ、お住持の着物を出しなはれ。着物は羽二重《はぶたえ》で、帯は献上が良かろう。お住持の着替えが出来ましたら、お茶屋へ参りますよって」
四人が表へ出て、やって来たのが、九郎右衛門町《くろえもんちょう》。

売女《ばいじょ》・浮かれ女《め》、三味線を弾いて、舞いつ踊りつ、そのまた賑やかなこと。〔ハメモノ／絶えずや。三味線・〆太鼓・篠笛・当たり鉦で演奏〕

彦「皆、ここで待ってもらいたい。直に、お茶屋から迎えを寄越します。（お茶屋へ入って）えェ、御免！」

女「彦旦那、お越しやす」

彦「お連れしたのは、呉服屋の熊旦那・薬屋の八旦那・医者の井上先生と、大事な御方ばっかりじゃ。そこの辻で待ってなさるよって、迎えに行ってきてくれるか」

鶴「へェ、承知を致しました」

八「おい、熊はん。一体、どこへ行ってた？　いつ、お茶屋から迎えに来るかわからん」

熊「そこの焼芋屋で、焼芋を三つ買《こ》うてきた。坊さんは芋を食い飽きてるし、八っつぁんは商売柄、芋は見とうもないやろ。大きな芋を輪切りにして、砂鍋《ほうろく》へ入れて、塩を振って、ポッと焼いたら美味い。皆が要らなんだら、一人で食べるわ。（芋を食べて）あァ、美味い！　芋は、塊で食べるのが一番！」

鶴「そこに居られますのは、呉服屋の熊旦那で？」

熊「（芋を喉に詰まらせ、目を白黒させて）アアァーッ！」

鶴「一体、どうなさいました?」

八「この御方は、ひきつけを起こす質《たち》や。直に治るよって、御安心を」

鶴「まァ、ビックリしました。薬屋の八旦那は、お宅様で?」

八「(高い声を出して)アァ、アァ!」

鶴「ほな、お医者の井上先生は?」

和「はい、愚僧。(咳をして)コホン! いや、拙《せつ》でございます。はい、はい!」

鶴「ほな、御案内を致します。(お茶屋へ戻って)彦旦那、お三人さんがお越しで」

彦「熊旦は涙を零して、どうしなさった?」

熊「腹が減ったよって、焼芋を買うて食べてたら、このド阿呆が大きな声で!」

彦「(制して)チャイ! 今日は、熊旦じゃ」

熊「あァ、そうか。(高い声を出して)アァ、アァ!」

彦「薬屋の八旦も、此方へ」

八「(高い声を出して)アァ、アァ!」

彦「さァ、医者の井上先生も、此方へ。お三人が御酒を召し上がる間、三味線や太鼓で賑やかにしてもらいたい。さァ、三味線を弾いた、弾いた!」〔ハメモノ/負けない節。三味線・〆太鼓・大太鼓・篠笛・当たり鉦で演奏〕

一座が大騒ぎの間、熊五郎は呑みよった、食べよった。

熊「今日は『アァ、アァ！』と言うてたら、二円になる。この鰻は美味いよって、ウチに持って帰ったろ。手拭いを拡げて、包んで。八っつぁん、あんたの寿司ももらうわ」

手「もし、お美喜さん。呉服屋の熊旦那が、お寿司を手拭いへ包んで、懐へ入れてはる」

美「ケッタイな塩梅で、どの踊りを踊っても、木を切ったり、鉋《かんな》で削ったりするような振りばっかり。薬屋の八旦那の踊りは、重たい物を担《かた》げる振りばっかりや」

手「最前は踊りながら、『南瓜・白菜・里芋！』と言うてはった」

鶴「お医者の井上先生は、何を唄《うと》ても、胸の前で数珠《じゅず》を揉《も》むような恰好をしはる。お腹の底から声を出して、お経のような節廻しになるわ。もし、熊旦那」

熊「(高い声を出して）アァ、アァ！」

手「旦さんは、呉服屋さんでございましたな。次に来はる時、着物の裏に付ける、紅色の絹。宜しかったら、緋絹《もみ》の布《きれ》を持ってきてもらえませんか？」

熊「(酔って）何ッ、樅《もみ》の木切れが欲しい？　木切れやったら、樅より木曾檜の方が良え。オガ屑も仰山あるよって、俵で持ってきたろ。あんたの家は、どこや？」

手「まァ、嫌！　お宅は、木挽さんですやろ？」
熊「(高い声を出して) アァ、アァ！」
手「コレ、ケッタイな声を出しなはんな。もし、彦旦那。この方は、木挽さんですわ」
彦「あァ、バレたか。ほんまに、仕方の無い男じゃ」
手「薬屋の八旦那は、薬屋さんで？」
八「(高い声を出して) アァ、アァ！」
手「母親が病気やよって、人参を十円分、持ってきてもらえませんか？」
八「(酔って) 何ッ、人参を十円？　ほゥ、馬を飼《こ》うてるか。人参やったら、大八車で運んだろ。良かったら、大根も付けたろか？」
手「まァ、人参を大八車で運ぶやなんて。この人は、八百屋さんや」
彦「次々、バレるわ」
手「井上先生は、お医者やそうで？」
和「はい、はい」
手「胸からお腹に掛けて、ムカムカします。胴が焼けて、仕方がございません」
和「何ッ、堂が焼けた？　コレ、彦兵衛。この御方にも、寄進が願いたい」

解説「木挽茶屋」

三重県松阪市の山間部で生まれ育った私は、同年代の都会育ちの者では見られなかった物や、出来なかった体験が、数多くありました。

家の中には竈《かまど》があり、薪で火を焚き、釜で御飯を炊いたり、湯を沸かしたり。箒《ほうき》やチリ払いで掃除をし、風呂は五右衛門風呂で、釜の湯に下水板《げすいた》を沈めて、しゃがみながら入浴をするという、現代の若者では想像が出来ないような暮らしをしていました。

近所は大半が農業ですが、大工・ブリキ職人・左官と、建設業に携わる職業の家もあったのです。

幼い頃、大工の卯一郎さんが褌一丁で、木を伐《き》ったり、鉋掛けをする様子を見ていた時、大きな材木を持ち込み、細かく伐り分けている方が、「木挽さん」と呼ばれていたのを鮮明に覚えています。

木挽は樹木を伐採することを言いますが、材木を大鋸《おが》で挽き割り、角材や板に製材する職業の者も指し、大鋸挽《ひ》きとも言いました。

木挽の歴史は古く、八世紀の奈良時代から、国と寺社が建築物の造営や、修理用の木材を確保することを目的に樹木を植える山の杣《そま》として、山林を指定し、木を伐り出す杣工と共に、大木を製材する木挽が現れたと言います。

江戸時代初期、江戸城造営に際し、現在の東京都中央区銀座一丁目から八丁目までの、三十間堀川と築地川の間の地区に、木挽達を居住させたことが、現在の木挽町の由来となりました。

明治時代以降、機械による製材が行われ始めましたが、手作業で製材をすることや、その作業者は、引き続き、木挽と呼んだそうです。

上方落語の「木挽茶屋」は、戦前に刊行された上方落語の速記本では、『傑作揃落語全集』（榎本書店・進文堂、大正十四年）、『名人揃傑作落語全集』（贅六堂出版部、大正十年）、『続落語全集』（大文館書店、昭和七年）などに数多く掲載されていますが、いつの間にか、誰も演らなくなりました。

原話は『露新軽口はなし・巻三の二』（元禄十一年京都版）の「八百屋島原かよひ」が一番古く、「さる八百屋、島原へさいさい通ひける。女郎中すは、『あの人は八百屋じゃが、此所へさいさい見へるが、さらば、嬲《なぶ》って見ん』とて、『もうし、お前様は、町は何方《どちら》にて候ぞ』『我等は、二条室町辺にて御座る』『御商売は、何屋にて御ざんす』『我等は、木薬屋でござる』『さいはいでござんす。大人参は、如何程仕るぞ』『されば、おほ人参は、たばによる』と言はれた」。

また、次に古い原話は、『大きに御世話』（安永九年江戸版）の「大工」で、「大工、女郎買に行き、床になれば、女郎も暫《しばら》くあって来《きた》り、凭《もた》れ掛かって、『モシエ。主は、どこだへ』『本

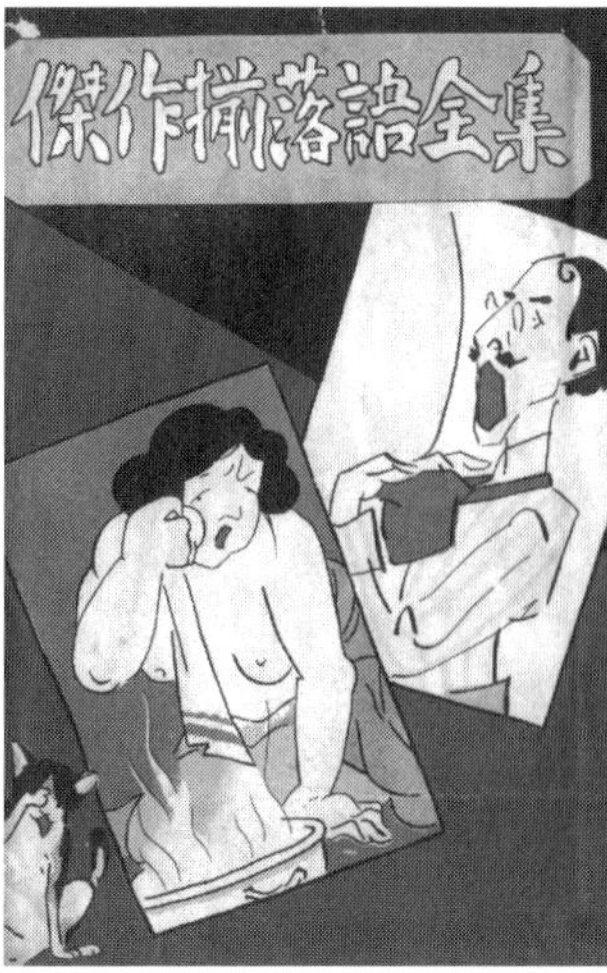

『傑作揃落語全集』（榎本書店・進文堂、大正14年）の表紙と速記。

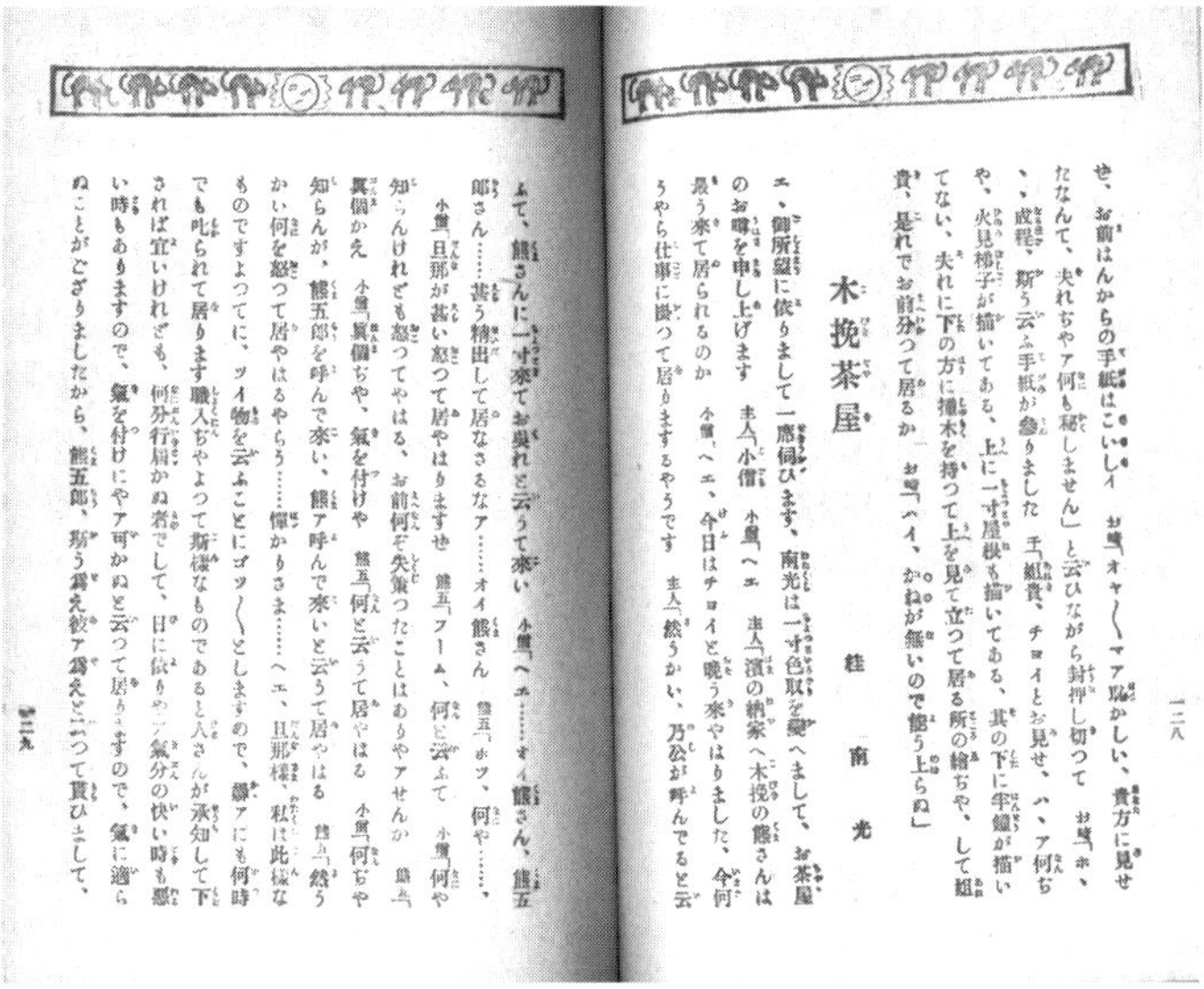

一二八

せ、お前はんからの手紙はこいしイ　お鶴「オヤ〳〵マア恥かしい、貴方に見せたなんて、夫れぢやア何も秘しません」と云ひながら封押し切つて　お鶴「ホ、、、成程、斯う云ふ手紙が参りました　千「紺貫、チョイとお見せ、ハ、ア何ぢや、火見梯子が描いてある、上に一寸屋根も描いてある、其の下に半鐘が描いてない、夫れに下の方に撞木を持つて上を見て立つて居る所の絵ぢや、して紺貫、是れでお前分つて居るか　お鶴「ヘイ、かねが無いので鐘う上らぬ」

木挽茶屋　　桂　南光

エ、御所望に依りまして一席伺ひます、南光は一寸色取を変へまして、お茶屋のお噂を申し上げます　主人「小僧　小僧「ヘエ　主人「濱の納家へ木挽の熊さんは最う来て居られるのか　小僧「ヘエ、今日はチョイと晩う来やはりました、今何うやら仕事に掛つて居りまするやうです　主人「然うかい、乃公が呼んでると云ふて、熊さんに一寸来てお呉れと云うて来い　小僧「ヘエ……オイ熊さん、熊五郎さん……甚う精出して居なさるなア……オイ熊さん　熊五「ホツ、何や……、小僧「旦那が甚い怒つて居やはりますせ　熊五「フーム、何と云ふて　小僧「何や知らんけれども怒つてやはる、お前何ぞ失策つたことはありやアせんか　熊五「真個かえ　小僧「真個ぢや、気を付けや　熊五「何と云うて居やはる　小僧「何ぢや知らんが、熊五郎を呼んで来い、熊ア呼んで来いと云うて居やはる　熊五「然うかい何を怒つて居やはるやらう……憚かりさま……ヘエ、旦那様、私は此様なものですよつてに、ツイ物を云ふことにゴツ〳〵としますので、誰アにも何時でも叱られて居ります職人ぢやよつて斯様なものであると人さんが承知して下されば宜いけれども、何分行届かぬ者でして、日に依りやア気分の快い時も悪い時もありますので、気を付けにやア可かぬと云つて居りますので、気に適らぬことがござりましたから、熊五郎、斯う為え彼ア為えと云つて貰ひまして、

一二九

町だ』『ぬしの商売はへ』『俺か。俺は、アノ呉服やさ』『ハァ、そんなら今度来なんす時、もみの切を二三尺持ってきておくれなんし』『何ッ、もみの切れ。なんにしやる。えェ、棚でも吊るのか』」。

平成十五年十二月六日、大阪梅田太融寺で開催した「第三〇回・桂文我上方落語選（大阪編）」で初演すると、思いの外、ウケも良く、全国各地の落語会や独演会の高座に掛けることが出来ました。

このネタには、登場人物の色合いの違いを演じ分ける楽しみが多く、噺全体に色気があるだけに、長年、上演者が居なかったのが、本当に不思議です。

大阪の商いの中心地だった船場にも、昔は材木問屋があり、「材木丁稚」というネタまであったことから考えると、木挽を見る機会も多かったのでしょう。

戦後、町中で木挽を見ることも少なくなり、お茶屋遊びもしなくなっただけに、このようなネタが置いてけぼりになるのは、仕方がないのかもしれません。

しかし、それらをマクラで説明するのではなく、さりげなく、ネタの中に仕込み、自然な状態で、お客様にタイムスリップしていただくのが、落語の大きな魅力とも言えましょう。

ちなみに、お茶屋を舞台にした落語は、誰かを別人に化けさせ、座敷遊びをするというネタが多く、令和の今日でも上演されている「けんげしゃ茶屋」や、珍品「馬子茶屋」も、それにあたります。

借家怪談
しゃくやかいだん

昔、貸家の札は、外からは「人」、中からは「入」という字に見えるように、二枚が歪《いが》めて貼ってあって、「人が入る」という意味が込められてたそうで。

一「一寸、お尋ねします。お隣りの空家を借りとうございますけど、お家主は何方《どちら》で？」
源「家主は、安治川《あじがわ》三丁目。遠い所に住んでるよって、わしが差配を引き受けてるわ」
一「あァ、さよか。お隣りの間取りは、どんな塩梅で？」
源「ウチと同じ間取りで、家の中へ入ると、三畳の間。奥が四畳半で、押入れがある。入った所が土間で、右手が走り元になってるわ」
一「中々、使い勝手は宜しいな。敷金は、何ぼで？」
源「家主は慈善家で、借家人から敷金を取るのは気の毒と言うて、敷金は取らん」

一「私のような貧乏人には、有難い話ですわ。ほな、家賃は如何程《いかほど》で？」
源「一ト月が、十八円」
一「えッ、十八円！　敷金が要らんのは結構ですけど、家賃が十八円は高い」
源「十八円を払うのは高《たこ》ても、家主が十八円を呉れたら、安いと思わんか？」
一「そんな家が、世の中にありますす？　そんな都合の良え家やったら、宿替えをしてきますわ」
源「コレ、一寸待った！　隣りの空家へ人が住むと、一ト月はおろか、十日どころか、三日と続かん。怖《お》じ気付《けづ》いて、直に出て行くわ」
一「ほゥ、何か訳がありますか？」
源「まァ、お掛け。ボチボチ、話をするわ。隣りの空家の裏に、塀がある」
一「ヘェ」
源「その向こうにも、塀がある」
一「ヘェ」
源「つまり、塀が二つある」
一「ヘェヘェ」
源「コレ、何を言うてる。塀の向こうが、ヅクネン寺という寺の墓場。日が暮れると、夜になる。夜中の十二時・一時・二時になると、世間はシィーン。どこで鳴るやら遠寺《えんじ》の鐘が、陰《いん》に籠《こ》もって物凄く、ボォーン！」
一「私は怖がりやよって、もっと派手に言うとおくれやす」
源「家が、メリメリッと鳴る。縁側を濡れ草鞋を履いて歩くような音が、ジタジタジタッ」
一「(震えて) 一寸、お家へ上げてもらいます」
源「どうぞ、お上がり。誰が開けるともなく、縁側の障子が、スゥーッと開く。血腥《ちなまぐさ》い風が吹き込んで、ボォーッと青い陰火が灯る。火の玉が、コロコロコロッ。寝てる者の胸を、グッと掴む。目が覚めると、顔は真っ青。髪をおどろに振り乱した血みどろの女子が、寝てる者の顔を恨めしそうに眺めて、(一の顔を撫でて) ヘッヘッヘッヘッヘッ！」
一「(表へ飛び出して) ワァーッ！」
源「門口の手水鉢《ちょうずばち》を引っ繰り返して、出て行った」
喜「おい、源やん」
源「あァ、喜ィ公か。まァ、此方へ入り」
喜「話を聞いてたけど、隣りの空家へ化物が出るというのは、ほんまか？」
源「コレ、お前も騙されてる。心配せんでも、何も出んわ。長屋で一軒空いてたら、邪魔な物は放り込める。雨の時は、洗濯物を乾かせるわ。便利やよって、誰かが入ったら困る。空家を借りに来たら、わしの所へ寄越せ。怪談話をして、帰してしまうよって」
喜「ほな、頼むわ。アレ、莨《たばこ》入れと煙管《きせる》が置いてある」
源「どうやら、今の男が忘れて行ったような。怖がって取りに来んと思うよって、お前にやるわ。ほな、また来てくれ。あァ、楽しみが増えたわ」
弥「(大声を出して)オゥ！　オゥ！　オゥ！」
源「オットセイのような奴が入ってきたけど、誰方《どなた》？」
弥「隣りの家に、貸家札が貼ってある。ヌシイエは、どこに居る？」
源「ヌシイエというのは、何？」
弥「家主を引っ繰り返して、ヌシイエじゃ」
源「コレ、引っ繰り返しなはんな。家主は遠い所に住んでて、わしが差配をしてる」
弥「ほな、お前に聞く。キンシキは、何ぼじゃ？」
源「また、わからんことを言う。キンシキとは、何？」
弥「敷金を引っ繰り返して、キンシキや！」
源「あァ、ややこしい。隣りの空家に、敷金は要らんわ」
弥「何ッ、敷金が要らん？　ほゥ、有難い。チンヤは、何ぼじゃ？」
源「チンヤとは、家賃のことで？」

弥「大分、慣れてきたな。チンヤは、何ぼじゃ？」
源「ヘェ、十八円」
弥「こんな薄汚い長屋で、十八円も取る？　不人情なことをさらしたら、良え死に方をせんわ。生意気なことを吐かしたら、向こう脛《ずね》を叩き折ると、家主に言うとけ！」
源「一々、大きな声を出しなはんな。家主へ十八円を払うのは腹が立つけど、家主が十八円を呉れたら、嬉しいと思わんか？」
弥「何ッ、呉れる？　おい、わしは起きてるか？」
源「あァ、ちゃんと起きてる。お目々も、パッチリで」
弥「嘗《な》めてたら、張り倒すで！　そんな家やったら、直に宿替えをしてくるわ」
源「いや、一寸待った！　その前に、話をしたいことがある」
弥「まだ、何か呉れるか？」
源「ほんまに、厚かましい人や。隣りの空家を借りるのはええけど、借りた人は十日どころか、三日と住んでない」
弥「ほゥ、何でじゃ？」
源「これには、訳がある。一体、何やと思う？」
弥「おォ、幽霊でも出るか？　ほな、宿替えの支度をしてくるわ」

源「コレ、一寸待った！　お宅は、幽霊や化物が怖いことは無いか？」
弥「生きてる者の方が、余程怖いわ。借金は取りに来るし、ドスを持って入ってくる」
源「一々、物騒なことを言いなはんな。そやけど、その幽霊の怖さは半端やない。ボチボチ、話をする。まァ、お掛け」
弥「座ってもええけど、茶や菓子は出るか？」
源「いや、ウチは茶店やない。これから、ボチボチ話をする」
弥「コラ、早うせえ！　今から、宿替えの段取りで忙しいわ」
源「まァ、お掛け」
弥「コラ、もう掛けてるわ！　お前は、目も見えんのか？」
源「目どころか、頭がクラクラしてきた。（声を低くして）実は、隣りの空家の」
弥「もう一寸、陽気な声を出せ！　一体、何や？」
源「隣りの空家の裏に、塀がある」
弥「へェ？」
源「その向こうに、塀がある」
弥「へェ？」
源「つまり、塀が二つある」

弥「ヘェヘェと、洒落《しゃれ》を吐かすつもりか！　しょうもない洒落で笑うと思たら、承知せんで。さァ、話の続きをせえ！」
源「塀の向こうは、ズクネン寺という寺の墓場」
弥「ほゥ、墓は好きじゃ。静かで良えし、涼しいわ」
源「宵の内は、何とも無い。日が暮れると、夜になる」
弥「おォ、当たり前じゃ！　日が暮れたら夜で、夜が明けたら朝と決まってるわ！」
源「夜中も、十二時・一時・二時になる」
弥「わかったことばっかり吐かすと、張り倒すで！　十二時・一時・二時になるのは、当たり前じゃ。二時・一時・十二時になったら、難儀なことになるわ！」
源「二時になると、世間がシィーンとする」
弥「あァ、それも当たり前じゃ。喧《やかま》しかったら、寝られんわ。さァ、話の続きをせえ！」
源「どこで鳴るやら遠寺の鐘が、陰に籠もって物凄く」
弥「ほゥ、ボォーンと鳴るやろ」
源「お宅は、怖いことは無いか？」
弥「何時か、わかってええ。寺の鐘はボォーン、太鼓はドォーン。仏壇のリンは、チィーンじゃ。それから、どうした！」

源「メリメリッと、家が鳴り出す」
弥「どうやら、普請に手を抜いたな。それから、どうした!」
源「いや、もう止めるわ」
弥「コラ、何を吐かしてけつかる。こんな面白い話を、途中で止めるな。さァ、早う言え!」
源「濡れ草鞋を履いて歩くような音が、ジタジタジタッ」
弥「ほゥ、ド狸か? 狸汁にして、食てしまえ。それから、どうした!」
源「縁側の障子が、スゥーッと開く」
弥「おォ、便利で良えわ。一々、戸を開けんでもええ。勝手に開いたら、有難い。それから、どうした!」
源「血腥い風が、スゥーッと吹き込んで」
弥「あァ、近所に魚屋があるやろ。それから、どうした!」
源「青い陰火が、ボォーッ。火の玉が、コロコロコロッ!」
弥「ほゥ、幾つや?」
源「ヘエ、一つ」
弥「ケチなことを言わんと、三つは欲しいわ。一つはランプの代わりにして、一つは火鉢へ入れたら、いつも鉄瓶の湯が沸いてるし、もう一つは炬燵《こたつ》へ入れるわ」
源「まるで、炭団《たどん》や。寝てる者の胸を、グッと抑える」
弥「ほゥ、按摩《あんま》もしてくれるか？　胸だけやのうて、腰から背中まで、じっくり押さえてくれ。それから、どうした！」
源「目が覚めると、顔色は青ざめて、髪をおどろに振り乱した、血みどろの女子が、寝てる者の顔を恨めしそうに眺めて、（弥太公の顔を撫でて）ヘッヘッヘッヘ！」
弥「（源兵衛の手を払って）コラ、顔を触るな！　わしは幽霊が好きやよって、夜だけ顔を合わすのは洒落てる。女子の幽霊やったら、腕枕をして寝たるわ。早速、今日から借りる。家主に、家賃が滞らんように言うとけ。一遍でも滞ったら、家へ油を掛けて、火を点けるわ。ほな、宿替えの段取りをしてくる！」
源「もし、一寸待った！　あの口振りでは、ほんまに宿替えをしてくるわ」
喜「おい、源やん。今度は、何を忘れて行った？」
源「忘れて行く所か、何を言うても堪《こた》えん。終いに、『女子の幽霊やったら、腕枕をして寝たる』と言うた。『早速、今日から借りる』と言うて、出て行ったよって、直に宿替えをしてくるわ。出て行く時、『家賃が滞ったら、家へ油を掛けて、火を点ける』と言うてた。莨を喫《す》うて、これからのことを考えるわ。あッ、莨入れと煙管が無い！　あァ、最前の男が持って帰りやがった」
喜「何と、えげつない奴や。これから、どうする?」
源「長屋中で家賃を集めて、毎月渡すしかないわ。家主にも、十八円を払《はろ》て」
喜「おい、嫌や! ウチの家賃も払い兼ねてるのに、余所《よそ》の分が出せるかいな」
源「ほな、一計を案じるしか無いわ」
喜「一体、何をする?」
源「最前の男が宿替えをしてきたら、片付けをして、風呂へ行くと思う。化物も怖がらん男やよって、表の鍵も掛けんと出て行くわ。風呂へ行ったら、ソォーッと家の中へ入って、カンテキに鉄瓶を掛けて、火を起こせ。鉄瓶とカンテキを、針金で括り付ける。風呂から帰ってきて、『何で、鉄瓶の湯が沸いてる?』と、首を傾げるわ。鉄瓶を手に取ると、カンテキが一緒に上がってくるよって、ドキッとする。ランプの灯を点けようと、マッチを探す。棚の上のマッチを飯粒で引っ付けといたら、取ろうとしても取れん。飯粒を畳の上へ撒いとくと、暗がりで畳の上を歩く度に、足の裏が畳へ吸い付くような気がするよって、震え上がるわ」
八「ほゥ、なるほど」
源「近所へ頼んで、鉦をカンカンと鳴らして、念仏を唱えてもらうわ。お前と一緒に押入れへ隠れて、皿や茶碗を乗せた膳の足へ紐を括って、押入れへ引き込む。近所の念仏に合わせて、お前が仏壇のリンを持って、チンチンチンと鳴らせ。唸りが足らなんだら、口の中で『モンモンモンモン！』と言え。あの男がビックリした所で、紐を引っ張る。膳が、ガラガッチャンガッチャン！　これだけのことをしたら、肝を潰して、表へ飛び出すわ」

八「(笑って)　わッはッはッは！　ほゥ、面白い！」

源「天窓の紐へ、一升徳利を括り付ける。あの男が逃げ出す時、徳利で頭を打つ。暗がりだけに、化物の堅《かと》うて冷たい手で、ドツかれたと思うわ」

八「家へ入る時、徳利がブラ下がってるのが、バレるのと違うか？」

源「暗がりへ入る時は、俯いて入るよって、頭は打たん。逃げる時は夢中で、真っ直ぐに走って出るよって、ゴツンと頭を打つに決まってるわ」

八「あァ、なるほど！　ほな、やろか」

しょうもない相談は、直に纏《まと》まる。

こんな計略があるとは知らんヤクザ者の弥太公は、大八車へ荷物を積んで、日が暮れに宿替えをしてきた。

荷物を片付けて、表の鍵も掛けんと、ポイッと風呂へ行ってしまう。

「さァ、待ってました！」と、二人が隣りへ入ると、カンテキと鉄瓶を針金で括って、カンテキに火を起こす。

膳へ茶碗や皿を乗せて、足を紐で括った。

それを押入れへ引き込んで、仏壇のリンを持って、押入れへ入ると、息を顰《ひそ》める。

そんなことを知らん弥太公は、気楽に風呂から帰ってきた。

弥「あァ、サッパリした！　一杯呑んで、ゴロッと寝よか。（屈《かが》み、家へ入って）家の中は真っ暗やよって、ランプへ灯を点けよか。カンテキに火が起こって、鉄瓶の湯が沸いてる。風呂へ行く前に、火を起こした覚えは無いわ。（鉄瓶を持って）あァ、重たい。鉄瓶が、カンテキと一緒に上がってくる。マッチは棚の上へ置いてたけど、棚へ引っ付いてるし、畳へ足が吸い付く。人前では偉そうに言うてるけど、ほんまは怖がりや。夜中、便所へ行く時、十五の齢まで、お婆《ば》ンに随いて行ってもろてた。あァ、怖い！（泣いて）アァーン、お婆ン！」
源「（吹き出して）プッ！　あの男は、怖がりや。『お婆ン！』と言うて、泣き出したわ。さァ、追い打ちを掛けよか。膳の紐を引っ張るよって、リンを叩いて、『モンモンモンモン！』と言え。ほな、行くわ。（紐を引っ張って）さア、えい！」

膳が、ガラガラガッチャーン！
リンが、チィーン！
押入れの中で、モンモンモンモンモン！
弥太公が、「お婆ン、助けてくれ！」と言うなり、血相を変えて、表へ飛び出す。
徳利で、頭をゴォーン！
後ろへ下がると、揺り返してきた徳利で、頭の後ろを、ゴォーン！
頭を二つも、ドツかれた。
外へ飛んで出ると、路地の真ん中で、腰を抜かす。
そこへ来たのが、兄貴分・脳天の熊五郎という男。

熊「ヘタばってるのは、弥太公か。腰を抜かして、どうした？」
弥「出た、出た！　わア、化物！」
熊「コラ、そんな阿呆なことを言うな。お前が宿替えをしたと聞いたよって、呑みに来た。あア、何という態《ざま》じゃ。今時、化物が出るか！」

弥「家の中が真っ暗で、カンテキと鉄瓶が引っ付いて、マッチが取れん。足が畳へ吸い付くと、チンモンモンモンモン！　ガラガラガッチャーン！　冷とうて、堅い手で頭を二つ、ゴォーン！」
熊「お前の言うてることは、サッパリわからん！　さァ、家へ入れ！」
弥「兄貴から、お入り」
熊「お前は、ほんまに怖がりや。(家へ入って)一体、どうなってる？」
弥「あァ、カンテキと鉄瓶が引っ付いてる」
熊「おい、弥太公。鉄瓶とカンテキが、針金で括ってあるわ」
弥「ほな、化物が括った」
熊「コラ、そんな阿呆なことがあるか。どうやら、誰かが括ったような」
弥「マッチが、棚へ引っ付いてる」
熊「(マッチ箱を外し、裏を見て)飯粒で、棚へ引っ付けてある」
弥「化物も、飯を食べるか？」
熊「一々、しょうもないことを吐かすな。コラ、しっかりせえ！」
弥「わァ、足が畳へ吸い付く」
熊「飯粒が、畳の上へ撒いてあるわ」

弥「表へ飛び出す時、冷とうて、堅い手で、頭を二つ殴られた」
熊「天窓の紐へ、一升徳利が吊るしてあるわ。膳の足へ紐が結んであって、押入れへ引き込んでる。（押入れを開けて）押入れの中に入ってるのは、誰じゃ！」
八「（リンを叩いて）チィーン！　モンモンモンモン！」
熊「コラ、何を吐かす。さァ、出てこい！　こいつらが、お前を驚かしてたわ」
弥「わしは化物が束になって掛かってきても、恐れん男じゃ！」
熊「コラ、嘘を吐け！　最前、ガタガタと震えて、腰を抜かしてたわ。この落とし前は、どう付ける？　ド頭《たま》をカチ割るか、腰骨を叩き折ろか！　人を怖がらせるのやったら、もっと機転の利く、幽霊にピッタリの奴が化けたらどうや？」
源「わしらは、幽霊にピッタリと思た」
熊「この期《ご》に及んで、開き直ってけつかる。お前らの、どこが幽霊にピッタリや？」
源「わしらの暮らしを見たら、わかるわ。いつも迷て、浮かばれん」

解説「借家怪談」

『桂文我上方落語全集／第三巻』の「饅頭怖い」の解説で、「怖い」を「こええ」と言う東京の噺家が居ると述べましたが、それと同じことが上方の噺家にも言えます。例を挙げると、「質屋蔵」は「ひっちゃぐら」、「浮世根問」が「うっきょねどい」、「借家怪談」を「しゃっきゃかいだん」と言う場合が多いと言えましょう。

東京落語の滑稽噺の七割ぐらいが、上方からの移植と言えますが、「借家怪談」の場合は逆だったという意見が、以前からありました。

江戸時代、戯作者・櫛職人・象牙細工・一中節の三味線弾きなどで多才振りを発揮した瀧亭鯉丈が著した『滑稽和合人』（文政六年）で、友達が留守の家に上がり込み、仏壇のリンが鳴るいたずらをする話が原話とされています。

東京落語は「お化け長屋」という演題で、現在も演者が多く、寄席や落語会でも頻繁《ひんぱん》に上演されていますが、上方落語では演じる者が少なくなりました。

上方落語独特の面白さはありますが、スッキリとした東京落語の「お化け長屋」の方に軍配が上がったことで、「借家怪談」の上演者が減ったのかもしれません。

昨今、「お化け長屋」「借家怪談」は、オチまで演じることは稀になりました。

私は元来のオチを変え、後半も短く切り上げています。

従来の構成を、手短に紹介しておきましょう。

＊　＊　＊　＊　＊

弥太公が風呂へ行っている間に友達の八が来て、近所の者の化物の仕掛けに引っ掛かり、路地口で腰を抜かした所へ、弥太公が親方と帰ってきました。

化物の仕掛けを暴こうと、押入れを開けると、近所の者が酒に酔って寝ていたので、「こんな奴らは、馬の糞《ふん》を食わしたれ」と、三人で馬糞を拾いに行ったのを知った近所の者が相棒を起こし、この家の表を通り掛かった按摩に声を掛け、三人が繋がり、大入道に思わせるという計画を立てたのです。

先に帰ってきた八が、按摩の頭から少しずつ足許までを触り、大入道と間違え、驚いて表へ飛び出した所へ、親方と弥太公が帰ってきました。

二人がマッチを探しているうちに、近所の者は逃げてしまい、灯りを点けると、按摩だけが敷居を枕にして、鼾《いびき》を掻いて寝ているという始末。

按摩を起こし、訳を聞くと、震えながら「実は、三十銭で頼まれた」と言うので、「ほんまに、お前も阿呆じゃ。大入道と間違われて、割木で頭を割られたら、三十銭では合わんわ。余程、腰の無い奴じゃな」「最前、腰は抜けてます」。

＊　＊　＊　＊　＊

オチまでの展開は面白いのですが、複雑な構成になっているので、私の技量で表現するのは難しいと思い、短く切り上げ、新たなオチを付けました。

東京落語は近所の者ではなく、友達がいたずらをするという構成になっています。

平成二十二年七月十六日、大阪梅田太融寺で開催した「第二回・ネタ下ろしの会」で初演しましたが、会の当日は、他の噺家のネタも初演ばかりで、台詞《せりふ》を間違えたり、噺の筋が混乱したり。

私も台詞が飛んだり、言い間違えもありましたが、何とかオチまでたどり着き、この時の反省により、その後は丁寧に演じることを心掛けた上、現在に至りました。

戦前の寄席・落語会のチラシ・プログラムを見ると、そこそこ上演されており、初代桂枝雀・三代目桂萬光・四代目笑福亭松鶴・初代桂小南・笑福亭松光なども演じています。

戦前の速記本では、『桂文左衛門落語集』（博多成象堂、明治四十一年）、『滑稽落語臍の宿替』（杉本梁江堂、明治四十二年）、『かつら小南落語全集』（三芳屋書店、大正五年）、『おへその宙返り』（進文堂・榎本書店、大正十三年）、『続落語全集』（大文館書店、昭和七年）、『大阪

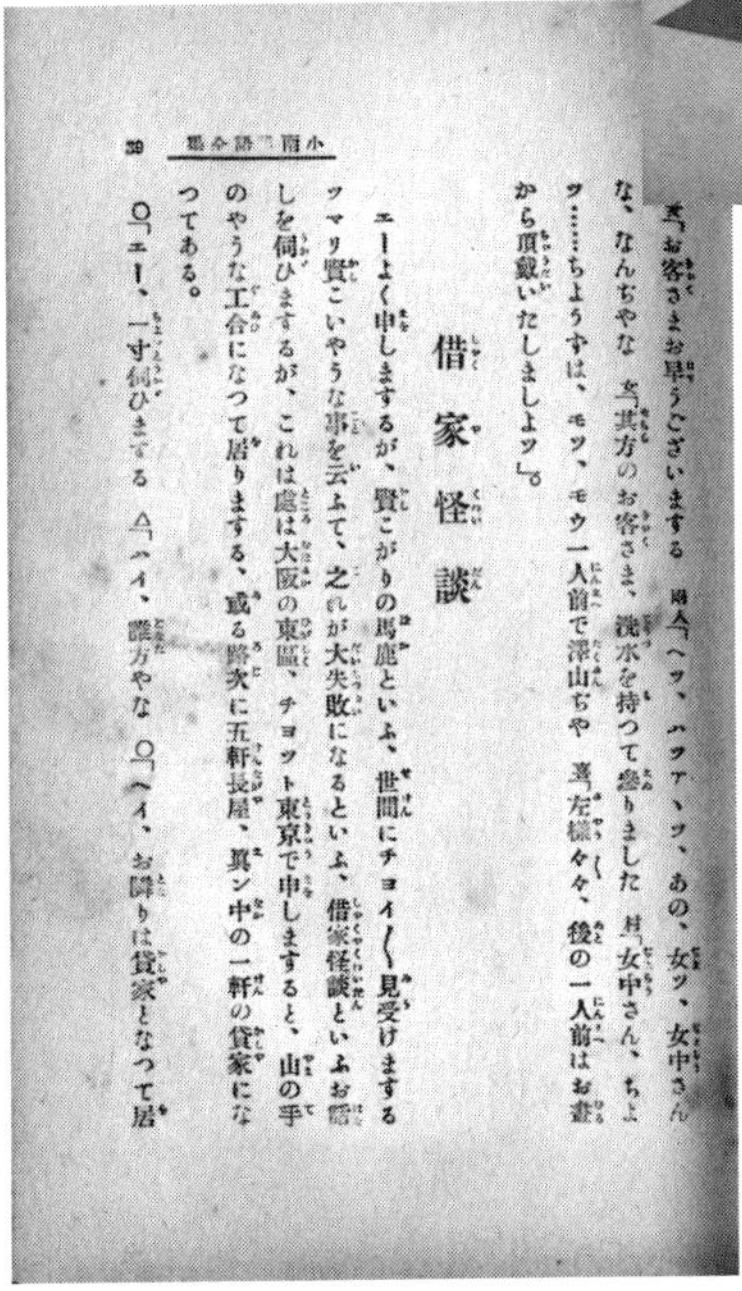

30　小南落語全集

夫「お客《きやく》さまお早《はや》うございまする　両人「ヘツ、ハツア、ツ、あの、女《をんな》ツ、女中《ぢよちう》さん、な、なんちやな　女「其方《そなた》のお客《きやく》さま、洗水《ちようづ》を持《も》つて參《まゐ》りました　材「女中《ぢよちう》さん、ちよツ……ちようすは、モツ、モウ一人前《にんまへ》で澤山《たくさん》ちや　喜「左樣《さやう》〳〵、後《あと》の一人前《にんまへ》はお晝《ひる》から頂戴《ちやうだい》いたしましよツ」。

借《しやく》家《や》怪《くわい》談《だん》

エーよく申《まを》しまするが、賢《かし》こがりの馬鹿《ばか》といふ、世間《せけん》にチヨイ〳〵見受《みう》けまするツマリ賢《かし》こいやうな事《こと》を云《い》ふて、之《これ》が大失敗《だいしつぱい》になるといふ、借家怪談《しやくやくわいだん》といふお噺《はなし》を伺《うかゞ》ひまするが、これは處《ところ》は大阪《おほさか》の東區《ひがしく》、チヨツト東京《とうきやう》で申《まを》しますると、山《やま》の手《て》のやうな工合《ぐあひ》になつて居《を》ります、或《あ》る路次《ろじ》に五軒長屋《けんながや》、眞《ま》ン中《なか》の一軒《けん》の貸家《かしや》になつてある。

○「エー、一寸《ちよつと》伺《うかゞ》ひまする　△「ヘイ、誰方《どなた》やな　○「ヘイ、お降《と》りは貸家《かしや》となつて居《を》

『かつら小南落語全集』（三芳屋書店、大正５年）の表紙と速記。

『おへその宙返り』（進文堂・榎本書店、大正13年）の表紙と速記。

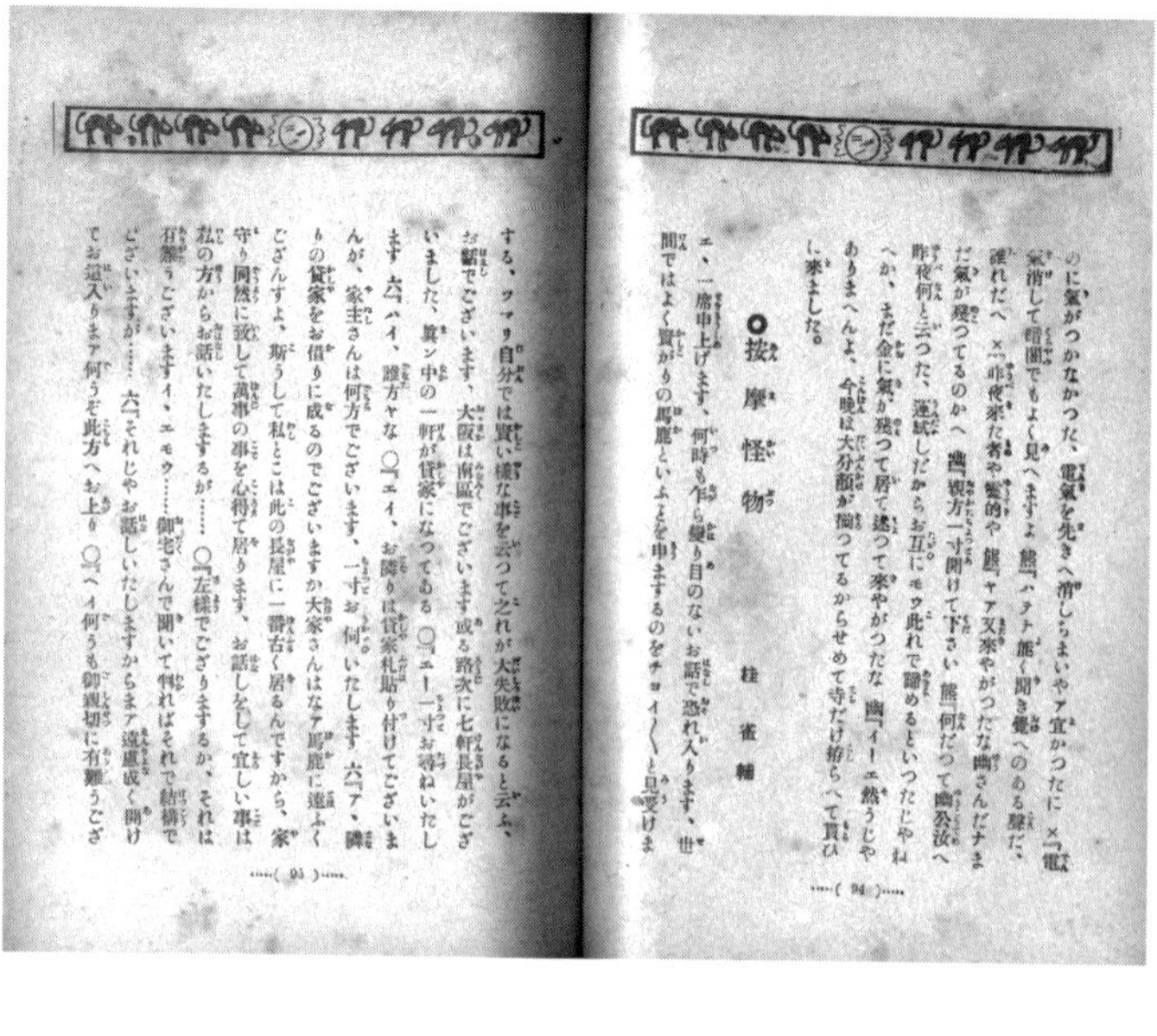

のに氣がつかなかつた、電氣を先きへ消しちまいやア宜かつたに ×「電氣消して暗闇でもよく見へますよ 熊「ハテナ能く聞き覺へのある聲だ、誰れだへ ×「昨夜來た者や藪的や 熊「ヤア又來やがつたな幽さんだナまだ氣が殘つてるのかへ 幽「親方一寸開けて下さい 熊「何だつて幽公汝へ昨夜何と云つた、運試しだからお互にモウ此れで諦めるといつたじやねへか、まだ金に氣が殘つて居て迷つて來やがつたな 幽「イーエ然うじやありまへんよ、今晩は大分顏が揃つてるからせめて寺だけ拵らへて貰ひに來ました。

○按摩怪物　桂雀輔

エ、一席申上げます、何時も乍ら變り目のないお話で恐れ入ります、世間ではよく賢がりの馬鹿といふ事を申まするのをチョイ〳〵と見受けま

……（94）……

する、ツマリ自分では賢い樣な事を云つて之れが大失敗になると云ふ、お話でございます、大阪は南區でございます或る路次に七軒長屋がございました、眞ン中の一軒が貸家になつてある ○「エー一寸お尋ねいたします 六「ハイ、誰方やな ○「エイ、お隣りは貸家札貼り付けてございませんが、家主さんは何方でございます、一寸お伺いたします 六「ア、隣りの貸家をお借りに成るのでございますか大家さんはなア馬鹿に遠ふくござんすよ、斯うして私とこは此の長屋に一番古く居るんですから、家守り同然に致して萬事の事を心得て居ります、お話しをして宜しい事は私の方からお話いたしまするが…… ○「左樣でござりまするか、それは有難うございますイ、エモウ……御宅さんで聞いて呉れればそれで結構でございますが…… 六「それじやお話しいたしますからまア遠慮なく開けてお這入りまア何うぞ此方へお上り ○「ヘイ何うも御親切に有難うござ

……（95）……

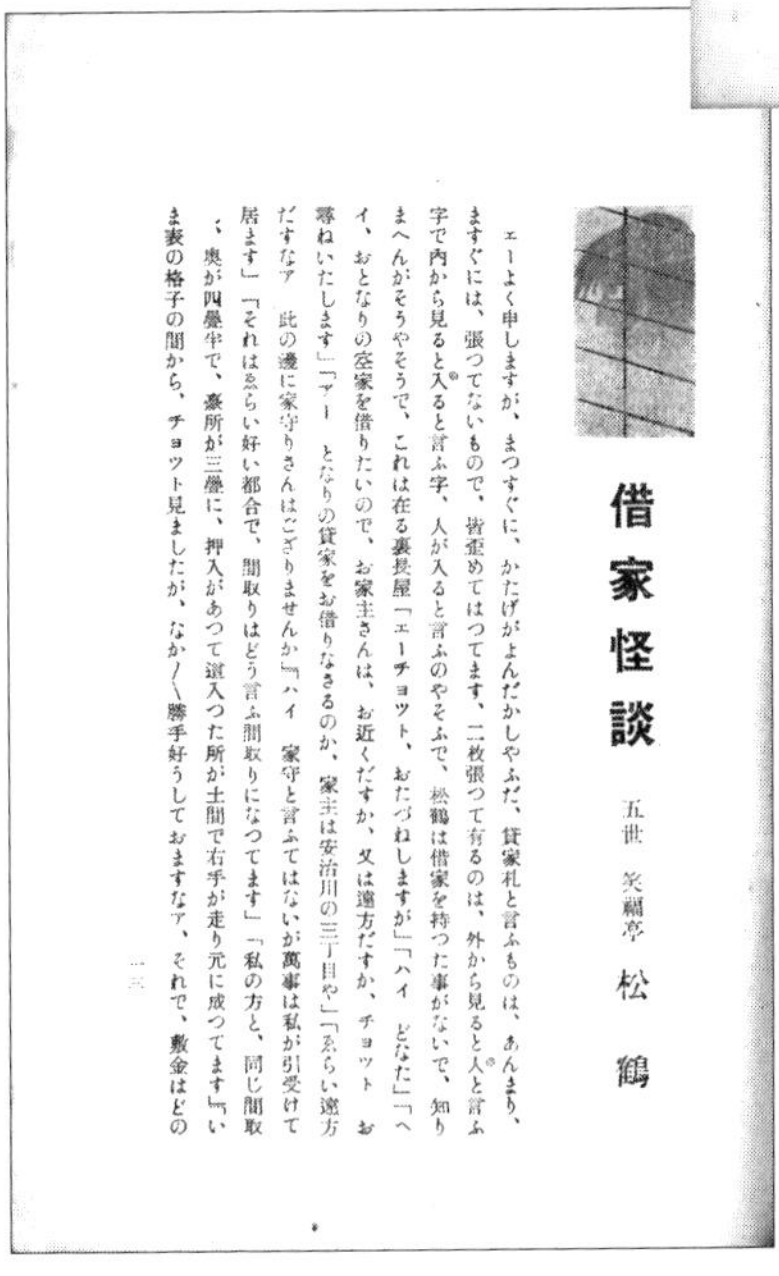

借家怪談

五世　笑福亭　松鶴

エーよく申しますが、まつすぐに、かたげがよんだかしやふだ、貸家札と言ふものは、あんまり、ますぐには、張つてないもので、皆歪めてはつてます、二枚張つて有るのは、外から見ると人と言ふ字で内から見ると入ると言ふ字、人が入ると言ふのやそふで、松鶴は借家を持つた事がないで、知りまへんがそうやそうで、これは在る裏長屋「エーチョット、おたづねしますが」「ハイ　どなた」「ヘイ、おとなりの空家を借りたいので、お家主さんは、お近くだすか、又は遠方だすか、チョット　お尋ねいたします」「アー　となりの貸家をお借りなさるのか、家主は安治川の三丁目や」「ゑらい遠方だすなア　此の邊に家守りさんはござりませんか」「ハイ　家守と言ふてはないが萬事は私が引受けて居ます」「それはゑらい好い都合で、間取りはどう言ふ間取りになつてます」「私の方と、同じ間取ゝ、奥が四疊半で、臺所が三疊に、押入があつて這入つた所が土間で右手が走り元に成つてます」「いま表の格子の間から、チョット見ましたが、なか／＼勝手好うしておますなア、それで、敷金はどの

一三

『上方はなし』第16集（樂語荘、昭和12年）の表紙と速記。

落語名作選』（大阪新興出版株式会社、昭和二十三年）などがあり、昔の雑誌の『はなし』（田中書店）、『上方はなし』（樂語荘）などにも掲載されました。

SPレコードには、五代目笑福亭松鶴・初代桂春團治・二代目立花家花橘が吹き込み、LPレコード・カセットテープ・CDは、「お化け長屋」も入れると、三代目林家染丸・二代目桂小南・五代目古今亭志ん生・二代目古今亭志ん朝・六代目三遊亭圓生・三代目三遊亭金馬・五代目柳家小さん・十代目柳家小三治などの各師で発売されています。

ちなみに、借家のことも少しだけ述べておきましょう。

借家は、住宅の所有者（家主や大家）と、居住を希望する者（賃借人や店子）が契約を結び、所有者に毎月の家賃を払って住むシステムになっています。

江戸時代、当時の大都市の江戸や大坂では、人口は増加する一方でありながら、土地は武士や寺社が八割、庶民が二割という不公平な所有率だったので、庶民は狭い土地に密集して暮らさなければならないことから長屋が出来、借家のシステムが確立しました。

無論、それまでの時代でも、家の貸し借りはあったと思いますが、庶民が賃貸契約により家を借りることは少なかったでしょう。

裏の松風

うらのまつかぜ

花「もし、お父様。お薬を、お呑み下さいませ」
久「あァ、お花。今日は、いつもより塩梅が良さそうな。落ちぶれて、病いに倒れた身が情け無い。病いさえ治れば良えこともあるよって、それまでは辛抱をしとおくれ」
花「お母様が亡くなり、お父様が病気。娘が世話をするのは、当たり前でございます」
欲「久兵衛さん、お宅か？　あァ、お花さん」
花「まァ、お越しやす。アノ、お父様。欲尾さんが、お越しになりました」
久「おォ、勇造さん。どうぞ、お掛け下さいませ。利子だけは納めたいと思いますが、私が病いに倒れまして」
欲「いや、気にしなはんな。一々、堅苦しいことを仰らんように」
花「どうぞ、お番茶でございます」

欲「お花さんが淹れてくれた茶は、美味しかろう。いつも変わらん器量良しで、観世音菩薩も顔負けじゃ。（茶を啜って）あァ、お花さんも良え年頃になった。番茶が出たよって言う訳やないが、昔から『鬼も十八、番茶も出花』と言うわ」
久「ウチの娘は、鬼や番茶やございません」
欲「いや、物の譬《たと》えじゃ。お花さんは、花なら蕾《つぼみ》。一人娘やよって、嫁に出すのは辛かろうが、御養子を取るのやったら許してもらえると思て、相談に参りました」
久「それは考えんこともございませんが、この通り、私が零落の身の上で」
欲「貧乏や金持ちは、時の運。実は、良縁がある。相手は四十二で、お花さんより年上じゃが、至って、良え男じゃ。役者の片岡仁左衛門に中村鴈治郎を足して、市川團十郎で磨いて、尾上菊五郎で晒《さら》して、噺家の桂文我で割ったような男前。優しゅうて、上品で、頭が良うて、金持ちという男は、どうじゃ？」
久「誠に、結構なお話で。その御方に、お目に懸かりとうございます」
欲「いつでも、お目に懸けますわ。良かったら、今でも」
久「表で待っていただいてるのは、気の毒な。どうぞ、お入り下さいませ」
欲「いや、最前から入ってますわ」
久「一体、何方《どちら》に居られます？」

欲「ソレ、ここに居りますわ。私、我輩、此の方、拙者、某《それがし》、僕！」
久「御養子という御方は、欲尾さんで？　どうか、御冗談を仰いませんように」
欲「冗談やのうて、本気じゃ」
久「寝言やったら、寝てから仰れ！　目が覚めなんだら、顔を砥石で磨く方が宜しい。呆れて、物が言えん！　火事場で拾《ひろ》たバケツのような顔をして、何を仰る」
欲「これは、けしからん！　金を借りておきながら、火事場で拾たバケツのような顔とは無礼千万！」
久「借金は借金、縁談は縁談！　今は落ちぶれても、前は心斎橋で、茶久の看板を張った茶道具店の主。この縁談は、お断りを致します！」
欲「どうしても、お断りでござりで、（舌が縺《もつ》れて）ござりで、ござりで！」
久「今度は、舌も廻らんか。とっとと、お帰り！」
欲「ほな、貸した金は返してもらおか！」
久「いや、それは」
欲「返せなんだら、お花さんの養子に」
久「さア、それは」
忠「えェ、御免下さいませ」

久「少々、取り込んでおります。改めて、出直していただきたい」
忠「旦さん、御無沙汰を致しております。お嬢さんも、お変わりが無うて結構で」
久「あんたは、忠七！」
忠「話は、後で致します。（金を出して）失礼ではございますけど、お土産代わりに、五十円を納めて下さいませ」
久「あァ、忠七。五十円は、有難う頂戴します。（金を受け取って）コレ、欲尾さん。拝借した五十円は、お返しを致しますわ！」
欲「（金を引ったくって）拍子の悪い所へ、拍子の悪い奴が来たわ」
忠「持つ物を持ったら、お帰り下さいませ。さァ、火事場のバケツ様」
欲「あァ、表で聞いてけつかった。ほな、帰るわ！」
忠「おォ、頭から湯気を立てて帰りました」
久「わしの難儀を、よう助けて下さった。改めて、礼を言います」
忠「このような場に出合わすのも、縁があればこそで。どうぞ、五十円は御放念下さいませ」
久「ほな、情けの袖に縋《すが》らしてもらいます。ウチを出てから、何をしてなさった？」
忠「十年前、お店を飛び出したのは、若気の至りで。東京へ参りまして、骨董屋へ奉公を致しまして。旦さんに教えていただきました茶器の目利きを信用され、古物の鑑定を任されましたら、『店を出す時は、金を出してやる』という御方が現れました。店を出す時は、大阪でと思いまして。旦さんに御相談がしたいと、心斎橋の店へ参りましたら、表の看板が替わっておりました。ビックリして、彼方此方《あちらこちら》を尋ねますと、此方にお住まいと聞きまして、大急ぎで駆け付けて参りました」
久「あァ、忠七は忠義者じゃ。あんたが店を出てから、もらい火で、店は丸焼け。その後、家内が死んだ。それからは何をしても思うように行かず、店を売って、借金を返して、裏長屋住まいになった。わしは病いに倒れて、娘に苦労を掛けることになったが、親子二人で暮らせるだけでも幸せと思て、細々と暮らしてます」
忠「人間の浮き沈みは、生きてる内に七遍あるそうで。私が戻りました上は、御安心を」
久「ところで、忠七。情けを受けた上、こんなことを言うと厚かましいが、折入って、頼みがありますわ」
忠「はい、何なりと承ります。一体、どのようなことで？」
父「この願いが叶《かの》たら、死んでも構わん。ウチの養子になって、茶久の看板を上げてもらう訳には行かんか？　娘には、女一通りの心得は仕込んであるつもりじゃ。幾久しく、見捨てること無う、添い遂げてもらいたい」

忠「そうなりましたら、この上も無い幸せでございますけど、お嬢さんが何と仰るか」
久「娘は恥ずかしそうに、袖で顔を隠してる。お花、忠七を養子に迎えるのは承知か？　おォ、コックリと頷いた。小そうした茶久の看板を、二人で大きゅうしとおくれ」
忠「お嬢さんと夫婦になれるとは、こんな幸せはございません」
久「最前まで、こんな嬉しい日が来るとは思わなんだ。早速、祝言の盃をしょう。世が世であらば、親戚縁者を呼び、立派に祝言を上げ、めでたい宴を開くが、そうもならん。茶久の祝言だけに、三三九度の盃の代わりに、わしの手前で濃茶を呑み廻し、それを祝言の盃の代わりにしたいと思う」
忠「大阪辺りの婚礼は、茶を嫌がりますけど、結納に添える所もあるそうで。茶は、初めに植えた所から植え替えが出来ず、外へ根を下ろさんという縁起を祝います」
久「どうぞ、わしの手前で堪忍《かんにん》しとおくれ。コレ、お花。茶筆筒の濃茶と茶碗を出して、清らかな水を釜へ入れ、沸かしなはれ」
忠「裏長屋住まいでも茶道具を置いておられるとは、これが誠の風流で。釜は宮崎彦九郎で、茶碗は古唐津《こからつ》」
久「釜が良え音を立ててきたが、釜の音を聞くのも久し振りじゃ」
忠「茶の湯では、釜の湯が煮え滾《たぎ》ることを、松風と申します。裏長屋の松風で、裏の松風とは、誠に風流で」
久「おォ、裏の松風か。この裏長屋も、茶に因《ちな》んでるな」
忠「その気になりましたら、何でも因めます。この長屋は、侘び・さびの寄せ集めで」
久「確かに、侘び・さびの塊じゃ。侘び・さびが過ぎて、難儀をしてますわ」
忠「それに、表の長屋と裏長屋。長屋にも、表と裏がございます」
久「そう言うと、裏長屋に住む値打ちがあるわ。しかし、住んでる者に風流が備わってないような」
忠「いえ、それも大丈夫！　旦さんのお頭《つむ》が、お薄になってございます」

解説「裏の松風」

東大落語研究会編の名著『落語事典』（青蛙房）の増補版には、約一二六〇の古典落語の粗筋が掲載されており、当時の編者の方々の苦労と執念、出版社の心意気を思うと、本当に頭が下がります。

古典落語という表記は、第二次世界大戦後、ＮＨＫのラジオ番組で、新作（創作）落語と区別を付けるために使用されたのが始まりだそうですが、戦前の新作落語の速記本に掲載されているネタでも、昔の風情が漂っていたり、作品の仕上がりが良かったりすると、後には古典落語に含まれることも多々ありました。

『落語事典』にも掲載されていないネタが「裏の松風」で、明治以降の雰囲気が濃厚に含まれており、コント仕立ての中に、人情の機微が含まれているだけに、滅んでしまうには惜しい落語と思い、ネタの復活に取り掛かったのです。

戦前の速記本では、『新作落語扇拍子』（名倉昭文館、明治四十年）などに掲載されており、ネタの全容を知ることが出来ました。

平成十六年六月二十五日、大阪梅田太融寺で開催した「第三二回・桂文我上方落語選（大阪編）」で初演しましたが、茶久の主が借金をしている者の名前が欲尾勇蔵とは、あざとく、

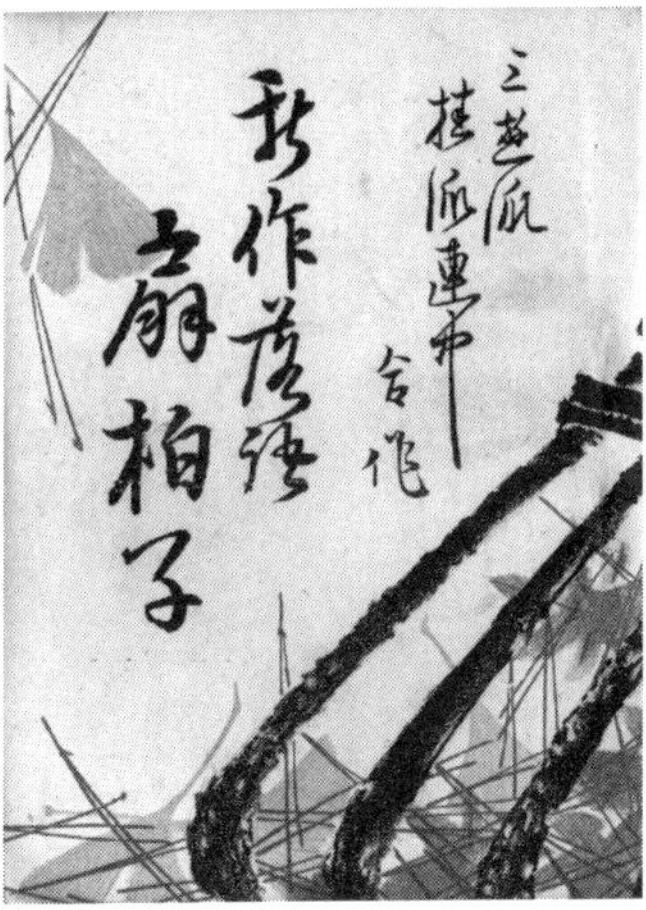

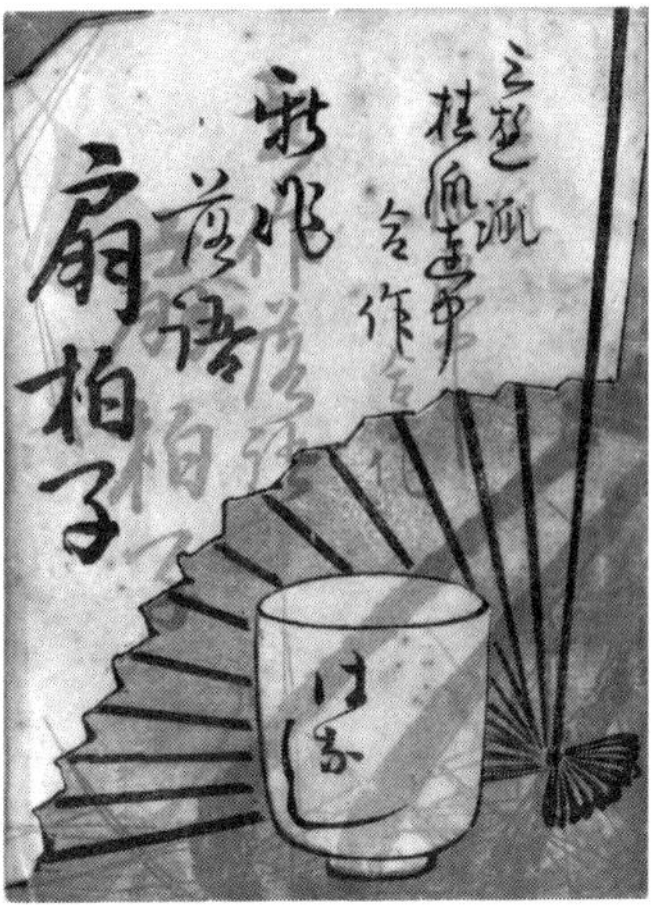

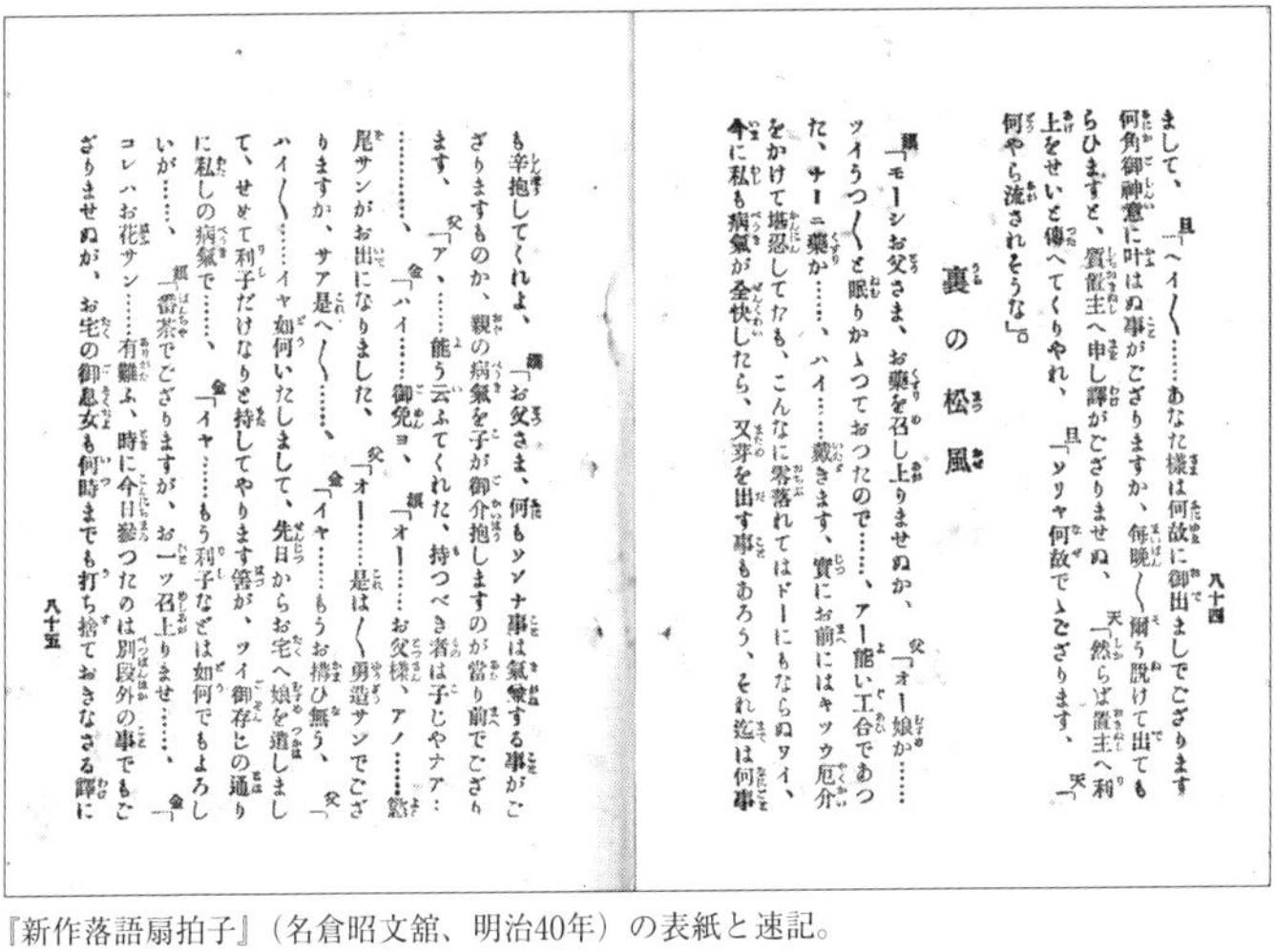

八十四

まして、旦「ヘイ〳〵……あなた様《さま》は何故《なにゆゑ》に御出《おで》ましでございます、何角《なにか》御神意《ごしんい》に叶《かな》はぬ事《こと》がございますか、毎晩《まいばん》〳〵爾《そ》う脱《ぬ》けて出《で》ても らひますと、質置主へ申《まを》し譯《わけ》がございませぬ、天「然《しか》らば置主《おきぬし》へ利上《あげ》をせいと傳《つた》へてくりやれ、旦「ソリヤ何故《なぜ》でゝございます、天「何《なに》やら流《なが》されそうな」。

裏《うら》の松《まつ》風《かぜ》

娘「モーシお父《とつ》さま、お藥《くすり》を召《め》し上《あが》りませぬか、父「オー娘《むすめ》か……ツイうつ〳〵と眠《ねむ》りかゝつておつたので……、アー能《よ》い工合《ぐあひ》であつた、サー二藥《くすり》か……、ハイ……戴《いたゞ》きます、實《じつ》にお前《まへ》にはキャツウ厄介《やくかい》をかけて堪忍《かんにん》してたも、こんなに零落《おちぶ》れてはドーにもならぬワイ、今《いま》に私《わし》も病氣《びやうき》が全快《ぜんくわい》したら、又芽《またの》を出《だ》す事《こと》もあろう、それ迄《まで》は何事《なにごと》

も辛抱《しんばう》してくれよ、娘「お父《とつ》さま、何《なに》もソンナ事《こと》は氣兼《きがね》する事《こと》がございますものか、親《おや》の病氣《びやうき》を子《こ》が御介抱《ごかいはう》しますのが當《あた》り前《まへ》でございます、父「ア、……能《よ》う云《い》ふてくれた、持《も》つべき者《もの》は子《こ》じやナア：……、金「ハイ……御免《ごめん》ヨ、娘「オー……お父樣《とつさん》、アノ……鷲尾《を》サンがお出《いで》になりました、父「オー……是《これ》は〳〵勇造《ゆうざう》サンでございますか、サア是《これ》へ〳〵……、金「イヤ……もうお搆《かま》ひ無《な》う、父「ハイ〳〵……イヤ如何《どう》いたしまして、先日《せんじつ》からお宅《たく》へ娘《むすめ》を遣《つかは》しまして、せめて利子《りし》だけなりと持《もた》してやります筈《はづ》が、ツイ御存《ごぞん》じの通《とほ》りに私《わた》しの病氣《びやうき》で……、金「イヤ……もう利子《りし》なぞは如何《どう》でもよろしいが……、娘「番茶《ばんちや》でございますが、お一《ひと》ツ召上《めしあが》りませ……、金「コレハお花サン……有難《ありがた》ふ、時《とき》に今日《こんにち》參《まゐ》つたのは別段外の事《こと》でもございませぬが、お宅《たく》の御息女《ごそくぢよ》も何時《いつ》までも打《う》ち捨《す》てておきなさる譯《わけ》に

八十五

『新作落語扇拍子』（名倉昭文舘、明治40年）の表紙と速記。

ケッタイですが、これも当時の噺家の茶目っ気の表れと考え、そのまま残した次第です。

茶の湯の出てくる落語は、「茶の湯」「利休の茶」「にゅう」などがありますが、三重県松阪市で生まれ育った私が身近に感じるのは、松坂城の城主だった戦国武将・蒲生氏郷が、千利休に学んだ有名な茶人であり、豊臣秀吉に千利休が切腹させられた後、子孫をかくまい、茶の湯の道を絶つことを避けたことによります。

これは大胆な言い方ですが、蒲生氏郷が居なかったら、今日まで茶の湯の隆盛が無かったかもしれません。

令和の今日でも、三重県松阪市近辺で、茶の湯は盛んに行われていますし、私の祖母も静かに抹茶を味わっていたことを覚えています。

私にとって、茶の湯のネタが身近に感じられるだけに、今後、全ての茶の湯ネタを上演したいと考えています。

ちなみに、茶の湯で言う松風は、釜の湯が煮え立つ音が、松の木を風が抜ける音に似ていることが語源で、釜の六音の一つ。

釜の六音とは、魚眼《ぎょがん》（魚の目玉の如く、小さな泡が連続で興る様子）・蚯音《きゅうおん》（ミミズの鳴く声）・岸波《がんぱ》（岸に寄せる浪音）・遠浪《えんろう》（遠い波音）・松風・無音だそうです。

「裏の松風」とは、誠に美しい落語の演題と言えるのではないでしょうか。

八問答
はちもんどう

徳「岩はんが言うてたが、お日さんと走り比べをしたという話は、ほんまか？」
作「あれは、しんどかった」
徳「やっぱり、ほんまか。何で、お日さんと走り比べをした？」
作「床屋へ行ったら、由さんが『作さんは顔が広いよって、お日さんと心易いやろ？』と言うよって、『別に心易うないけど、朝晩、顔は合わしてる』」
徳「何と、ケッタイな言い種《ぐさ》じゃ」
作「由さんが、『ほな、お日さんに談判をしてくれ。日が長《なご》なったり短《みじこ》なったり、暑かったり寒かったり、照ったり降ったり。いつもバタバタせんならんよって、一つに纏めてもらいたい』と言うた。困ったよって、『朝晩、お日さんの顔を拝んでるだけで、住んでる所がわからん』」

徳「コレ、訳のわからんことを言いなはんな。由さんは、何と言うた？」
作「『住んでる所が知れんでも、毎日、西へ行く』と言うよって、『ほな、神戸へ行ってみる』。お日さんの家の番地を、由さんに尋ねたら、『わしも知らんけど、神戸で尋ねたら知れると思う。まァ、お日さんに随いて行け』」
徳「おい、しっかりしてくれ。ほんまに、神戸へ行ったか？」
作「西へ向いて、走った、走った！　心斎橋まで行ったら、お日さんが頭の上へ来たよって、下から『コレ、日ィ君！』」
徳「お日さんに、日ィ君と言う奴があるか。そんなことを言うたら、人が集まるわ」
作「お蔭様で、黒山のような人だかり！」
徳「コレ、喜ぶな。それで、どうした？」
作「『上を見て、何を言うてる？』と聞くよって、『へェ、お日さんを呼んでる』と言うたら、皆が『あァ、今時の人やないわ』と感心して」
徳「感心をしてるのやのうて、笑われてるわ」
作「ほな、別の人が『お日さんは高い所に居《お》るよって、声が聞こえん。一遍、物干しへ上がりなはれ』」
徳「ほんまに、馬鹿にされてるわ。それで、物干しへ上がったか？」

作「そんなことをしてたら、とても追い付かんと思て、西へ向いて走る内に、お日さんが西の山へ入ってしもた。お日さんが家へ帰って、『今日は、作さんと走り比べをしたよって、疲れた』と言うて、家の者と飯を食べてると思て、一生懸命、西へ向いて、走った、走った！　一晩中、休まんと走って、フッと気が付いたら、お日さんが後ろから顔を出したよって、『あァ、お日さんを追い越した』」

徳「一々、阿呆なことを言いなはんな。夜通し走って、何ともなかったか？」

作「ククタになって、仕事を三日休んだ」

徳「由さんに嬲《なぶ》られて、笑われただけじゃ。この頃、神信心を始めたことも聞いた。『信あれば、徳あり』と言うて、神信心は結構じゃ。一体、どんな神様を信心した？」

作「ヘェ、ピリケンさん」

徳「何と、ケッタイな神様を信心したな」

作「由さんに、『誰か、ハイカラな神様は無いか？』と聞いたら、ピリケンさんを紹介されて」

徳「また、由さんに嬲られてるわ。ピリケンさんは、どうなった？」

作「信心したけど、愛想が尽きて」

徳「ほゥ、何で？」

作「神様と奉られる者が、足を投げ出して、行儀が悪い。博打《ばくち》でも、足を出すのは縁起が悪いわ。ピリケンさんを信心するのは止めて、ブラブラ歩いてたら、日本橋三丁目に毘沙門さんがあった。良え神様を見付けたと思て、七日の願掛けで、賽銭を持って、お参りをしたら、七日目の満願の日、後ろに毘沙門さんが立って」
徳「えッ、ほんまか？」
作「日が暮れ小前、毘沙門さんに『どうぞ、福をいただけますように』と、賽銭を上げて拝んでたら、後ろから『コレ、作さん』。ヒョイと振り返ったら、毘沙門さんが立ってたよって、『おォ、毘沙はん！』」
徳「毘沙はんとは、ケッタイじゃ」
作「毘沙門さんやよって、毘沙はんや。ほな、『作さん、元気か？』」
徳「コレ、嘘を吐け！　毘沙門さんが、そんなことを仰るか」
作「『一寸、毘沙はん。毎日、賽銭を上げて拝んでるわ。福は、どうなってる？』と聞いたら、『作さんには面目無いけど、あんたに福が授けられるぐらいやったら、わしの前に賽銭箱は置いとかん』」
徳「あァ、毘沙門さんに理屈を言われてるわ」
作「腹が立ったよって、『福が授けられんぐらいやったら、何で初日に言わん。賽銭を取るだけ取って返さんのは、詐欺や。出る所へ出て、話をしょう』と言うたら、毘沙はんが顔色を変えて、『わしは、出る所へ出られん。作さんの言うことは尤《もっと》もやけど、わしの言い分も聞いてくれ。金持ちの多い船場か島之内へ宿替えをしたいけど、先立つ物が無いよって、敷金だけでも寄進をしてくれ』」

徳「反対に、毘沙門さんに無心をされてるわ」

作「阿呆らしいよって、神信心は止めて、松島へ女郎買いに行った」

徳「コレ、言うことが無茶苦茶じゃ。神信心から、女郎買いに替わるか？」

作「四ツ橋の角まで来たら、米俵を二俵持って、ウロウロしてる者が居る。顔を見たら、木津の大黒さんやよって、『コレ、大ちゃん！』」

徳「何ッ、大ちゃん？」

作「大黒さんやよって、大ちゃんや。『大ちゃん、どこへ行く？』『米の値が下がると聞いたよって、俵二俵を売りに行く』。横に何かを持ってるよって、『それは、何や？』と聞いたら、『米が高う売れなんだらあかんよって、恵比寿の鯛も持ってきた。魚屋に、高う買《こ》うてもらう』。阿呆らしいよって、大黒さんの信心も止めた」

徳「わしは忙しいよって、阿呆な話に付き合う暇は無いわ」

作「ピリケンさんや大黒さんは諦めたけど、どこかに良え神様は無いかと思て」

徳「まだ、信心をするつもりか？　ほな、八幡《やわた》の八幡《はちまん》さんの信心をしなはれ」

作「八幡の八幡様は、何に効く？」
徳「何じゃ、薬のように言うてる。八幡さんの八という字は有難うて、天の高さが八万由旬《じゅん》。地の深さが八万だらで、八百万神に八万万神《ばんじん》。八万地獄に嘘八百で、大阪の橋は八百八橋。京都のお公家が八百八公家で、江戸の街は八百八町。旗本の数は八万旗で、近江の湖水は八百八流れ。長命寺の石段が八百八段で、花札遊びが八八。難儀な物は蜂の巣で、狸の金は八畳敷じゃ！」
作「仰山並べたけど、狸の金は八畳敷もあるか？」
徳「あァ、ほんまじゃ。雨の降る晩、心易い狸が坊さんに化けて、衣を着ると、七条袈裟を掛けて、徳利を提《さ》げて、酒を買いに行く時に出会《お》た」
作「コレ、ええ加減なことを言いなはんな」
徳「毘沙門さんや、大黒さんに出会うぐらいじゃ。わしが狸に出会うのも、無理は無い。そこで、『おい、タァちゃん』」
作「何ッ、タァちゃん？」
徳「狸やよって、タァちゃんじゃ。ほな、狸が『徳さん、お久し振り』」
作「コレ、嘘を吐きなはれ！」
徳「毘沙門さんや、大黒さんがしゃべるぐらいじゃ。狸がしゃべっても、無理は無いわ。

『なァ、タァちゃん。昔から狸の金は八畳敷と言うけど、一遍、見せてもらいたい』と言うたら、恥ずかしそうに『ほな、徳さんだけ』と言うて、ヒョイと前を捲《めく》ると、えらい小さい。『一畳ぐらいしか無いけど、後の七畳は？』と聞いたら、極り悪そうに、『七畳（※条）は、袈裟に掛けてます』」
作「それは、ほんまか？」
徳「お前と話をする時は、これぐらいの嘘を混ぜんことには、頼り無いわ」
作「他に、八の字の付く物があるか？」
徳「役者も屋号と言うて、成駒屋・松島屋・河内屋。富田《とんだ》屋の芸者・八千代は、外国まで名が通ってる。蜂須賀小六は、大名になった。八の上は身分が過ぎて、九と十は及びも付かん。王は十善、神は九善。全ての物は、八分目が良え。人間、五厘五体の下が首。空は空中で、その下が家《や》の棟。家の棟の下が、質屋じゃ」
作「わァ、上手に言うわ。質屋の家は、碌《ろく》な物を食べん。その家に後家が住んで、世取りが無うて、隣りが産後で、兄ちゃんの名前が市兵衛」
徳「一体、どこまで下がる。昔から名高い人は、八の字が付いてるわ。弓矢の名人・鎮西八郎為朝に、それから」
作「もし、一寸待った！　牛若丸は、八が付いてない」

徳「牛若丸に無うても、八の字には縁があるわ。牛若丸の習《なろ》た剣術が、鞍馬八流《はちりゅう》。源義経になって、八艘飛び。八が、二つもあるわ」
作「弁慶には、八の字が無い！」
徳「大分、意地になってきたな。弁慶は八が無い代わりに、背中へ七つ道具を背負て、弁慶の一番勝負。合わせると、八になる」
作「中々、負けんわ。（泣いて）泥棒の大将・石川五右衛門は、五しか無い！」
徳「男のクセに、泣くな。石川五右衛門は、京都の南禅寺の山門に住んでたよって、五へ三を足して、八右衛門じゃ」
作「そんな衛門が、どこにある。曽我兄弟は、兄が十郎、弟が五郎で、八が無い！」
徳「何じゃ、顔色が変わってきた。弟が五郎、兄が十郎。兄弟合わすと、十五郎。親の仇が、工藤祐経、十五と九で、二十四。三八、二十四で、八が三つもある」
作「段々、ややこしなってきた。一寸、算盤を出して」
徳「コレ、阿呆なことを言いなはんな。曽我兄弟やったら、まだある。五郎と十郎の仇討は、夜中に行くよって、夜討《やうち》と言うわ」
作「あれは、夜《よ》討や」
徳「二人で行くよって、夜（※八）討になるのじゃ」

解説「八問答」

古代の日本では、八は聖数（※聖なる物を象徴的に表すために用いられた数）とされ、八島・八雲・八重桜のように、数が大きいことを示す時に使われました。

漢字で八と書くと、下の方へ拡がるので、末広がりを意味し、幸運とされることから縁起を担ぎ、自動車のナンバープレートに、8を希望する方も多いそうです。

中国でも広東語などでは、八の発音が発財（※金持ちになること）の発に通じる所から幸運とされ、中国で八の人気は高く、北京オリンピックの開会式も、二〇〇八年八月八日の夜八時八分八秒に開会されたと聞きました。

しかし、八を縁起の良い数とする国ばかりではなく、西洋では不吉な数とする国もあり、八本足の蛸は、悪魔の化身・デビルフィッシュと呼ばれています。

八という数を中心にして物語を進める落語が「八問答」で、『上方落語の歴史』（前田勇著、杉本書店）によると、大正十二年頃、初代桂春團治が「八門遁甲《はちもんとんこう》」という落語に「戎小判」「お日さんの宿」という小咄を合わせ、長いネタにまとめたとされていますが、数にこだわり、話の展開を拡げて行くという趣向は、東京落語の「一日上がり」などもあり、漫才のネタにも採り入れられました。

江戸時代に刊行された『聞上手・二篇』（元禄三年江戸版）に掲載されている「八艘飛」が、原話らしい噺とも言えるので、紹介しておきましょう。

「『けふ、浅草で絵間（馬）を見てきたが、よい手際なおし絵があるわい。したが、あの義経八艘飛といふことハ、おれハもふ、つんと解せぬ。義経が軽業師でハあるまいし、そふ飛《とば》れる物でハない』といへバ、老人聞《きき》て、『イヤイヤ、それハ絵そらごとといつて、実ハわけのあることじや。貴様達はしらぬ筈。いふて聞《きか》そふ。アノ八嶋の舟軍《ふないくさ》の時、のり経殿ハ剛勢な人で、義経を見ると、ぜひ勝負をしそうにした。義経公ハけしきをしつて、よそうとした。それを合わせて、八そふ飛といふたものだ』」。

平成二十二年四月十九日、大阪梅田太融寺で開催した「第五二回・桂文我上方落語選（大阪編）」で初演しましたが、この類いのネタは、一つ間違えると、ガタガタになるので、落ち着いて、ゆっくり演りましたが、それでも幾つかの台詞が抜け、ハラハラしました。

台詞の繋ぎや段取りに手数の掛かる落語で、ミスが許されにくいネタとも言えますが、ネタの世界さえ崩れなければ、台詞のミスは大したことはないとも言えます。

これは落語全体にも言えることで、台詞に引きずられることは、出来るだけ避けた方が良いのかもしれません。

ネタの世界の楽しさを伝えるのが主眼であれば、余程でなければ、台詞のミスは許されるでしょう。

『名作落語全集・頓智頓才編』（騒人社、昭和５年）の表紙と速記。

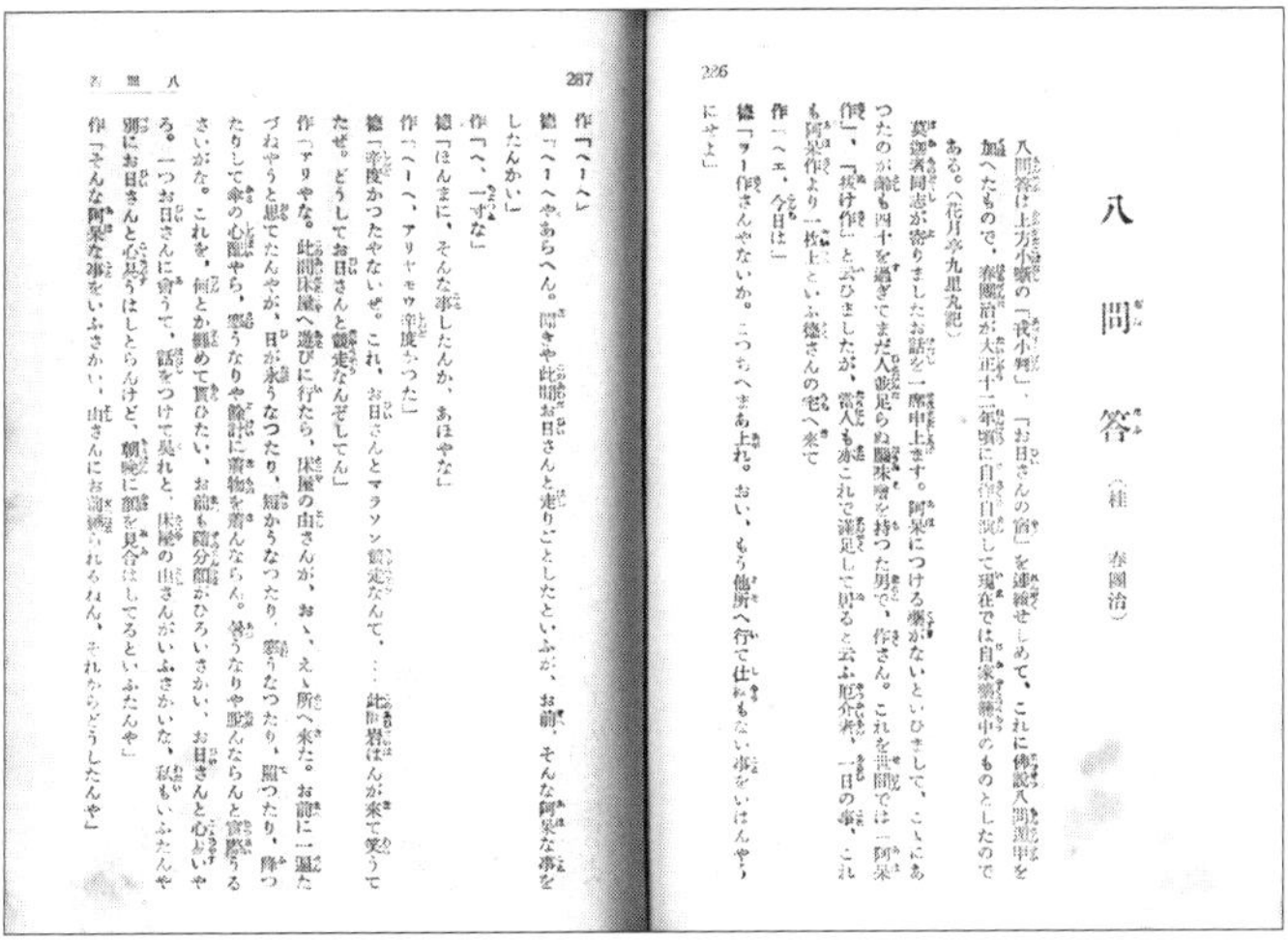

286

八問答（桂　春團治）

八問答は上方小噺の「我小判」、「お日さんの宿」を連絡せしめて、これに佛説八問遮甲を加へたもので、春團治が大正十二年頃に自作自演して現在では自家藥籠中のものとしたのである。（花月亭九里丸記）

莫迦者同志が寄りましたお話を一席申上ます。阿呆につける藥がないといひまして、ことにあつたのが齡も四十を過ぎてまだ人並足らぬ腦味噌を持つた男で、作さん。これを世間では「阿呆作」、「拔け作」と云ひましたが、當人も亦これで滿足して居ると云ふ厄介者、一日の事、これも阿呆作より一枚上といふ徳さんの宅へ來て

作「ヘエ、今日は」

徳「ヲー作さんやないか。こつちへまあ上れ。おい、もう他所へ行て仕もない事をいはんやうにせよ」

287

作「ヘーヘ」

徳「ヘーヘやあらへん。聞きや此間お日さんと走りごとしたといふが、お前、そんな阿呆な事をしたんかい」

作「へ、一寸な」

徳「ほんまに、そんな事したんか、あほやな」

作「ヘーヘ、アリヤモウ辛度かつた」

徳「辛度かつたやないぜ。これ、お日さんとマラソン競走なんて、……此間君はんが來て笑うてたぜ。どうしてお日さんと競走なんぞしてん」

作「アリやな。此間床屋へ遊びに行たら、床屋の由さんが、おゝ、えゝ所へ來た。お前に一遍たづねやうと思てたんやが、日が永うなつたり、短かうなつたり、寒うなつたり、照つたり、降つたりして今の心配やら、寒うなりや餘計に着物を着んならん。暑うなりや脱んならんと實際うるさいかな。これを、何とか縮めて貰ひたい、お前も隨分顏がひろいさかい、お日さんと心易いやろ。一つお日さんに會うて、話をつけて見れと、床屋の由さんがいふさかいな、私もいふたんや、別にお日さんと心易うはしとらんけど、朝晩に顏を見合はしてるといふたんや」

作「そんな阿呆な事をいふさかい、由さんにお調められるねん、それからどうしたんや」

しかし、落語の世界を表現するためには、的確に台詞を言った方が効果的なことは言うまでもなく、このバランスを身に付けることが肝心だけに、「八問答」を演じることは難しく、上演者が少ないのかもしれません。

書物やレコードでは、初代桂春團治の物が多く、戦前の速記本では『名作落語全集・頓智頓才編』（騒人社、昭和五年）に、ＳＰレコードでは、初代桂春團治・二代目桂春團治の録音で発売されました。

ちなみに、八に関係した、昔の面白い上方言葉に「八兵衛」があり、女性の乱暴な所作のことを言うそうです。

外法頭
げほうあたま

播州飾磨《しかま》の港は、今は姫路市の一部ながら、豊臣秀吉の時代から有名になった姫路より、昔は通りが良かった。

飾磨の廻船《かいせん》問屋・淡路屋の前へ立ったのが、七十手前の旅僧で、眉毛も白なってる。

僧「愚僧は、京都叡山《えいざん》から参った旅の僧。この家の主に、お目に懸かりたい」
番「暫く、お待ち下さいませ。(奥へ来て) アノ、旦さん」
主「何ッ、京都叡山の僧が会いたいとな。ほな、通ってもらいなはれ」
僧「(奥へ来て) お宅が、当家の主ですかな」
主「はい、主の岩太郎で。お座布を、お当て下さいませ。一体、何の御用で？」
僧「当家の門前を通り掛かると、一種異様な気配。熟《つくづく》眺めると、家《や》の棟《むね》から、何とも言えん妖気が立ち昇っております。平たく申さば、凶相・悪い相が見える。愚僧は、合力《ごうりき》を請う者ではございません。この家を通り過ぎることが出来ず、声を掛けました。何か、思い当たる節はございませんかな？」

主「コレ、お清。お茶を出したら、誰も入ってこんように言いなはれ。実は、御出家。どうやら、ウチは祟られてるようで。懺悔《さんげ》を、お聞き下さいませ。以前、天下の御法度の抜け荷買いをしておりました。御禁制を潜り抜け、異国と品物の取り引きをする。肥前長崎に、南蛮渡り・オランダ渡来の品が入ると、それを欲しがる金持ちが買い求めますが、品数が少ないよって、抜け荷買いを頼みに参ります。しかし、いつも仕事が出来る訳やない。お盆の七月十六日と大晦日は、お船止め。日本の津々浦々で、船を出してはならん日だけに、その日の内に仕事をする。佐渡ケ島へ流されてる罪人も、その日に島抜けを致しますが、大晦日の海は身が凍えるよって、七月のお船止めの日にするという訳で。お役人が気が付いても、お船止めだけに、追い掛ける船も出せんし、擦れ違う船も無い。誰も住まん瀬戸内の小島に抜け荷を隠し、闇に紛れて、店に運びます。ある年の七月のお船止めの日、船に抜け荷を乗せて帰る時、嵐に遭いまして。皆で船掛かりをすると、大波の間から、ヌゥーッと海坊主のような化物が現れました。先祖伝来の魔除けの宝刀を抜き、お経を唱えながら斬り付けると、確かな手応え。『ギャッ！』という声と共に、化物が姿を消しましたよって、荷物を持ち帰り、何とか利を得ました。その晩、身籠もってた家内が、男の子を産みまして。赤子の時は、頭が一寸大きいと思いましたが、次第に細長うなって、絵で見る外法《げほう》さん・福禄寿のようになりました。思い出したのは、船の上から斬り付けた化物の細長い頭。あれが祟ったかと思うと、恐ろしゅうて、抜け荷買いは止めました。罪滅ぼしに施しをしたり、寺や神社の寄進に付いたり。子どもは、私の名前を一字取って、岩松と名付けましたが、誰も名前は呼んでくれず、『淡路屋の外法さん』が通り名になりまして。近所の者は慣れてますが、遠い所へ行くと、珍しがって、人が取り巻いたり、子どもがゾロゾロと随いてくる。親戚の町の祭へ行くことも出来ず、十二になっても、世間のことは何も知らず。どうやら、化物が祟ってるようでございます」

僧「事の次第が知れた故、回向をして進ぜましょう。お子を家に置くと、本人も、家のためにもならん。遠い所へ奉公に出すと、道が開けるじゃろ。経を読む故、この札を仏間の壁へ貼りなされ。怪しき物が、当家へ業《わざ》をすることは無くなりましょう」

旅僧が念入りに経を読んで、「どうぞ、お泊まりを」と勧めても、断って出て行った。

岩松の奉公先を考えた末、取引先の大坂道修町《どしょうまち》の薬問屋・葛城屋《かつらぎや》は、主の人柄も上々ということで、早速、送り出す。

岩松が葛城屋へ奉公して、遣いに出ると、先方は驚くし、子どもが随いて歩く。

店番をすると、店の前へ人だかりが出来て、商いに障るので、奥で薬研《やげん》切りをさせた。

薬研は薬草を粉にする道具で、真ん中に窪みのある舟形の入れ物へ、干した薬草を入れて、両方に持ち手の付いた、縁が尖った円盤のような物で、ゴリゴリと往復する。

毎日、薬研切りをする内に、一通りの薬を覚えることが出来た。

旦「コレ、番頭。明日は、店一統の芝居行き。岩松も連れて行きたいが、どう思う？」
番「いつも薬研切りばっかりで、可哀相でございます。大坂へ来て、二年になりますけど、お城も知らず、天満の天神さんも行ったことがございません」
旦「外へ出るのは嫌がると思うが、芝居を見たら、気が晴れるじゃろ」

情け深い、旦那と番頭。

その時代の芝居は、夜が明けて、東の空が白むと、芝居小屋の櫓《やぐら》で一番太鼓を打ち出して、お客の少ない時、御祝儀の三番叟《さんばそう》が済んで、夜が明け切ると、序幕になる。

旦那の家族は桟敷《さじき》へ座り、店の奉公人は平場《ひらば》で、岩松は一番後ろで見てた。

序幕が始まると、お客が次第に増え、岩松の後ろも仰山の客が座る。

一「わしの前へ座ってる者の頭が邪魔やよって、芝居が見えん。おい、コラ！　ボテかづらを被《かぶ》って、芝居を見るな。後ろが見えんよって、脱げ！」

岩「いや、頭が脱げるか。これは、自前の頭や」

一「そんな大きな頭で、芝居を見るな。外して、懐へ入れとけ！」

周りが揉め出したので、岩松は旦那の家族の後ろへ座らせてもらう。

その時分、芝居は幕間が一時間ぐらいあるだけに、芝居小屋を出て、御飯を食べに行ったり、知り合いに挨拶をしたり、番付を買うたり、桟敷を見るのも楽しみの一つで。

芸者衆が役者の組見《くみけん》を頼まれて、勢揃いで並んでたり、深窓《しんそう》の令嬢という娘が着飾って座ってるだけに、どうしても桟敷の方へ目が行く。

甲「おい、一寸見てみい。桟敷に居る男は、長い頭や。ひょっとしたら、ボテかづらか？」

乙「あんな所で、ボテかづらを被るか。前髪やけど、どう見ても自前や」

甲「何と、長い頭やな。幕が開いて、芝居が始まった」

乙「芝居より、此方の方が面白い。芝居は銭を出したら見られるけど、あの頭は滅多に見られん。福禄寿・七福神の外法さんに、ソックリや。ヨォーッ、外法さん！」

桟敷へ声が掛かる間、役者は舞台で、芝居の真っ最中。

○「御家の重宝・小烏丸を盗み取ったる、曲者奴《くせものめ》。何れ《いず》へ隠したか、白状致せ！」
△「知らぬ、存ぜぬ。如何《いか》ように責められようが、知らぬ物は知らぬわ」
○「己《おのれ》、強情な奴。この上は、痛い目に遭わせても、〔ハメモノ／ツケ〕白状をさせてみせる！　何で、客が乗ってこん？　舞台を見んと、桟敷の方ばっかり見てるわ」
△「阿呆らしゅうて、芝居は出来ん。此方の桟敷の四ツ目に、長い頭の男が座ってるわ。あんな男が居ったら、誰も舞台を見んはずや」
岩「役者が芝居を止めて、私を見てます。恥ずかしいよって、帰りますわ」
旦「コレ、番頭。芝居茶屋へ部屋を取って、岩松を隠しなはれ。役者が芝居を始めたら、お客も舞台を見る。岩松に美味しい物でも取って、食べさしなはれ」

岩松は芝居茶屋の一間へ移って、弁当をもろた。

「芝居も見ることが出来んとは、情け無い」と嘆いて、弁当へ箸も付けん。
仲「（襖《ふすま》を開けて）アノ、誠に恐れ入ります。お目に懸かりたいと仰る御方が、お越しで」
岩「私を訪ねてくるような知り合いは居らんけど、一体、誰方で？」
仲「四十手前の上品な御方で、お願いがあると申しておられます」
岩「何の用事か知りませんけど、此方へ通っとおくなはれ」
仲「ほな、お通し致します。どうぞ、お通り下さいませ」
乳「お初に、お目に懸かります。不躾《ぶしつけ》に押し掛けまして、申し訳ございません。中座の芝居で、隣りの桟敷に座っておりました者で。お宅を男と見込んで、お願いに参りました。私は、船場の大家に奉公する者。嬢《とう》はん、お入りを。恥ずかしがってると、埒《らち》が開きません。この御方は主の娘で、私は乳母でございまして。命に関わることだけに、何卒、枉《ま》げて、御承諾下さいますように。嬢はん、帯を解きなはれ」
岩「長襦袢《じゅばん》も肌襦袢も脱いで、胸許を拡げて、何をしなはる？　一体、何です？　可愛らしいお乳が並んでる間に、赤黒い物がありますわ」
乳「悪性な腫物《でき》で、どのお医者が診ても、『これだけ座を持つと迂闊《うかつ》に触れんし、命取りの腫物で、どうにもならん』と、匙《さじ》を投げられました。高名な易者が『外法さんのようなお頭の御方に舐めてもろたら、綺麗《きれい》に治る』と仰いましたけど、そんな御方のアテもございません。気晴らしに芝居見物に参りましたら、隣りの桟敷に、お宅のお頭。『ヤレ、嬉しや。これは、神様のお引き合わせ』と思いまして、後を随けて参りました。どうぞ、舐めて下さいますように」

岩「もし、一寸待った！　私が舐めて治ると、決まった訳やない。腫物が無かったら、何ぼでも舐めさしてもらいます。どうぞ、御勘弁！」

乳「嬢はんも、お願いしなはれ」

嬢「宜しゅう、お願いを致します」

岩「涙を零して、頼んではる。人助けやったら、仕方が無いわ。ほな、此方へ来なはれ」

娘の傍へ寄ると、麝香《じゃこう》か何かの良え香りと、髪の油に、白粉《おしろい》の香り。
岩松も色気付く年頃だけに、顔を真っ赤にして、お乳の間の腫物を舐め出した。

乳「盥《たらい》に汲んだお水で、お口をお濯《すす》ぎ下さいませ。お宅は道修町の薬屋さんやそうで、改めて、お礼に参ります。これは手土産代わりに、お納め下さいませ」

岩松の前へ、紙に包んだ物を置いて帰る。
開けてみると、小判が三枚。
ボォーッとしてる内に芝居が済んで、岩松も店へ帰った。
その後、目の前へ娘の面影がチラついて、枕から頭が上がらんようになる。
四、五日すると、見知らん女子が来て、「長いお頭の御方のお蔭で、命が助かりました。これを、お渡し下さいませ」と言うと、紙包みを置いて、逃げるように帰ってしもた。
紙包みを開けると、十両の金。
主が岩松に「一体、どうした?」と聞くと、「こないだ、中の芝居で、こんなことがございました」と、事の次第を打ち明けた。

旦「世の中には、不思議なことがある。岩松が舐めるだけで、恐ろしい腫物が治って、十三両の金儲けをした。番頭、どう思う?」
番「岩松のペロペロの方が、ウチの薬より効くようで」
旦「コレ、阿呆なことを言いなはんな。ほな、岩松。ペロペロで、銭儲けをしなはれ」

早速、店の表に「腫物の合薬あり」という、大きな看板を出した。

医者が匙を投げた者の腫物を、岩松がペロペロ舐めると、見事に治る。

その内、噂が拡がって、病人は金に糸目を付けず、縋《すが》ってくる。

その時分、大坂の町中で、出開帳が流行《はや》った。

一年一遍しか扉を開けんような御本尊を披露する時、その寺へ参詣するのが常ではありながら、それを大坂や江戸で見せるのが出開帳だけに、信者やない者まで詰め掛ける。

信州信濃の善光寺が、大坂で御本尊の出開帳をして、評判を取ったことで、成田山の御開帳・高野山の何々院の秘伝の御開帳に、おどけ開帳という滑稽な見世物まで現れた。

番「岩松こそ、生き神様ですわ。『生き神様の外法さんの御開帳』という看板を上げたら、仰山の人が集まると思います。おどけ開帳まであるよって、遠慮は要りません」

早速、場所を借りて、正面へ岩松を座らせると、お供物・線香・蝋燭《ろうそく》の支度をする。

大勢が詰め掛けると、御開帳は一方通行で、参詣人が入って行く方を参詣道、帰りは下向道にした。

正面に「右、参詣道。左、下向道」と書いて、二番番頭が呼び込みをする。

手「評判の生き神様、生き仏の外法さんの出開帳！　どんな腫物でも、スッと治る。滅多に、こんな神様は見られん！」

松「外法さんの顔が見たいよって、行ってみよか」

竹「おい、一寸待った！　お前は、腫物も何も出来てないわ」

拝観料が取れたら上等だけに、「並んで、並んで」と、参詣道の方から次々入れる。

正面に番頭が羽織・袴で控えて、「正面に安置し奉るが、生き神様の外法さん。近《ちこ》う寄って、御拝《ぎょはい》遂げられましょう！」〔ハメモノ／銅鑼《どら》〕

鐘が鳴ると、お賽銭を上げて拝む。

拝み終わると、二番番頭が横に立って、

二「さァ、下向は左へ、左へ。さァ、左の方へ廻って。下向道は、左へ、左へ！」。

正面に座ってるのが、外法の岩松。

岩「朝から座り詰めで、しんどいわ。参詣人が途切れんよって、目の前の饅頭や餅を食べることも出来ん。あァ、腹が減った。ひだるい、ひだるい」
番「正面に安置し奉るは、生き神様の外法さん。近う寄って、御拝遂げられましょう」〔ハメモノ／銅鑼〕
岩「あァ、腹が減った」
●「生き神が、ブツブツ言うてるわ。外法さんは、何を言うてなはる？」
参詣人が耳を澄まして聞くと、正面へ座った岩松。
岩「（節を付けて）外法は、ひだるい、ひだるい」

解説「外法頭」

外法は、「法に外れた。並外れた」という意味であり、元来、外法とは一種の妖術使いのことだったようで、俗に才槌頭《さいづち》（※額と後頭部が突き出て、才槌のような形をした頭）・外法と言われる頭を持つ者の髑髏《どくろ》を用い、数々の妖術を行ったことで、外法頭という言葉が生まれたようです。

大津絵にも、福禄寿が外法の頭に梯子を掛け、剃刀で剃る図柄があり、俗曲「大津絵」は、吃《ども》の又兵衛が描いたと言われる絵柄を唄ったのが元唄となりました。

上方落語の「外法頭」は、昔から珍品だったようで、昭和三十六年頃に初演した桂米朝師は、五代目笑福亭松鶴から概要を聞くことが出来たそうですが、他の長老の噺家は誰も知らなかったそうです。

腫物を舐めて治す所は、東京落語の「なめる」と同じですが、前後の展開は、かなり異なる構成となりました。

「外法頭」の冒頭は、講談「妲己《だっき》のお百・発端／桑名屋徳蔵」の、海上で妖怪に遭遇する所と似ているだけに、その箇所を採用したようですが、その辺りは五代目松鶴も詳しくなく、「お船止めの晩、抜け荷買いをした時、海坊主を斬った祟りで、こんな子どもが生まれた」という程度だったようで、先代神田松鯉の「文化七人白浪」では、薊小僧《あざみこぞう》梅吉が鋳掛《いか》け松と、佐渡島から島抜けをするのが、お船止めの夜で、この時に船幽霊に遭うという流れになっていたそうです。

船幽霊の詳細が記されているのは、非売本『日本の海の幽霊・妖怪』（關山守彌遺稿、昭和五十七年）で、全国各地の調査により、さまざまな船幽霊が紹介され、「海に現れる幽霊は、この世に深い未練を残して、海原に消えて行った者たちの、死霊の訪れであった。その現れ方は、望郷の念をもち、あるいは怨念の情けをかき立て、または、成仏できず苦海から脱しようとして、姿を見せるのである。それぞれの死にざまによって、海の幽霊は出現のありさまを変えるのであった」と述べているのが、誠に簡潔で、わかりやすい紹介になっていると言えますし、さまざまな角度から船幽霊を検証していますから、興味のある方は、古本屋で探してみてください。

船幽霊は海上に現れ、船中の人間に害をなす存在で、苦しみの末に死んだ海難者の霊とされており、船が動かなくなると、海面に手だけが現れ、乗員に柄杓《ひしゃく》を求め、船に水を汲み入れ、沈めてしまうという伝承が、全国に分布しました。

他の船幽霊は、海面一面が白くなり、船を動かなくしたり、無人の幽霊船（※亡霊船・迷い船）が現れ、船を難破に追い込むそうで、船の航行や、乗員の生命が脅される現象一般も、船幽霊にされたと言えましょう。

船幽霊は、船で通ってはいけない時（※盆時期など）に漁に出ると出会うことが多く、正体不明の「ワニ」という怪物や、人の姿に近い者が現れ、「柄杓を貸せ！」と言うそうですが、そのまま貸すと、船に海水を注ぎ込まれるので、底の抜けた柄杓を渡したり、女性を犠牲にし、海に投げ入れたそうです。

また、海上で燃える火や、海坊主の姿などで現れたり、急に岩山が海上に現れたり、少しも船が進まなくなったりと、さまざまな船幽霊の業がありますが、長崎県の五島列島では、船幽霊と競争して負けると、船が沈むと伝えられていました。

外法の岩松が大勢の人を集める開帳についても、少しだけ述べておきましょう。

江戸時代に流行した寺社の開帳とは、平生は参拝の出来ない仏像を、一定期間、信者との結縁の機会を与えることで、古くは平安時代から行われていたそうです。

最初は純粋な宗教的行事でしたが、次第に信者の奉納金や賽銭を目当てに行われるようになりました。

幕末頃、信州信濃の善光寺の御本尊・阿弥陀如来が、大坂で出開帳となり、大勢の参詣人が集まり、錦絵や一枚刷りが配られたり、売り出されたりしたため、大坂へ多額の金が落ち、商人が儲かったそうです。

出開帳が流行した後、珍奇な趣向で笑いを取ることもなされ、寛政三年四月、大坂で初めて、おどけ開帳が興行されました。

おどけ開帳とは、寺社の本堂や境内で披露される御本尊・秘仏・霊宝などに模した滑稽な細工物を並べ、おどけ縁起を奇想天外に、洒落交じりに節を付け、面白く語る物です。

外法の見世物は、文化元年、江戸で十二、三歳の頭の大きな子どもや、文政六年十一月、尾張名古屋大須で、一尺五寸もある大おでこの、四歳ぐらいの少女を出し、大勢の客を集めました。

出開帳は大勢の参詣人が集まるだけに、「参詣道、下向道」と記した札を立て、群集を一方通行にしたそうです。

おどけ開帳や、他の見世物を詳しく知りたい方は、『図説　庶民芸能／江戸の見世物』（古河三樹著、雄山閣ブックス）、『見世物雑志』（小寺玉晁著、郡司正勝・関山和夫編）に、目を通してください。

「外法頭」は、旅先で桂米朝師に伺い、平成二十八年二月二十四日、大阪梅田太融寺で開催した「第五九回・桂文我上方落語選（大阪編）」で初演しましたが、外法の岩松を哀れに描かず、周りの者が岩松を温かく見守るという展開にしたのです。

笑いは少なく、ネタの足も遅いのですが、怪異談を含めた不思議な構成を、落ち着いて進める方が良いことにも気が付きました。

オチに使われている「ひだるい」という言葉は、空腹状態のことで、「ひもじい」は「ひだるい」の文字言葉（※ある語の頭の一音・二音に、〔もじ〕という語を付けた物）です。

『桂米朝落語全集』（創元社）以外で、「外法頭」が載っている速記本は見たことがありませ

『柳枝落語集』（三芳屋書店・松陽堂書店、明治44年）の表紙と速記。

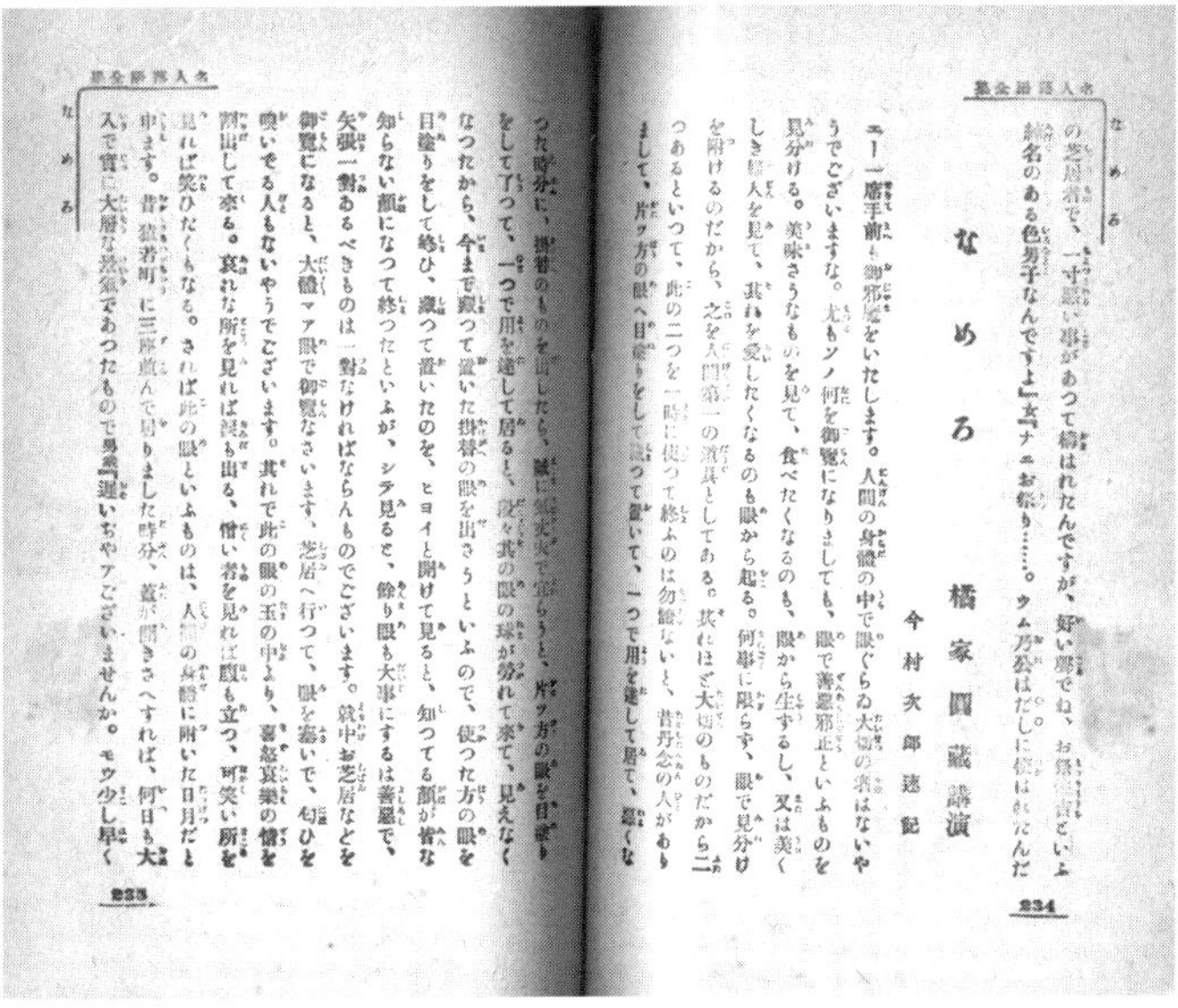

名人落語全集　なめる

の芝居者で、一寸凄い事があつて據はれたんですが、好い男でね、お孫三吉といふ綽名のある色男子なんですよ」女「ナニお祭り……。ウム乃公はだしに使はれたんだ

なめる

橘家圓蔵講演

今村次郎速記

エー一席手前も御邪魔をいたします。人間の身體の中で眼ぐらゐ大切の者はないやうでございますな。尤もソノ何を御覧になりましても、眼で善悪邪正といふものを見分ける。美味さうなものを見て、食べたくなるのも、眼から生ずるし、又は美くしき婦人を見て、其れを愛したくなるのも眼から起る。何事に限らず、眼で見分けを附けるのだから、之を人間第一の道具としてある。其れほど大切のものだから二つあるといつて、此の二つを一時に使つて終ふのは勿論ないと、昔丹念の人がありまして、片ッ方の眼へ目塗りをして瞑つて置いて、一つで用を達して居て、暇くな

234

名人落語全集　なめる

つた時分に、掛替のものを出したら、誠に氣丈夫で宜からうと、片ッ方の眼を目塗りをして了つて、一つで用を達して居ると、段々其の眼の球が労れて来て、見えなくなつたから、今まで瞑つて置いた掛替の眼を出さうといふので、使つた方の眼を目塗りをして終ひ、瞑つて置いたのを、ヒヨイと開けて見ると、知つてる顔が皆な知らない顔になつて終つたといふが、シテ見ると、餘り眼も大事にするは善悪で、矢張一對あるべきものは一對なければならんものでございます。就中お芝居などを御覧になると、大體マア眼で御覧なさいます、芝居へ行つて、眼を塞いで、匂ひを嗅いでる人もないやうでございます。其れで此の眼の玉の中より、喜怒哀楽の情を割出して来る。哀れな所を見れば涙も出る、憎い者を見れば腹も立つ、可笑い所を見れば笑ひたくもなる。されば此の眼といふものは、人間の身體に附いた日月だと申ます。昔猿若町に三座並んで居りました時分、蓋が開きさへすれば、何日も大入で實に大層な景氣であつたもので易氣違いちやアございませんか。モウ少し早く

235

『三遊連柳連名人落語全集』（いろは書房、大正３年）の表紙と速記。

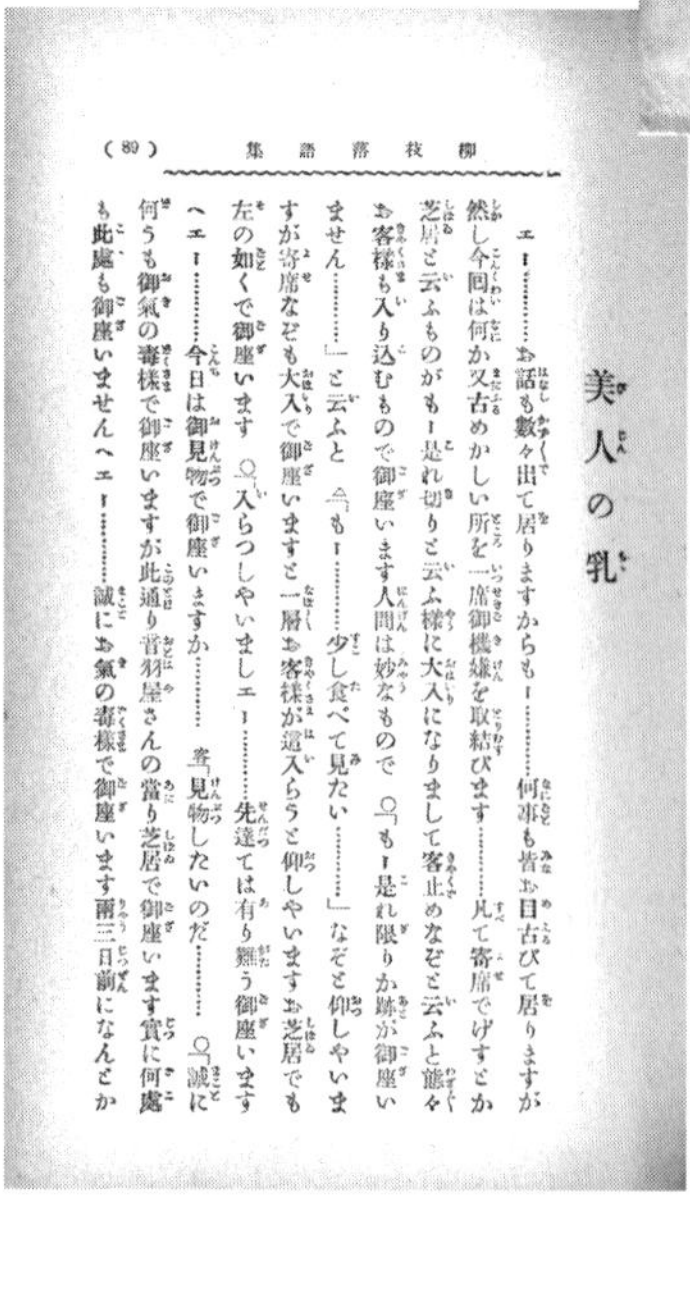

（89）　柳枝落語集

美人《びじん》の乳《ちゝ》

エー…………お話《はなし》も數々《かず〳〵》出《で》て居《を》りますからもー…………何事《なにごと》も皆《みな》お目古《めふる》びて居《を》りますが然《しか》し今回《こんくわい》は何《なに》か又古《まだふる》めかしい所《ところ》を一席《いつせき》御機嫌《ごきげん》を取結《とりむす》びます…………凡《すべ》て寄席《よせ》でげすとか芝居《しばゐ》と云《い》ふものがもー是《こ》れ切《き》りと云《い》ふ様《やう》に大入《おほいり》になりまして客止《きやくど》めなぞと云《い》ふと纔々お客様《きやくさま》も入《い》り込《こ》むもので御座《ござ》います人間《にんげん》は妙《みやう》なもので ○「もー是《こ》れ限《ぎ》りか跡《あと》が御座《ござ》いません…………」と云《い》ふと ○「もー…………少《すこ》し食《た》べて見《み》たい…………」なぞと仰《おつ》しやいますが寄席《よせ》なぞも大入《おほいり》で御座《ござ》いますと一層お客様《きやくさま》が還入《はい》らうと仰《おつ》しやいますお芝居《しばゐ》でも左《さ》の如《ごと》くで御座《ござ》います ○「入《い》らつしやいましエー…………先達《せんだつ》ては有《あ》り難《がた》う御座《ござ》いますヘエー…………今日《こんち》は御見物《おけんぶつ》で御座《ござ》いますか………… 客「見物《けんぶつ》したいのだ………… ○「誠《まこと》に何《ど》うも御氣《おき》の毒樣《どくさま》で御座《ござ》いますが此通《このとほ》り音羽屋《おとはや》さんの當《あた》り芝居《しばゐ》で御座《ござ》います實《じつ》に何處《どこ》も此處《こゝ》も御座《ござ》いませんヘエー…………誠《まこと》にお氣《き》の毒樣《どくさま》で御座《ござ》います兩三日前になんとか

んが、東京落語「なめる」は数多くあり、『柳枝落語集』（三芳屋書店・松陽堂書店、明治四十四年）、『三遊連柳連名人落語全集』（いろは書房、大正三年）、『名作落語全集・芝居音曲編』（騒人社、昭和五年）、『傑作落語・愉快の結晶』（いろは書房、昭和九年）、『小勝特選落語集』（大日本雄辯會、昭和十二年）などや、雑誌『百花園・二二〇号』（金蘭社）にも掲載されました。

LPレコード・カセットテープ・CDは、上方落語「外法頭」は無く、東京落語「なめる」が、二代目三遊亭円歌・六代目三遊亭圓生の録音で発売されています。

ちなみに、「外法の下り坂」という諺《ことわざ》があり、それは「魔術を行う者が、一度、失敗すると、急な坂を下るように、破滅に向かう」ということで、「一旦、失敗をすれば、悪いことばかりが続いて起こる」という意味でしょう。

毛布芝居
けっとしばい

山の中の藩の大名で、算盤主計頭珠成卿《そろばんかずえのかみたまなりきょう》。禄高が、十二万三千四百五十六石七斗八升九合と一掴《ひとつか》み半。
ある日のこと、家来一同が大広間へ集まった。

殿「コリャ、皆の者。江戸表と申す所は、町人や百姓に至るまで勧善懲悪の教えを心得、実に感服致したが、我が藩の者にも学ばせる手立ては無いか？」
勘「これより遥か東に該《あた》る、大坂道頓堀へ櫓を並べ、世情の様子を表した芝居狂言を、役者が催しております。我が藩へ役者を呼び寄せ、芝居を催せば宜しかろうと存じまする」
殿「然《しか》らば、大坂へ参り、役者を召し連れて参れ！」

家老・森川勘太夫が、大坂へ出向く。
道頓堀の安田屋十蔵という宿屋へ泊まって、芝居小屋の頭取を呼び寄せた。
勘「コリャ、頭取。我が藩の者に、役者の芝居を見せたいと存ずる」
頭「市川右團次・嵐璃寛・実川延若・中村宗十郎という役者が参りますと、莫大な出費になります。座組は、お任せ下さいませ」
勘「どのような役者が参っても、芝居さえ催せばよい。万事、良きに取り計らえ！」

早速、頭取が集めた役者は、市川右團次の弟子・市川小團子、中村宗十郎の弟子・中村粗忽、実川延若の弟子・実川貧若、嵐璃寛の弟子・嵐阿寛。

頼り無い役者ばっかりが、山の中の藩へ乗り込んだ。

早々に芝居小屋を拵えると、近郷近在から人が集まって、大入り満員。

お殿様御上覧の場を正面に設《しつら》え、お殿様の御定紋で、算盤が打ち違いになってる紋を染め抜いた幕を張り、後ろに金屏風を立てる。

作「なァ、甚二郎。大坂様の芝居を、タダで見せて下さる。いや、有難《ありがて》えのう」

甚「余所《よそ》の国の殿様には、とても出来んわ」
作「芋でもブラ下げて、礼に行くか？」
甚「コレ、何を言うとる。オラ達は、お殿様のお慈悲をいただくだけでええわ」
売「岩おこし、番付！　番付、岩おこしは如何で？」
作「おい、甚二郎。若え衆《わけ》が、何か売っとるぞ」
甚「お殿様にお返しになるかも知れんで、何か買うべえ。コレ、若え衆。岩おこしというのは、何ぼじゃ？」
売「へェ、一つ三文で。頬《ほ》ベタが落ちるぐらい、美味しゅうございます」
作「いや、頬ベタが落ちるのは堪忍してもらいてえ。食べた物が、腹の中へ納まらねえだ。いつも腹を空かしてるのは、辛抱がならねえ」
売「昔から、食べる物が美味いことを、頬ベタが落ちると言いますわ」
作「そんなら、二つくれ。番付とは、何だ？」
売「芝居へ出る役者の名前と、務める役が書いてありますわ」
作「あァ、ダメだ！　それは見ても、わからねえ」
売「わかるように書いてあるよって、大丈夫」
作「いや、わからねえ。オラは、字が読めねえだ」

売「あァ、それは仕方が無いわ」

幕の内側では、舞台の後ろへ浅黄幕《あさぎまく》を吊って、松の吊り枝を設えると、上手《かみ》と下手《しも》へ松を描いた物を立てる。

頭「支度が出来たら、幕を開けなはれ。柝《き》を入れて、座頭《ざとう》を乗せた駕籠を出せ」

鳴「ヘェ」〔ハメモノ／柝の刻み・山颪《おろし》。柝・大太鼓で演奏〕（柝を刻み、幕が開くと、駕籠屋が出て、舞台正面で駕籠を下ろして）

駕「（駕籠の垂れを捲って）座頭どん、駕籠から下りて下さんせ」

座「はい、左様で。（駕籠から下りて）此方は、お願いした所でございますか？」

駕「約束の場所までは、半里ある。仲間に良い話が出来た故、そこまで行くのに、心が急《せ》く。座頭どん、酒手をもらおうか」

座「駕籠賃と一緒に、お渡し申しました」

駕「おゥ、座頭どん。二朱や一分の酒手では、ここまで担いで来んわ。お前の懐の中にある、（座頭の懐へ、手を入れて）官金の百両じゃ！」

座「（杖を振り廻して）エエイ、寄るまいぞ！　寄るまいぞ！」〔ハメモノ／ツケ〕

駕「小癪な座頭で、目明きより手強いわ。怪我《けが》をするのも、口惜しい。コレ、相棒。一先《ひとま》ず、逃げた方が良かろう」
相「先で座頭を待ち受けて、百両は盗《と》ればよいわいな」
駕「そうと決まれば、駕籠を担いで、一目散」
相「（駕籠を担いで）どっこいしょ！」〔ハメモノ／駕籠屋。三味線・大太鼓で演奏〕
甚「駕籠屋は逃げてしもうたけど、座頭は杖を振り廻しとる。目が見えんよって、わからんのじゃ。気の毒じゃで、教えてやれ。座頭どん、駕籠屋は逃げてしもうただ」
座「言わんでも、わかってる。（芝居へ戻って）ても、口程にも無い奴じゃ。もし、誰方か居られんか？　山田は、どう参ります？　妻籠は、何方じゃ？　はて、誰方も居られんような。日は暮れ掛かる、眼は見えず。どこが山やら、谷じゃやら」〔ハメモノ／析・山颪。析・大太鼓で演奏〕
甚「コリャ、驚いた！　後ろの幕が落ちて、お堂の絵が出てきたぞ」
作「おォ、あれは誰が描いた？　絵が上手《うめ》え者だったら、隣り村の茂十か？」
座「大坂から持ってきたよって、黙って見てなはれ。（芝居へ戻って）梁瀬林平が弟・弥五郎ともあろう身が、如何なる因果か、眼は潰れ。あァ、情け無い」
岩「座頭、待て！」

座「アァーイ！〔ハメモノ／凄《すご》き。三味線・大太鼓・銅鑼で演奏〕あァ、誰方も居られんわ。怖い怖いと思うておると、落ち武者も薄《すすき》の穂を恐がるとやら。どうやら、空吹く風であったような。ドレドレ、先へ参りましょう」

岩「盲人《がんぐり》、待て！」

座「待てと仰る御方様は、一体、誰方でございましょう？」

岩「声に覚えが無い物か、梁瀬林平が弟・弥五郎。ても、まァ、久しいことじゃのう」

座「やァやァ、我が名を知ったる貴殿の名は？」

岩「一家中に隠れ無き、岩淵鬼藤太じゃ！」

座「何ッ、岩淵鬼藤太となァ？　お家に仇なす反逆人、尋常に勝負な致せ！」

岩「汝《なんじ》が自慢の仕込み杖、我が腰の物で叩き折らん」

座「やァ、何を小癪な！」（仕込みの刀を抜き、斬り掛かって）〔ハメモノ／ツケ〕

岩「ヤァーッ！」（座頭の刀を受け、座頭の肩を斬って）〔ハメモノ／ツケ〕

座「（肩口を押さえて）ワァーッ！　やァ、悔しや！」

岩「御用金の二百両を奪い盗ったを、ようも御前に吐いたな。それ故、身共は流浪《るろう》の身。覚悟を極めて、思い知れ！」（座頭の肩を、刀で突き刺して）〔ハメモノ／ツケ〕

座「せ、せめて、ここに兄・林平が居らば、かく闇々と討たれぬ物を！」

岩「もがくな、もがくな。その林平も後から送る故、六道《ろくどう》の辻で待っておれ」

座「チェッ、口惜しい！」

岩「南無阿弥陀仏！」（座頭の止めを刺して）〔ハメモノ／ツケ〕

座「ウゥーン！」〔ハメモノ／薄ドロ。大太鼓で演奏〕

ここまで芝居が進むと、お殿様の顔色が変わった。

殿「岩淵鬼藤太は、不埒《ふらち》千万！　皆の者、早々に召し捕れ！」

家「ハハッ！　（岩淵鬼藤太を、後ろ手に縛って）コリャ、控えよ！」

岩「一寸、誰か来て！　舞台の上で、縄付きにされるのは初めてや！」

殿「岩淵鬼藤太、面を上げい！　座頭を殺害に及んだる段、咎《とが》軽からず。重き罪科に課す故、左様心得よ！」

岩「一寸、誰か助けて！　あァ、首を撥《は》ねられる」

頭「お殿様、お待ち下さいませ！　私は、芝居の頭取でございます」

殿「さては、岩淵鬼藤太と同類か？」

頭「えッ、同類？　お恐れながら、申し上げます。これなる岩淵鬼藤太が、座頭を殺した訳ではございません。岩淵鬼藤太は、市川小團子と申す者でございます」
殿「尚更、胡乱《うろん》である。一人で二人の名を持つとは、何事じゃ！」
頭「岩淵鬼藤太は役名で、市川小團子が芸名でございます」
殿「何ッ、役名に芸名？　予には、わからん。これにて聞かば、座頭・弥五郎には、兄・林平という者が居るそうな。兄と弟は、何歳に相なる？」
頭「林平を演る者は、二十七。弟・弥五郎を演る者は、三十三でございます」
殿「ええい、黙れ！　兄が年下で、弟が年上とは何事じゃ！　その方は、耄碌《もうろく》を致しておるのか？」
頭「役者の齢は知っておりますけど、ほんまの弥五郎・林平の齢は存じません」
殿「あァ、もうよい！　座頭・弥五郎を殺害に及んだ岩淵鬼藤太は、重き罪科に課す。その上、罪人に加担致した頭取も、同様の咎を申し付ける故、左様心得よ！」
頭「これは物語の発端で、これから先、殺された座頭を、後見が赤い毛布で囲むと生き返り、楽屋で血を洗て、丼飯を頂戴致します」
殿「後見と申す者が毛布にて囲えば、死した者が生き返ると申すか？」
頭「はい、左様で」
殿「ほゥ、それは吉報！　コリャ、家中一統に申し伝える。次の戦《いくさ》には、必ず、戦場へ毛布を持参致せ！」

解説「毛布芝居」

噺家は一人で全ての役を演じるため、テレビドラマや芝居に出ると、相手の台詞を待つ時の表情や動作に困ることがあります。

暫くの間、芝居に出ていると、役者の演技に合わせられるようになるのですが、芝居を活動の重点に置くと、落語を演じる時、人物のクィックチェンジが奇怪《おか》しくなったり、表情がオーバーになったりすることが多いので、気を付けなければなりません。

歌舞伎を題材にした芝居噺も同じようなことが言え、落語の中で役者の色を濃くし過ぎると、落語の世界が崩壊してしまうので、これも細心の注意を払うことが肝心でしょう。

日本舞踊や邦楽を習った上で、芝居の振りをしながら、登場人物をイキイキと演じなければ、芝居噺は成立しにくいでしょうし、歌舞伎役者の人間国宝が芝居噺を演じたとしても、一つの趣向で終わることは間違いないと思うだけに、芝居と芝居噺は別物と考える方が良いと思います。

東京落語の芝居噺は「正本芝居噺」と言い、高座の後ろに書割を置き、衣装も着替え、小道具も使ったりしますが、上方落語の場合は、観客の想像と、下座囃子の演奏のみで、芝居の一幕を再現したり、芝居のパロディを演じたりします。

せん。

「毛布芝居」も、その一つですが、上方で演じたのは、四代目林家染丸兄の高座しか知りません。

ケットとは、ブランケットの略で、いつ頃からネタが成立したかは未詳。

戦前の速記本は、『三友派落語高座の色取』（杉本書店・美也古書房、明治三十九年）、『名人揃傑作落語全集』（贅六堂出版部、大正十年）、『傑作揃落語全集』（榎本書店・進文堂、大正十四年）、『続落語全集』（大文館書店、昭和七年）、曾呂利新左衛門ばかりで、他の噺家の速記は見たことがありませんが、私が知らないだけかもしれませんから、御存知の方は御教授くだされば幸甚です。

上方落語の「毛布芝居」は、梁瀬林平の弟・弥五郎（盲人）が、官金百両を携えて道中する時、妻籠の宿へ通じる山中で、二百両を奪って逐電した岩淵鬼藤太に殺される、「座頭殺し」という芝居噺を採り込んでいます。

東京落語は「毛氈《もうせん》芝居」という演題で、「蔦紅葉宇津谷峠／文弥殺しの場」を演じる構成になりました。

このネタは東京落語で成立し、明治初期の創作とも言われており、六代目三遊亭圓生師は『寄席育ち』（青蛙房）の中で、「二代目柳亭燕枝は、落とし噺の評判は良くなかったが、「毛氈芝居」で、噺から芝居に移る所は、真似の出来ない良さがあった」と記しています。

明治三十八年八月六日、上野広小路の鈴本亭で開催された、柳派の「はなしの稽古会」で

『三友派落語 高座の色取』（杉本書店・美也古書房、明治39年）の表紙と速記。

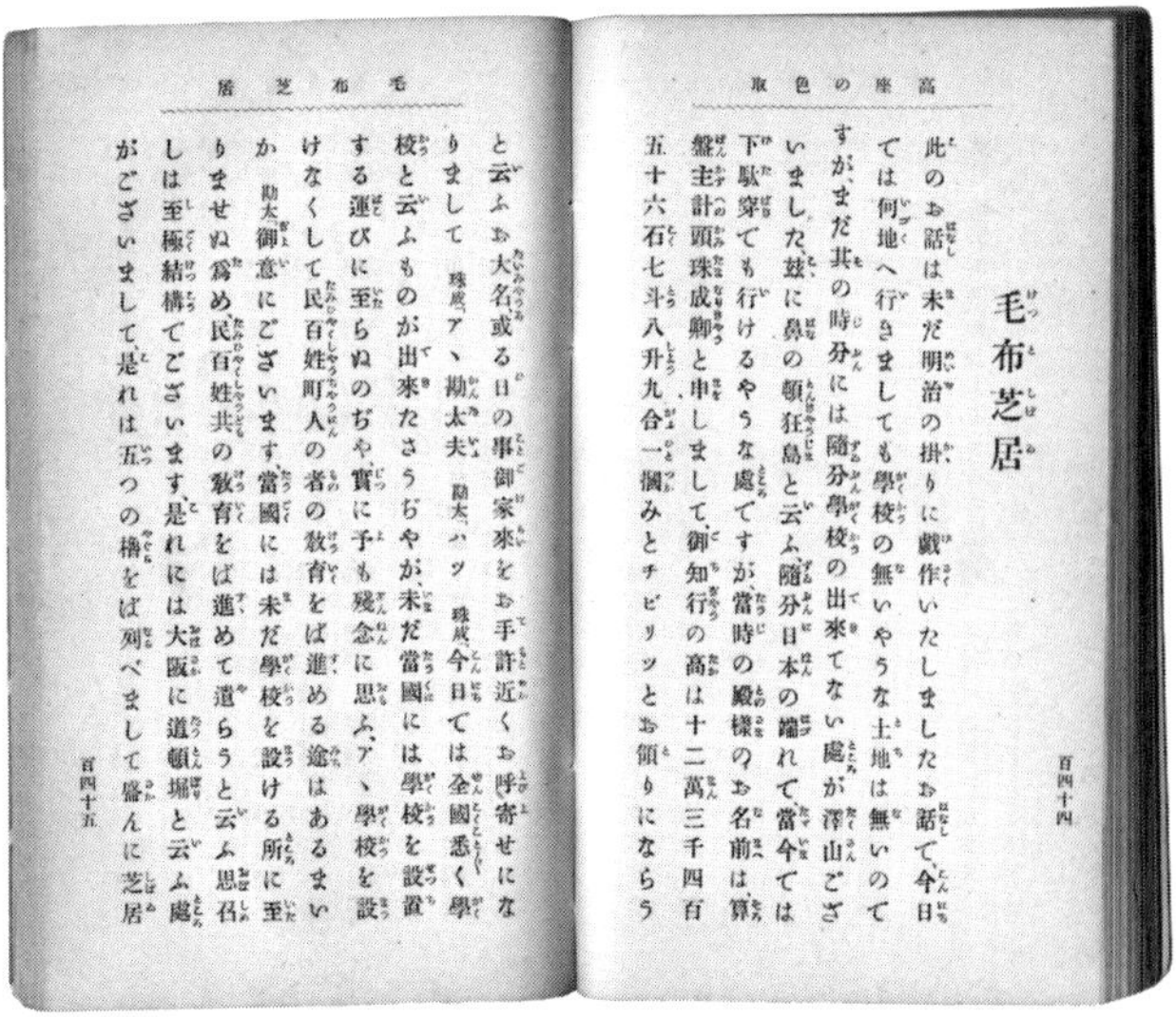

高座の色取

毛《けつ》布《と》芝《しば》居《ゐ》

此《こ》のお話《はなし》は未《ま》だ明治《めいぢ》の掛《か》りに戯作《げさく》いたしましたお話《はなし》で、今日《こんにち》では何地《どこ》へ行《い》きましても學校《がくかう》の無《な》いやうな土地《とち》は無《な》いのですが、まだ其《そ》の時分《じぶん》には随分《ずゐぶん》學校《がくかう》の出來《でき》てない處《ところ》が澤山《たくさん》ございました、玆《こゝ》に鼻《はな》の頓狂島《とんきやうじま》と云《い》ふ随分《ずゐぶん》日本《にほん》の端《はづ》れて、當今《たゞいま》では下駄《げた》穿《ばき》でも行《い》けるやうな處《ところ》ですが、當時《たうじ》の殿樣《とのさま》のお名前《なまへ》は算《さん》盤主計頭珠成卿《ばんかずへのかみたまなりきやう》と申《まを》しまして、御《ご》知行《ちぎやう》の高《たか》は十二萬《まん》三千四百五十六石《こく》七斗《とう》八升《しやう》九合《がふ》一摑《ひとつか》みとチビリッとお領《と》りにならう

百四十四

毛布芝居

と云《い》ふお大名《だいみやう》或《あ》る日《ひ》の事《こと》御《ご》家來《けらい》をお手許《てもと》近《ちか》くお呼寄《よびよ》せになりまして　珠成「アヽ、勘太夫《かんだいふ》　勘太「ハツ　珠成「今日《こんにち》では全國悉《ぜんこくことごと》く學《がく》校《かう》と云《い》ふものが出來《でき》たさうぢやが、未《いま》だ當國《たうごく》には學校《がくかう》を設置《せつち》する運《はこ》びに至《いた》らぬのぢや、實《じつ》に予《よ》も殘念《ざんねん》に思《おも》ふ、アヽ學校《がくかう》を設《まう》けなくして民百姓町人《たみひやくしやうちやうにん》の者《もの》の教育《けういく》をば進《すゝ》める途《みち》はあるまいか　勘太「御意《ぎよい》にございます、當國《たうごく》には未《ま》だ學校《がくかう》を設《まう》ける所《ところ》に至《いた》りませぬ爲《た》め、民百姓共《たみひやくしやうども》の教育《けういく》をば進《すゝ》めて遣《や》らうと云《い》ふ思召《おぼしめし》しは至極結構《しごくけつこう》でございます、是《こ》れには大阪《おほさか》に道頓堀《だうとんぼり》と云《い》ふ處《ところ》がございまして、是《こ》れは五《いつ》つの櫓《やぐら》をば列《なら》べまして盛《さか》んに芝居《しばゐ》

百四十五

『傑作揃落語全集』（榎本書店・進文堂、大正14年）の表紙と速記。

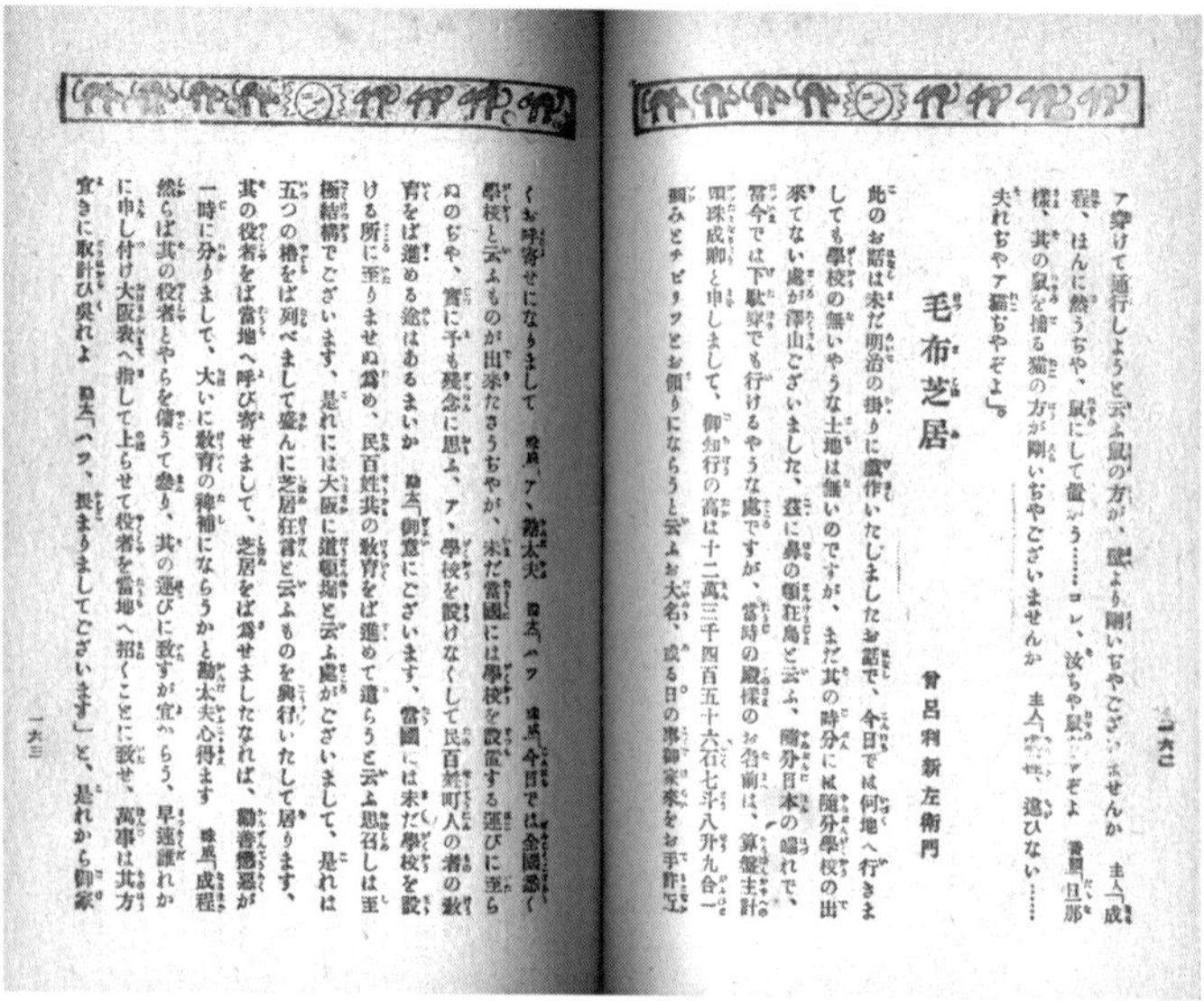

一六二

ア穿けて通行しようと云ふ鼠の方が、鼠より剛いぢやございませんか　主人「成程、ほんに然うぢや、鼠にして貰ふ……コレ、汝ぢや鼠ぢやぞよ　番頭「旦那様、其の鼠を捕る猫の方が剛いおやございませんか　主人「成程、追ひない……夫れぢやア猫ぢやぞよ」。

毛布芝居　曾呂利新左衛門

此のお話は未だ明治の掛りに戯作いたしましたお話で、今日では何地へ行きましても學校の無いやうな土地は無いのですが、まだ其の時分に風随分學校の出來てない處が澤山ございました、茲に鼻の頓狂島と云ふ、随分日本の端れで、當今では下駄穿でも行けるやうな處ですが、當時の殿樣のお名前は、算盤主計頭珠成卿と申しまして、御知行の高は十二萬三千四百五十六石七斗八升九合一掴みとチビリッとお餌りにならうと云ふお大名、或る日の事御家來をお手許へく御呼寄せになりまして　殿様「ア、勧太夫　勧太「ハッ　殿様「今日では全國悉く學校と云ふものが出來たさうぢやが、未だ當國には學校を設置する運びに至らぬのぢや、實に予も殘念に思ふ、ア、學校を設けなくして民百姓町人の者の教育をば進める途はあるまいか　勧太「御意にございます、當國には未だ學校を設ける所に至りませぬ爲め、民百姓共の教育をば進めて遣らうと云ふ思召しは至極結構でございます、是れには大阪に道頓堀と云ふ處がございまして、是れは五つの櫓をば列べまして盛んに芝居狂言と云ふものを興行いたして居ります、其の役者をば當地へ呼び寄せまして、芝居をば爲せましたなれば、勧善懲惡が一時に分りまして、大いに教育の神補にならうかと勧太夫心得ます　殿様「成程然らば其の役者とやらを傭うて參り、其の運びに致すが宜からう、早速誰れかに申し付け大阪表へ指して上らせて役者を當地へ招くことに致せ、萬事は其方宜きに取計ひ呉れよ　勧太「ハッ、畏まりましてございます」と、是れから御家

一六三

演じた記録も残っているようで、東京でも明治時代から上演され、その後、初代三遊亭圓右も頻繁に上演したようです。

上方落語の毛布も、東京落語の毛氈も、芝居の消し幕に使いますが、これは芝居の進行上で不要になった物や、死人を舞台から引っ込めるために使用する幕のことで、黒い幕や緋毛氈を黒衣《くろこ》(後見)が拡げて、人物を消し、ゆっくり移動し、舞台上から消し去ることに使いました。

元来、毛氈は、獣の毛の繊維を拡げて延ばし、加熱や圧縮をして、フェルトにし、幅広の織物にしたような物であり、血の色に近い赤に染めた物を緋毛氈と呼び、茶会・邦楽演奏・雛飾りなどに使用するだけに、御存知の方も多いでしょう。

毛布や毛氈がオチに繋がる落語は、このネタだけですが、大名のトンチンカンな判断で終わるという構成は、大名を馬鹿にしているだけに、江戸時代に上演すると、お咎めを受けたかもしれません。

幕末になれば、大名の力も弱ったので、その頃に成立した落語とも考えられます。

平成十八年六月二十五日、東京八重洲ブックセンターで開催された「第四回・桂文我の世界/復活珍品上方落語」で初演しましたが、前半の侍と芝居小屋の頭取の遣り取りは楽しく、芝居のシーンも難は少なかったのですが、ラストの大名と頭取の会話のテンポが難しく、オチにたどり着くのに、もたつきました。

その後、何度か高座に掛け、ラストのテンポもつかめるようになったので、全国各地の落語会や独演会で上演するようになったのです。

芝居の部分は、工夫により、数多くのハメモノ（※ネタの中に入れる囃子）を加えることが出来るでしょうが、「毛布芝居」は本格的な芝居噺とは思えず、滑稽噺に芝居が加わるという構成なので、ハメモノは少なめにしました。

弥五郎を乗せた駕籠が出る時に入れる「山颪」は、大太鼓を長桴《ながばち》で打ち、山中の風が激しく吹き、樹木を揺らす様子を表現します。

弥五郎を残し、駕籠屋が逃げて行く時は、寄席囃子の「駕籠屋」を演奏しますが、これは歌舞伎下座音楽を土台にして編曲し直した曲で、三味線は軽やかに、テンポ良く弾き、鳴物は〆太鼓と大太鼓を各々のセンスで打ちますが、〆太鼓でアクセントを付けると、軽やかで楽しい演奏になるでしょう。

当たり鉦は自由に入れ、笛は篠笛で曲の旋律通りに吹きますが、いつも入れる訳ではありません。

また、析頭《きがしら》を一定のリズムで刻み、曲に勢いを付ける場合もあります。

岩淵鬼藤太が、弥五郎に声を掛けた所で演奏されるのが「凄き」という曲。

凄さや淋しさを表現する歌舞伎下座音楽に「凄味の合方」があり、「本凄味」「笹引凄味」「凄味様」「皮剥凄味」「忍三重頭凄味」と種類も多く、時代物と世話物では演奏も違うようですが、それを寄席囃子に編曲し直した曲が、「凄き」となりました。

「皿屋敷」「崇禅寺馬場」「七度狐」「ふたなり」「南海道牛かけ」「片袖」など、夜道を歩く場面に使用され、「土橋万歳」で酔って新町へ向かう若旦那の前へ、追剥《おいはぎ》に化けた番頭が現れるシーンでは、夜の暗さと、追剥の凄味を増す効果も上げています。

三味線は低音を効かせた、落ち着いた演奏が望ましく、鳴物は大太鼓で、「風音」を打ち、歌舞伎下座音楽では、半ばに銅鑼を打つそうですが、落語のハメモノでは、キッカケの台詞で銅鑼を打ち込み、当たり鉦や笛などの楽器は入れません。

上方落語で、レコードの吹き込みはありませんでしたが、東京落語のＬＰレコード・カセットテープ・ＣＤは、五代目古今亭今輔・五代目古今亭志ん生・八代目林家正蔵の各師で発売されました。

とろろん

とろろん

喜六・清八という大坂の若い者が、「一遍、富士のお山が見たい」と、東海道を下って、鞠子《まりこ》の宿場の手前で、馬へ乗る。

清「おい、馬方。鞠子の宿は、まだか？」
馬「あァ、鞠子の宿の手前まで来たぞ」
清「ほな、直に宿屋で休めるわ。何でもええけど、この馬の足は遅いな」
馬「馬とオラの足を足すと、六本になる。あんたが二本足で歩くより、早いわ」
清「コレ、ケッタイな勘定をするな」
馬「この馬は、優しい牝馬《めす》じゃ。馬仲間では、別嬪《べっぴん》で通っとる。一寸、面長じゃがな」
喜「おォ、わしは面長の女子が好き！　人間やったら、幾つぐらいや？」

馬「まァ、三十三じゃな」

喜「えッ、三十三！　女子は三十二、三から、七、八までが盛りや。こないだ、八卦見《はっけみ》に見てもろたら、三十三の女子と相性が良えと言われた。わしが五黄《ごおう》の寅で、馬が午《うま》の七《ひち》赤《せき》」

馬「コレ、阿呆なことを言いなさんな」

喜「毛並みが良うて、器量も良かったら、一人身やなかろう。嫁に行って、子どもがあるか？　なァ、馬方！　（馬を揺すって）なァ、おい！」

馬「揺すったら、馬から落ちるわ。あんたらが泊まる宿屋の、夜なべ屋が見えてきた」

喜「何ッ、夜なべ屋！　今晩、ちゃんと寝られるか？」

馬「あァ、大丈夫じゃ。（手綱を引き、馬を止めて）ドゥドゥドゥ！　夜なべ屋の若い衆、大坂の客人を連れてきた。祝儀を仰山くれるよって、楽しみにしとけ」

清「コラ、要らんことを言うな。（馬から下りて）早う、喜ィ公も下りてこい」

喜「あァ、清やんは宿屋で寝てくれ。わしは、この馬の上で寝る」

清「ほんまに、いやらしい奴や。馬を下りて、下を覗いてみい。この馬は、牡馬《おすうま》や」

喜「何ッ、牡か。腹が立つよって、蹴ったろ」

清「そんなことをしたら、お前が馬に蹴飛ばされるわ。早う、馬から下りてこい。馬方、駄賃と酒手や。牡の牝馬に、呉々も宜しゅう言うといて」
馬「馬も、お名残り惜しいと言うてるわ」
清「コレ、嘘を吐け！　おい、番頭。馬方が、ええ加減なことを言うてるわ」
番「お客様を退屈させんのも、馬方の腕で。お御足《みあし》をお洗いになって、お上がり下《くだ》さいませ。お部屋のことで、御相談がございます。町内の寄合いがありまして、今晩は手前共が当番で、下の座敷が塞がっておりまして。寄合いが済みましたら、下のお部屋へ御案内を致します。それまでは二階で、御同座をお願いしとうございまして」
喜「おい、清やん。御同座とは、何や？」
清「同じ部屋で、他の客と一緒に居ることや。番頭、御同座で結構や」
番「ほな、此方へ。はいはい、どうぞ。さァ、はいはい！」
清「コラ、馬を追うように言うな」
番「（襖を開けて）どうぞ、お入りを」
清「えェ、皆さん。大坂者で喧しゅう申しますけど、堪忍しとおくれやす。喜ィ公、此方へ座れ。あァ、草臥《くたび》れたな」
喜「清やん、ほんまに腹が減った！」
清「コレ、大きな声を出すな。皆、笑てるわ」

喜「腹が減った時、腹が減ったと言うて、何が悪い。お婆ンも、そう思わんか?」
清「コレ、お婆ンと言う奴があるか」
喜「お婆ンやない人に、お婆ンと言うたら悪いけど、お婆ンを、お婆ンと言うて、何が悪い! なァ、お婆ン!」
清「段々、えげつのうなるわ。もっと、丁寧に言え」
喜「ほな、言い替えるわ。年寄りで、お迎えの近いお婆ン!」
清「コラ、ええ加減にせえ! この男は阿呆やよって、堪忍して。なァ、お婆ン!」
喜「清やんも、お婆ンと言うてるわ」
清「つい、ウッカリ言うてしもた。お婆さんは、何方の御方で?」
婆「はァ、何じゃ?」
清「どうやら、耳が遠いような。(大声を出して)お婆さんは、何方の御方で?」
婆「はいはい、七十三でございます」
清「あァ、耳が遠い。もし、お婆さんよォーッ! お婆さんの国は、何方じゃーッ!」
婆「はいはい、七十三」
清「やっぱり、あかんわ。其方《そちら》の御方は、何方からお越しで?」
●「オラ、スンスウだ」

喜「おい、清やん。この人は、息が漏れるわ」
清「どうやら、信州と言うてるような。ほな、其方の御方は？」
☆「わたいは、江戸ッ子でんねん」
清「江戸ッ子にしては、ケッタイな言葉遣いや。ほな、江戸の何方で？」
☆「へェ、心斎橋の八幡筋」
清「そんな江戸が、どこにある。ほんまに、ベタベタの大坂や」
☆「いえ、江戸ッ子でっせ。何だい、ベラボウ！」
清「いや、もう結構！　知らん者が同じ座敷に居るのも、何かの御縁で。隣り座敷も、声がするわ。どうやら、客が居るような」
★「あァ、御番頭。わちきのお食《しょく》は、まだでげしょうかな？」
番「暫く、お待ち下さいませ。先程は、御祝儀を過分に頂戴を致しまして」
★「些少の金子《きんす》なぞ、茶代に足るまじきこと。甚《はなは》だ、汗顔《かんがん》の至り」
番「これは、手前共の手拭いで。お荷物の隅になりとも、お入れ下さいませ」
★「これは有難き布切れ故、旅の供に頂戴を致しゃんす」
番「どうぞ、しゃんして下さいませ。此方へ、鞠子名物のトロロを持って参りました」
★「下々《げげ》の食する物も、また一興。早速、頂戴を致しゃんす」

番「ごゆっくり、しゃんしていただきますように。ほな、失礼を致します。（隣り座敷へ来て）ぇェ、御免下さいませ」

清「番頭、此方へ入れ。隣りで『下々』とか、『しゃんす』と言うてる奴は、何者や？」

番「お隣りは、相模のお大尽で。（大声を出して）実は、御祝儀を過分に頂戴を致しました。いつも御祝儀を下さるお大尽で、我々に過分な御祝儀を！」

清「祝儀は、もうええ！　隣り座敷は一人で、此方は狭い座敷に仰山詰め込まれてるわ」

番「何分にも、（大声を出して）御祝儀！」

清「一々、祝儀と吐かすな！　あァ、ほんまに耳が痛《いと》なるわ。それより、何の用や？」

番「お風呂が沸きましたよって、お入りを。その間に、お食事の支度を致します」

清「おい、喜ィ公。番頭は言うことだけ言うて、出て行ったわ」

女「ちょっくら、御免下せえやし」

清「あァ、今度は女子衆《おなごし》が入ってきた。一体、何の用や？」

女「鞠子の名物の、（舌を廻して）トロロロロを上がりやすかのう？」

清「今、何を言うた？」

女「いや、トロロロロでやんす」

喜「わァ、面白い！　何ぼか渡すよって、それを十遍言うて」

女「コレ、何を言いなさる。トロロロロロは、本当に美味え物じゃ」
喜「トロロロロとは、何や？」
女「山芋をゴリゴリッと摩《す》りやして、擂鉢《すりばち》にトロトロッと入れて、擂粉木《こぎ》でガリガリッと掻き廻して、ツルツルッと食べるのが、トロロロロでごぜえやす」
喜「わァ、何遍聞いても面白い！　大坂に連れて帰って、見世物へ出そか？」
清「コレ、阿呆なことを言うな。姐《ねえ》さんが言うてるのは、トロロや。鞠子の名物で、一遍食べてみたかった。ほな、持ってきて」
女「トロロロロは麦飯《ばくはん》じゃで、『オラは、米の飯しか食わねえ。何で、こんな物を持ってきた！』と、腹を立てる御方もごんざりますけんども、麦飯で宜しゅうごぜえやすかのう？」
喜「おい、清やん。トロロに爆弾を入れるとは、物騒な」
清「爆弾やのうて、麦飯や。トロロは、麦飯の方が美味い。ほな、持ってきて」
女「今、ここに持ってきとりますで」
清「お櫃《ひつ》に入ってるのは、麦飯か。それで、トロロは？」
女「下で芋を洗とるで、ちょっくら待ってもらいてえ」
清「麦飯だけ持ってきて、芋は洗てるか。暫くの間、食えんな」

喜「腹が減って、目が廻ってきたわ。この女子衆は、色が白て、フックラしてるよって、大福餅に見えてきた。一寸、齧《かじ》らしてもらおか」
清「一々、阿呆なことを言うな」
○「もし、大坂の衆。肝心のトロロが無いとは、馬鹿にしてるわ。下へ行って、『早う、トロロを持ってこい！』と、怒鳴ってくる」
清「そんな野暮なことはせんと、それらしゅう催促する手は無いか？」
○「よし、わかった。ほな、相撲甚句で催促をするわ。鞠子にも相撲が好きな者も居るよって、相撲甚句が聞こえたら、下の者も耳を貸すと思う。（相撲甚句を演って）はァ、トロロ、トロロ！」
清「それは、『ドスコイ、ドスコイ！』と違うか？」
○「トロロの催促やよって、掛け声も因んでる。（相撲甚句を演って）はァ、トロロ、トロロ！　今宵、鞠子に泊まりしが、腹が減っては、戦が出来ぬ。鞠子の名物、トロロ汁。麦飯だけでは、味が無い。芋を擂鉢に放り込んで、ガリガリガリッと摩り潰し、上から出汁や海苔を掛け。早うお客に出したなら、嬉し涙で祝儀切る。これが鞠子のよォ、値打ちじゃァえ！　はァ、トロロ、トロロ！」
清「わァ、ほんまに器用な人や。わしらは喜んでるけど、下から何にも言うてこんわ。どうやら、相撲甚句ではあかんような」
△「ほな、私が浄瑠璃・義太夫で催促をするわ」
清「鞠子で、浄瑠璃がわかるか？」
△「鞠子の先の島田の宿を舞台にした『生写朝顔日記《しょううつしあさがおにっき》』という浄瑠璃が評判になってるだけに、鞠子の者も知ってるわ。浄瑠璃を語って、トロロを持ってくるようにする。(口三味線を演って）デン、デン、デン、デデデン、デズンデンチンデンチチテン、チンチンチンテン、チンチンチンテン、チントンチントン、チントンツントン、ジャンジャジャンジャンジャンジャン！」
喜「年中貧乏、年中貧乏！」
清「コレ、要らんことを言うな！」
△「(浄瑠璃を語って）てこそ、食べにける。ここは鞠子の一宿に、古《いにしえ》よりの名物は、麦の飯を炊き上げて、当たり鉢にて芋を摩り、ドロリと掛けたるその味は、頬ベタも落ちて、美味なりける。それが中々出てこぬは、どうした難儀であろうかや。(泣いて）トロロロロロロロッ！」
清「泣き声まで、トロロになってるわ。わしらは喜んでも、下から何にも言うてこん。どうやら、浄瑠璃でもあかんような。これでは、この座敷の宴会で終わってしまうわ」

◎「ほな、祭文《さいもん》で催促するわ」

清「祭文と言うたら、道端で錫杖《しゃくじょう》を持って、太い声で『デロレン、デロレン』と囃しながら語る、デロレン祭文？　じっくり聞いたら、味わい深いわ。宿屋の座敷で、デロレン祭文が聞けるとは思わなんだ。ほな、お願いします」

◎「ほな、宜しゅうに。（咳払いをして）エヘン！　（「デロレン祭文」を演って）デロレン、デロレン、デロレン、デロレン、デロレン、デロレン、デロレン！　されば、東海道の鞠子宿。主人の馳走の麦飯も、トロロが無くては食べられぬ。早う芋摩り、出してくれ！」

女子衆が襖を開けて、大きな擂鉢を前へ出すと、

女「ハア、トロロン、トロロン！」

解説「とろろん」

この落語を最初に知ったのは、二代目桂小南師のレコードでした。

東京上野本牧亭の独演会を収録した全十巻・二十枚の、特典レコードも付く豪華版で、一巻の価格が三千四百円。

当時はオイルショックの後で、レコード価格も急騰し、以前は一枚千円だった盤が、千三百円、千五百円になり、その後、千八百円、二千円まで上昇しました。

六代目笑福亭松鶴師や桂米朝師の全集は、二枚組で三千六百円だったので、桂小南師の三千四百円は中途半端な価格のように思いましたが、松鶴・米朝両師のレコードより二百円安かったのは、学生の私にとって助かったのも事実です。

それでも学生時代の三千四百円は、かなりの出費であり、お年玉や小遣いを貯め、素人参加番組で稼いだ賞金で、少しずつ買い求めた中に、「とろろん」が収録されていましたが、最初に聞いた時は、面白さが理解出来ませんでした。

オチに使われている「デロレン祭文」という芸は、幼い頃から浪曲好きだった私も未知の芸能であり、一体、どのような上演の仕方をしていたのか、想像も出来ません。

『江戸大道芸事典』（宮尾與男著、柏書房）、『江戸の大道芸人』（光田憲雄著、つくばね叢書）

によると、山伏の祭文（※神への祝詞《のりと》）を歌謡化して演じることや、それを演じる者を、歌祭文と言い、元禄初期、山伏が祈祷《きとう》の時に使う錫杖を振り、法螺貝《ほらがい》を吹き、語り出したようです。

「デロレン祭文」は、法螺貝を吹く真似だけで、口で「デロレン、デロレン」と言って、法螺貝の音は出さなかったそうで、「デロレン」は法螺貝の擬音。

また、「デロレン祭文」は、「デロレン左衛門」とも言い、壇上に二人が並び、一人が法螺貝に口を当て、自らの声で「デロレン、デロレン」と言い、もう一人は錫杖を振り、調子を取って、唄いました。

その後、「ちょんがれ」という大道芸も現れましたが、この芸は『上方演芸辞典』（前田勇編、東京堂出版）に、「明和頃に始まるもので、願人坊主（※どんな願いでも叶うという触れ込みで、さまざまな姿をして、唄・踊り・口上などを述べる。修行をした坊主ということを見せるため、褌一丁・素足という、裸参りに近い形で歩き、多くは半纏《はんてん》を羽織っていた）が錫杖を打ち振り、早口で『ヤレヤレ、帰命頂礼どら如来。ヤレヤレヤレヤレ、皆さん、聞いてもくれない。一寸、ちょぼくり、ちょんがれ節には』という唄い出しで、卑俗な文句で、既成の語り物や、世上の事件などを語り、句の切れ目ごとに『ホホホイ』、または『ホウ』を入れ、終わりを『さりとは、さりとは、うるさい事だに（または、事《こっ》たに）、ホヲヲヲヲ』で結ぶ」と記されています。

「ちょんがれ・ちょぼくれ」が、「うかれ節」になり、「浪花節」「浪曲」となりました。

明治以降は、「うかれ節」が人気を取り、「デロレン祭文」を演じる者は減りましたが、それでも明治二十年代までは、「デロレン祭文」で興行をしたという新聞記事が残っています。良い機会なので、浪曲について、少しだけ述べてみましょう。

浪曲（浪花節）は、講談や落語のように、三百五十年以上の歴史がある芸能ではなく、幕末から第二次世界大戦前までに急成長し、他の芸能が勝てないほどの人気を誇りました。

昭和十年代から絶大な人気を集めた「清水次郎長伝」の広沢虎造や、「佐渡情話」の寿々木米若の節は、日本全国の津々浦々まで浸透し、銭湯で湯に浸かり、「旅行けば」と唸り、お百姓が田植えをしながら、「佐渡へ佐渡へと、草木も靡《なび》く」と語ったのです。

曲師の助けがあるとは言え、一人の語りで物語を進める芸で天下を取ったのは浪曲のみで、本当に強い一人芸は浪曲だと思いますが、いかがでしょうか？

しかし、第二次世界大戦時には「軍事浪曲」を演り、終戦後は「反戦浪曲」となり、将来の浪曲界を背負う若者が歌謡曲の世界に移ったことで、浪曲界が弱体化して行っただけに、戦争で翻弄《ほんろう》された代表の芸は浪曲と言い切っても間違いないでしょう。

私は以前、大阪朝日放送ラジオの長寿番組だった「おはよう浪曲」の案内役を務めていましたが、「毎週、広沢虎造の『清水次郎長伝』をお願いします」「ずっと、寿々木米若の『佐渡情話』だけでいい」というハガキやメールが数多く届き、驚きました。

浪曲は繰り返しに耐えうる芸で、美声・節・啖呵《たんか》で迫れば、人の魂まで揺さぶることが出来るのですが、それは名人上手のみに言えることで、一声唸った時点で、これほど上手下手

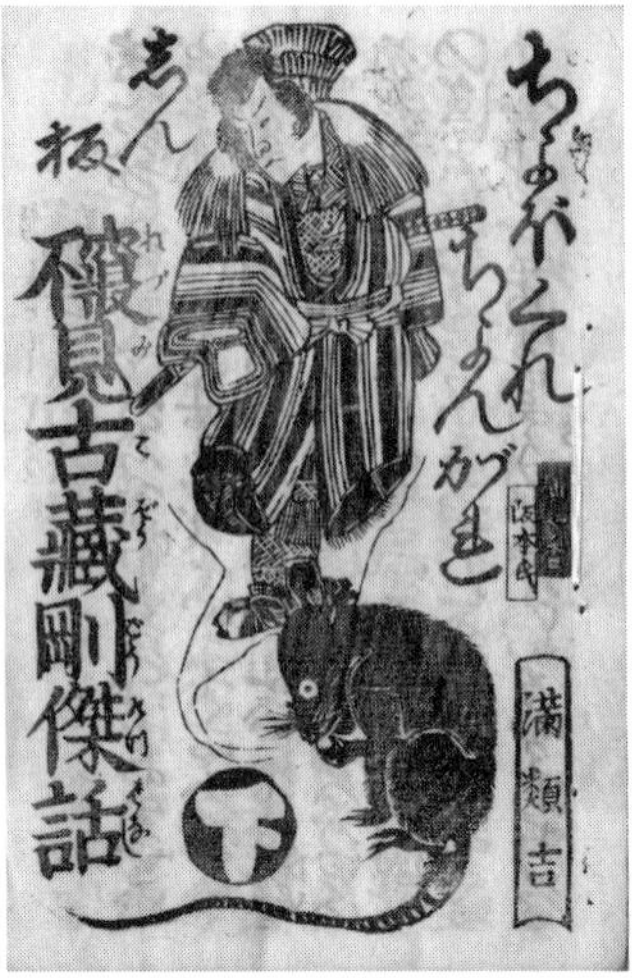

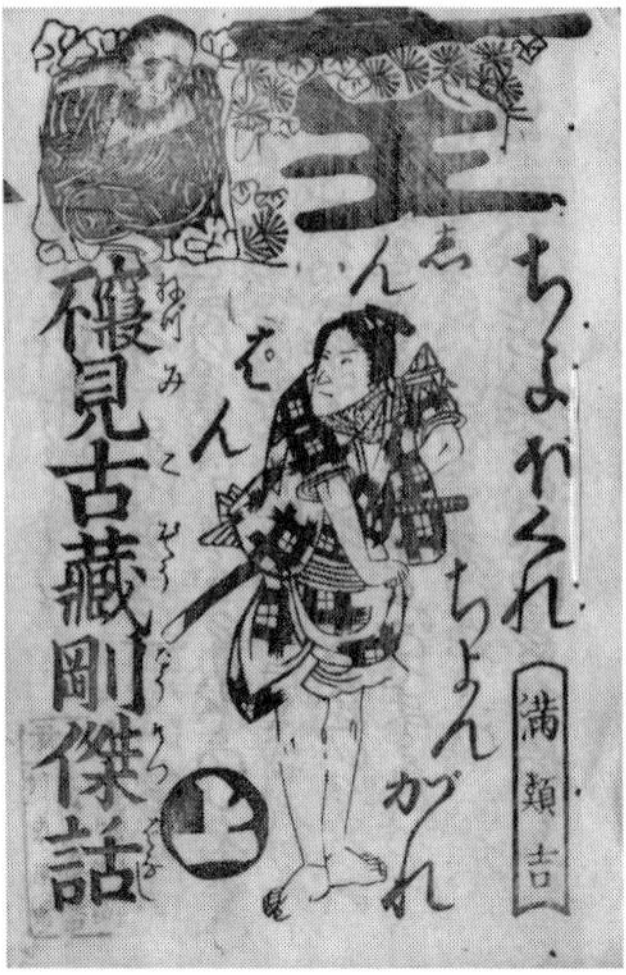

ちょんがれちょぼくれ『寝見古蔵剛傑話』上・下の表紙。

『文藝倶楽部』第20巻第８号の表紙と速記。

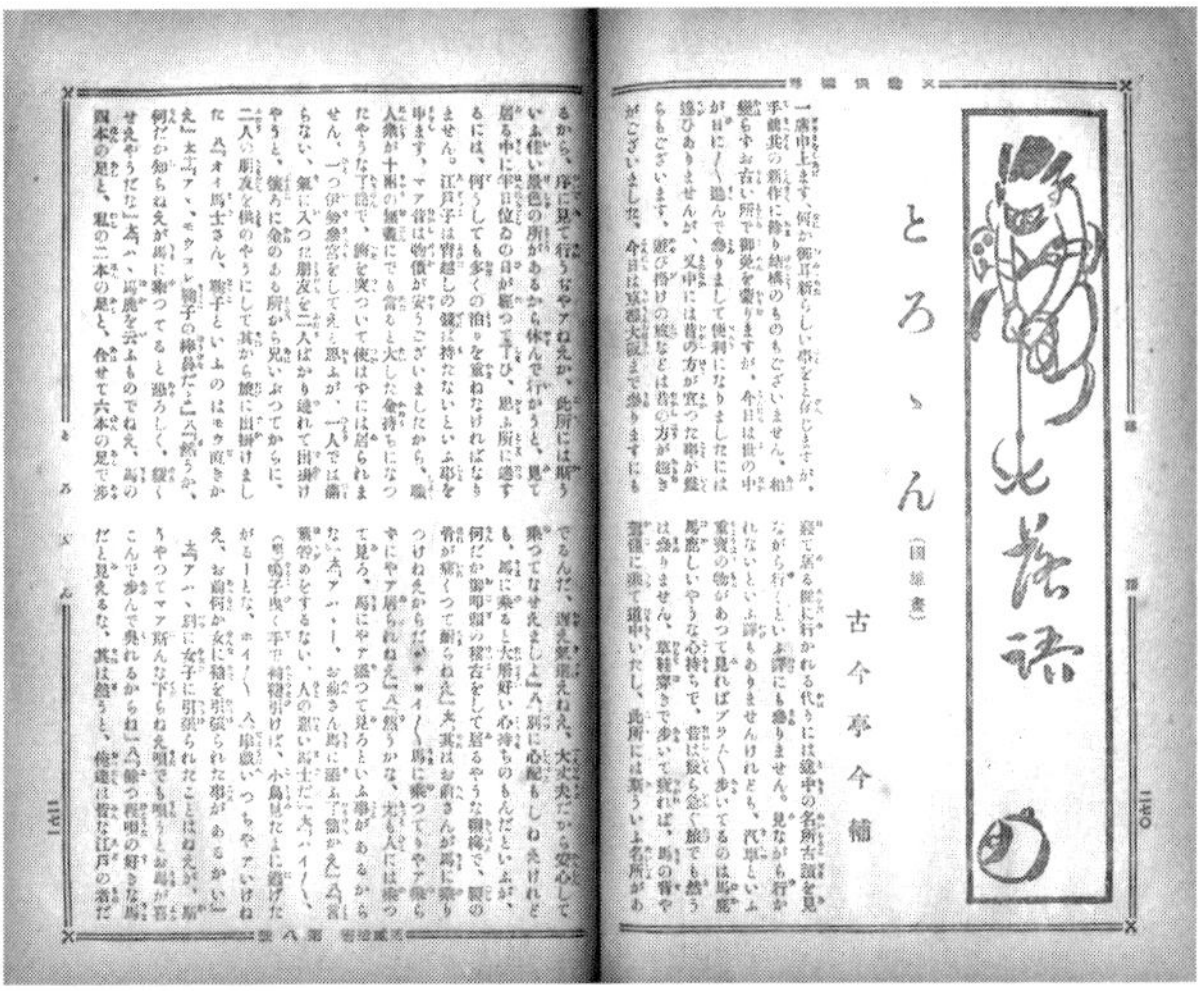

落語

とろゝん（図案書）

古今亭今輔

一席申上ます、何か御耳新らしい事をと存じますが、手前共の新作に餘り結構のものもございません。相變らずお古い所で御免を蒙りますが、今日は世の中が日に〳〵進んで參りまして便利になりましたには違ひありませんが、又中には昔の方が宜かつた事が隨分もございます。旅の掛けの旅などは昔の方が趣きがございました。今日は京都大阪まで參りますにも寢て居る間に行かれる代りには途中の名所古蹟を見ながら行くといふ譯にも參りません。見ながら行かれないといふ譯もありませんけれども、汽車といふ重寶の物があつて見ればブラ〳〵歩いてるのは馬鹿馬鹿しいやうな心持ちで、昔は我ら急ぐ旅でも然うは參りません、草鞋穿きで歩いて疲れば、馬の背や駕籠に乘て道中いたし、此所には斯ういふ名所があるから、序に見て行うぢやアねえか、此所には斯ういふ佳い景色の所があるから休んで行かうと、見て居る中に半日位ゐの日が經つて了ひ、思ふ所に達するには、何うしても多くの泊りを重ねなければなりません。江戸子は宵越しの錢は持たないといふ事を申ます、マア昔は物價が安うございましたから、職人衆が十兩の無盡にでも當ると大した金持ちになつたやうな了簡で、腕を突ついて使はずには居られません、一つ伊勢參宮をしてえと思ふが、一人では詰らない、氣に入つた朋友を二人ばかり連れて出掛けやうと、懐ろに金のある所から見いぶつてからに、二人の朋友を供のやうにして其から旅に出掛けました 八「オイ馬士さん、獅子といふのはモウ直きかえ」太「アヽ、モウコレ獅子の棒鼻だよ」八「然うか、何だか知らねえが馬に乘つてると譫ろしく、縦〳〵せえやうだな」太「へ、馬鹿を云ふものでねえ、馬の四本の足と、私の二本の足と、併せて六本の足で歩でるんだ、踏え外しもしねえ、大丈夫だから安心して乘つてなせえましよ」八「別に心配もしねえけれども、馬に乘ると大層好い心持ちのもんだといふが、何だか御輿舁の稽古をして居るやうな塩梅で、腰の骨が痛くつて耐らねえ」太「其はお前さんが馬に乘りつけねえからだ、チョイ〳〵馬に乘つてりやア然らずにやア居られねえ」八「然うかな、乃も人には乘つて見ろ、馬にやア添つて見ろといふ事があるからな」太「アハヽヽ、お前さん馬に添ふ了簡かえ」八「冗談言めをするない、人の惡い馬士だ」太「ハイ〳〵、（唄）鴨子曳く手や綱引けば、小鳥見たよに逃げたがるーよな、ホイ〳〵」八「馬士いつちやアいけねえ、お前何か女に綱を引張られた事があるかい」太「アハヽ、別に女子に引張られたことはねえが、斯うやつてマア斯んな下らねえ唄でも唄うとお馬が喜こんで歩んで呉れるからね」八「餘つ程唄の好きな馬だと見えるな、其は然うと、俺達は皆な江戸の者だ

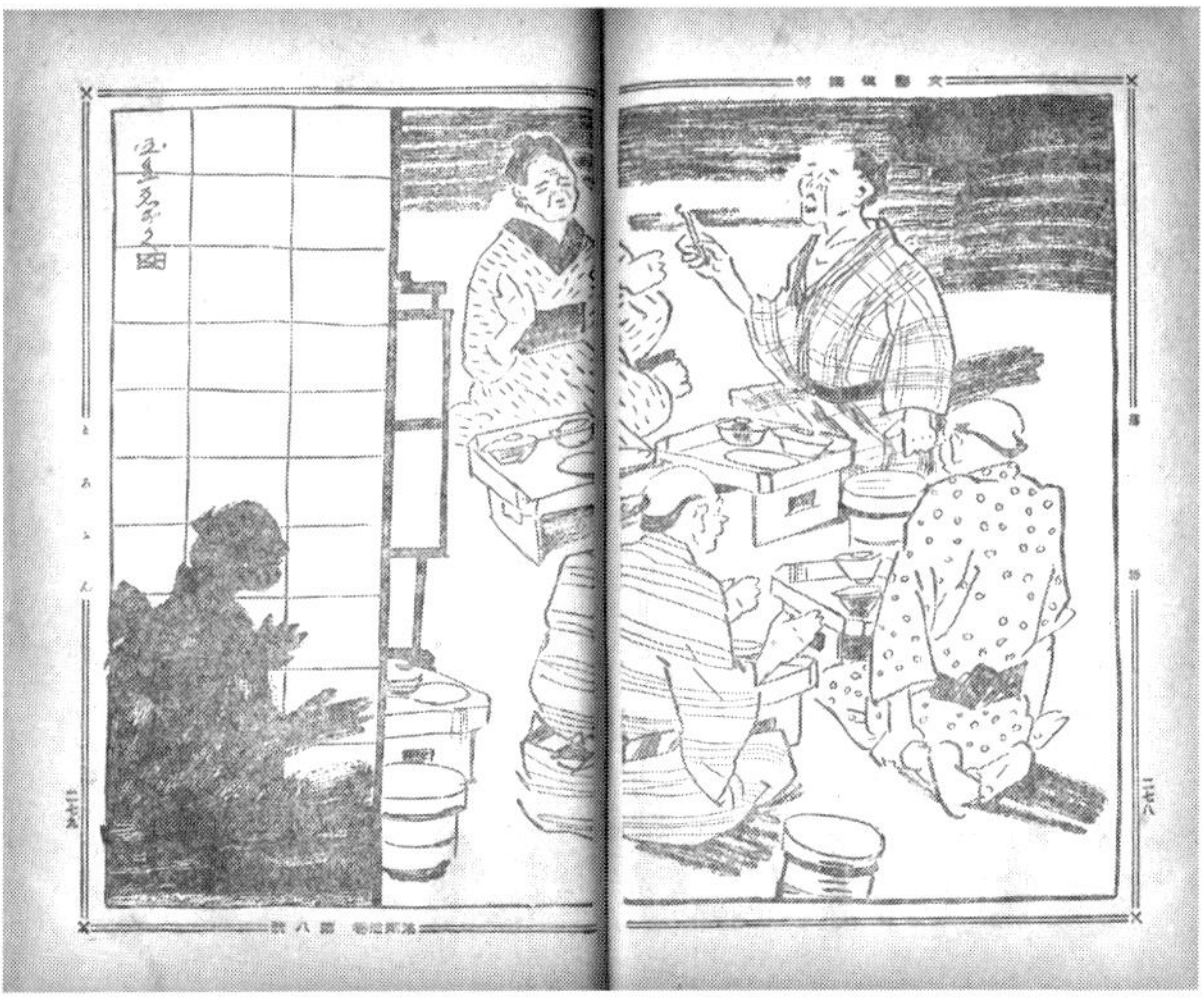

が鮮明に出る芸も無いでしょう。

悪声の名人と言われた広沢瓢右衛門師が、「昔、二千人も三千人も入る大劇場の名人大会の三番叟《さんばそう》（※トップバッター・前座）で出た時、一声唸ったら、お客が『コラ、止めとけ！』と言うて、五分も演らん内に舞台から下ろされました」と仰いましたが、落語の場合、このようなことは皆無に近いだけに、最初の一声で巧拙を判断されてしまう浪曲は、切実な芸と言えます。

師匠から弟子に伝承される芸ですが、自分の節を編み出し、観客に認めてもらえないと値打ちが無いと言われただけに、オリジナリティ重視の芸とも言えましょう。

それだけに、「紀伊國屋文左衛門」で売れた梅中軒鶯童や、「赤城の子守唄」の春日井梅鶯は師匠を持たず、自分の才能と努力だけで大看板になれたのです。

再び、話を「とろろん」に戻しましょう。

平成二十一年十一月十六日、大阪梅田太融寺で開催した「第五〇回・桂文我上方落語選（大阪編）」で初演しましたが、上方落語の旅ネタで、富士山を目指す落語があっても良いと思いましたし、冒頭の馬方との掛け合いも、「三人旅」などには無い展開で、泊まり客が一つの座敷に詰め込まれるという構成も面白く、その隣り座敷の相模のお大尽や、宿屋の女子衆の口調もユニークだけに、楽しみながら演じることが出来ました。

オチの駄洒落《だじゃれ》になっているのが、鞠子宿の名物・とろろ汁。

江戸から数えて、東海道五十三次・二十番目の宿場で、東海道で一番小さな宿場でしたが、当時の旅人が鞠子宿を訪れるのを楽しみにしていたのは、とろろ汁を味わうことでした。摩り下ろした自然薯《じねんじょ》（山芋）を擂鉢に入れ、さらに摩り、汁物にしたのが、とろろ汁。麦飯に掛けて食べるのが、麦とろ。

三重県松阪市の山間部で生まれ育った私は、半世紀前の学生時代、近所の山へ自然薯を掘りに行き、とろろを味わったことを、昨日のように思い出します。

自然薯は、擂鉢で摩っている間に、アクで黒く変色しますが、栽培した山芋とは、粘りも、味の濃さも格段に違いました。

芥川龍之介の名作『芋粥』の芋は自然薯のことだけに、その美味しさや、栄養の豊富さは、『芋粥』の原話『宇治拾遺物語』の舞台となった平安時代から特筆物だった訳で、鞠子宿の名物・とろろ汁は、歌川広重の浮世絵にも描かれ、十返舎一九の『東海道中膝栗毛』では、とろろ汁の店の主人と女将が喧嘩をし、とろろまみれになるという場面が滑稽に表現されています。

これは私の推測ですが、『東海道中膝栗毛』の評判が上がった頃、当時の噺家が鞠子宿を舞台にし、とろろに関した落語を創作したのではないでしょうか。

そのようなことを考えると、コント性の強い落語も、時代劇のドラマを見ているような気分で聞いていただけるのではないかと思います。

「とろろん」の速記は、戦前の雑誌『文藝倶楽部』『はなし／水無月之巻』に掲載されていますし、ＬＰレコード・カセットテープ・ＣＤは、二代目桂小南師の録音で発売されました。

吉野狐

よしのぎつね

頃は一月末つ方、凍えるような寒い晩。

瓦屋橋西詰で、年の頃なら二十二、三の男が、袂へ小石を放り込むと、橋の欄干へ手を掛け、堀へ身を投げようとしてる。

安「(羽交い締めにして)コレ、早まったことをしなさんな！」

島「いえ、生きてても仕方の無い身でございます。助けると思て、殺して下さいませ！」

安「医者の見立て違いやあるまいし、助けると思て、殺せるか。訳を聞いて、死なななあかんと思たら、わしの手に掛けてでも殺したげる。若いよって、力が強いわ。(島三郎を叩いて)コレ！　この辺りでは見掛けん顔じゃが、どこの御方じゃ？」

島「お恥ずかしいことながら、私の申しますことを一通り、お聞きなされて下さりませ。

〔ハメモノ／篠入りの合方。三味線・当たり鉦で演奏〕私の家は心斎橋で、渋谷《しぶたに》や石原ほどの店ではございませんが、昔からの時計屋稼業。父の渋いことは、この上なし。堅いことは、石より堅く。それに引き替え、私は大阪新町南通り・木原の娼妓《まんた》と馴れ染めて、通い廓の習いとて、芸妓・舞妓や幇間《たいこもち》に持てはやされての大和巡り。出が時計屋のことなれば、コチコチカチカチの親父の許で、坊《ぼ》ン坊ンと呼ばれた私。身の振り子を考えて、ネジを巻くだけ巻きましたが、身の歯車が狂てからは、家の柱になるのを忘れ、腕も磨かず、時を刻み。鳩の如くに、家を飛び出し。やっと目覚めて、生きる甲斐無く、身投げをするに至りました」

安「ようそれだけ、時計尽くしで洒落を言いなさったな。ここで死んでも、得なことは一つも無い。わしは、高が知れた夜泣きのうどん屋じゃ。齢を取って、うどん屋の荷が担げんよって、車を引いて、商売をしてる。今晩は、うどんが二玉残った。これを売り切って帰ろうと、ここまで来たら、あんたを見掛けたという訳じゃ」

島「お宅は、うどん屋で？　うどん屋が、傍（※蕎麦）へ来るまで知らなんだ」

安「コレ、ケッタイな洒落を言いなさんな。そんなことが言えるのは、死神が離れたようだな。ほな、わしの家へ来なはれ。今晩、泊まる所も無かろう。悪うはせんよって、わしの後から随いてきなはれ。（家へ帰って）コレ、婆さん。今、帰った」

婆「爺さん、お帰り。今晩は冷えるよって、寒かったじゃろ。炬燵に、火がドッサリ入れてある。さァ、早う当たらんせ。荷は、私が片付けるわ」

安「いや、今晩は客人がある。若い衆の身投げを止めて、連れて帰ってきた。さァ、此方へ入りなされ。あんたは、お腹が空いてるじゃろ。顔に、ペコペコと書いてある。婆さん、御飯はあるか？　皆、食べてしもたとな。ほな、売れ残ったうどんを食べなされ。若いよって、二玉ぐらいは食べられる。婆さんが、直に拵えるわ」

島「誠に、申し訳がございません」

安「ウチも残り物が片付いたら、助かるわ。うどんが出来るまで、話を聞かしてもらう。あんたの家は、何方じゃ？　あァ、心斎橋の時計屋の伜か。あの店の前は、何遍も通ったことがある。それで、あんたの名前は？」

島「私は、島三郎と申します」

安「中々、良え名前じゃ。あァ、うどんが出来たか。二玉を丼へ入れたよって、うどんが山盛りじゃ。さァ、遠慮無しに食べなされ。慌てて食べたら、火傷《やけど》をする。余程、お腹が空いてたような。目に涙を浮かべながら、食べてなさる」

島「(食べ終わって）こんなに美味しいうどんは、生まれて初めていただきました」

安「身体が温もったら、休みなされ。婆さんが敷いたのは、綿がはみ出た煎餅布団じゃ。

さァ、横になりなされ」
島「ほな、休ましていただきます」
安「はい、お休み。（夜が明けて）コレ、婆さん。島三郎さんは、まだ寝てなさるか？　島三郎さん、起きとおくれ」
島「はい、お早うございます。寝過ごしまして、申し訳ございません」
安「余程、疲れてなさったような。そこへ座って、わしの話を聞いとくれ。あんたが寝てる間に、心斎橋の家へ行ってきた。親父さんに会うたが、あんたの言う通り、堅うて、渋い御方じゃ。何を言うても、聞く耳を持って下さらん。夕べの話をすると、『放っといてもろたら、この後も無茶に金を遣われたり、家の物を持ち出される心配が無かった』と言いなさる。可愛い伜が死んだ方が良えと思う親は、一人も無い。ホッとしなさったと思うが、物の言い方を間違《まちご》てなさる。腹が立ったよって、『そんなに要らん伜やったら、ウチへ養子にもらいます！』と言うたら、『どうぞ、御随に』と仰った。勝手に話を進めてすまなんだが、戸籍も送ってもらうことになって。あんたの親父さんも、ほんまに憎うて勘当するとは思わん。親父さんの怒りが納まったら、元の鞘に納まれば良し。生まれ替わったつもりで、ウチへ養子に来て、年寄りの面倒を見て下さらんか？」
島「宜しゅう、お願い致します」

安「コレ、婆さん。島三郎さんが、倅になってくれるそうな」
婆「爺さん、有難い。私は、子どもが授かるのは諦めてました」
安「その齢で、子どもが産めるか。コレ、島三郎さん。ほな、宜しゅう頼みます」
島「私も、しっかり働きますよって」

これが縁で、この家へ島三郎が養子に入る。
商いの要領がわかると、うどんの拵え方から、出汁の取り方、店番から、得意先の出前と、毎日が目の廻るような忙しさ。
その内に、四月半ばになって、いつものように商いを済ませ、家へ帰ってくる。

吉「若旦那、お待ち致しておりました」
島「お前は、吉野！　ここに居るのを、どこで聞いた？　あァ、都合が悪い。折を見て、顔を出すよって、何も言わんと帰って」
吉「やっと居所の知れた若旦那の所から、そう易々と帰れますかいな」
島「いや、ほんまに都合が悪い！　あァ、お父っつぁんが帰ってきはった」
安「コレ、ウチへ誰ぞが来てなさるか？」

吉「お初に、お目に懸かります。私は新町南通り・木原の座敷に出ております、吉野という不束者。島三郎さんとは、深《ふこ》う言い交わした仲。今年の一月に大和巡りをした後、お越しがございません。彼方此方で聞き合わせ、此方に居られることを知りました。私の料簡で働いて、親方に儲け溜めを預けておりまして。(金を出して)この百円は持参金と思《おぼ》し召し、島三郎さんの嫁にして下さりませ」

安「コレ、島三郎。何を、キョトンとしてなさる。あんたを追うて、ここまで嫁に来て下さった。有難う、嫁に来てもらいなされ」

島「私の上に、吉野まで御厄介になっては」

安「何《いず》れ、嫁を取ることを考えてた。差し支えが無かったら、今晩から嫁に来てもらいなはれ。なァ、婆さん」

婆「私も娘が欲しいと思うてましたけど、この齢では授からんと諦めてました」

安「また、阿呆なことを言う。汚い家じゃが、上がりなされ。あァ、わしらは二階で寝る。年寄りは鼠《ねずみ》も引いて行かんよって、二階へ布団を持って上がっとおくれ。あんたらは下で、島三郎の布団で寝たら宜しい。年寄りは、直に二階へ上がります。細かいことは、明日の朝にしょう。婆さん、早う二階へ上がろ。(二階へ上がって)婆さん、下を覗くのやない」

婆「涙ながらに、話をしてなさる」
安「あァ、当たり前じゃ。逢いとうても、逢うことが出来なんだ。『女郎の誠と　卵の四角
　あれば晦日に　月が出る』という歌があるが、ここに誠が出てきたな」
婆「その内に、鶏が四角い卵を生むやろか？」
安「一々、阿呆なことを言いなさんな。チョイチョイ、ケッタイなことを言いなさる」
婆「ところで、爺さん。一寸、下へ下りたらあかんか？」
安「若い二人が、一つの布団で寝てる。一体、何をしに行くのじゃ？」
婆「一寸、お手水《ちょうず》へ行きたい」
安「何で、二階へ上がる前に済まさん」
婆「早う二階へ上がれと言うよって、済ませる間が無うて」
安「窓を細うに開けて、屋根の樋《とゆ》へしなはれ」
婆「コレ、そんな恥ずかしいことが出来るかいな！」

　年寄り夫婦は、しょうもないことで揉めてる。
　夜が明けると、「急に若い女子が住むと、近所に妙な評判が立ったらあかん」と、家主や、長屋の者へ話をした。

家「安兵衛さん、結構なことじゃ。あんたが常から真面目に働いてるよって、神様が褒美《ほうび》を下さったような。良え伜が出来た上、美しい嫁まで来た。所帯が二つになると、この長屋では狭かろう。嫁が持ってきた百円の支度金で、うどん屋の店を出しなはれ。夜泣きのうどん屋では、蕎麦かうどん、ケツネぐらいしか売れん。内店を出すと、かやく物が売れるよって、利が大きい。わしは長う居ってほしいけど、あんたらのことを考えたら、それが一番良えと思う。金のある内に、表通りへ店を出しなはれ」

安「ほな、そうさしていただきます」

世話好きの家主と一緒に、道頓堀界隈を探すと、良え店が見付かった。
早速、その店を買い取ると、大工や手伝いが入って、立派な店が出来上がる。

家「安兵衛さん、何と結構な店やないか」
安「これも皆、家主さんのお蔭で」
家「いや、あんたの心掛けの賜物じゃ。また、わしも寄してもらいます」
安「家主さんの仰る通り、元手を出してくれた吉野を店の名前にして、暖簾《のれん》や行灯《あんどん》、法被《はっぴ》や出前の提《さ》げ箱まで、吉野の名前を入れましたが、ほんまに流行《はや》りますかな？」

家「あァ、大丈夫じゃ。あんたは気が付いてないが、ケツネを信田《しのだ》と言うような、うどん屋の符丁《ふちょう》が揃てるわ。しっぽくをキヤと言うが、あんたの家の名字が木谷。読み方を替えたら、キヤになる。あんぺいをヤスベエと言うが、あんたの名前が安兵衛じゃ。小田巻がマキで、あんたの嫁さんが、おまきさん。蕎麦がシマで、伜の名前が島三郎。あんかけは吉野で、嫁が吉野じゃ。ちゃんと、うどん屋の符丁が揃てる」

安「あァ、そうですな」

家「うどんや蕎麦は安兵衛さんが打って、出前は島三郎さんがする。おまきさんを帳場に座らして、店の中の給仕は吉野さんにしてもろたら宜しい」

吉日《きちにち》を選んで開店すると、早々から大繁盛で、お客が次々詰め掛ける。

×「新しいうどん屋が出来たらしいけど、味は良えか？」

○「うどんの味も結構やが、給仕をする嫁が評判の別嬪《べっぴん》。お前の嫁の顔へ鉋を掛けて、トクサで磨いて、水で晒しても、あの別嬪の足許へも寄れんわ」

×「コラ、ボロカスに言うな。ほな、中へ入ろか。(店へ入って)えェ、御免」

吉「へェ、お越しやす。どうぞ、お掛けを」

×「ヘェ、おおきに。（座って）あれが、ここの嫁か。わァ、別嬪や！」
◯「コラ、唾《つば》を飛ばすな。言うてた通り、飛び切りの別嬪やろ？」
×「あの嫁の旦那は、どいつや！」
◯「一々、憎たらしそうに言うな。今、出前から帰ってきた男や」
×「あの男前には、とても勝てん」
◯「あァ、当たり前や。勝ってたら、何ぞする気か？　別嬪の嫁が、此方へ来た」
吉「御注文は、どうさしてもらいましょう？」
×「ヘェ、別嬪の嫁を一膳」
◯「コレ、阿呆なことを言うな！　二人共、小田巻を頼みます」
吉「ヘェ、おおきに。（奥へ向かって）もし、キヤが二膳！　小田巻は、マキでした。キヤが、マキに替わってエーッ！」
×「別嬪の嫁が、注文を間違えよった」
◯「慣れてないよって、符丁が腹へ入ってないようだな。別嬪の嫁が言い間違えるのが楽しみで、この店へ来る人があるぐらいや」
×「ほォ、面白い！　向こうに座ってる男は、うどんの鉢を十五、六も積み上げて、青い顔をしてる」

〇「別嬪の嫁に給仕をしてもらうのが楽しみで、うどんの鉢を積み上げてるわ」
△「もう一膳、ケツネ！　(吐きそうになって) ウッ！」
×「おい、大丈夫か？」

評判が評判を呼んで、日増しに客が増えた。
月日に関守無く、光陰矢の如し。
三年経って、今日も島三郎は法被姿で、提げ箱を持って、道頓堀の中座の前を通る。

姐「そこへお越しになったのは、島坊ンやございませんか？　もし、島坊ン！」
島「おォ、姐貴《あねき》か。いや、久し振りやな」
姐「御無沙汰を致しましたけど、お達者そうで。この前も、前田の若旦那にお会いして、島坊ンのことをお尋ねしましたら、『島三郎さんは、御養子に行きなさった』と言うてはりました。ほんまに、お変わりも無うて結構で」
島「姐貴も達者そうやけど、いつから会わん？」
姐「大和巡りをしてから、御無沙汰で」
島「あァ、あれから会うてないか。あの時は面白かったけど、何年前になる？」

姐「もう、三年になります。奈良の元林院《がんりいん》で、雪に降られて、野施行に行きましたわ」
島「あァ、あの時は寒かった。狐の面を被って、白い襦袢を着て、パッチを履いて」
姐「赤飯の握り飯と油揚げを持って行きましたけど、あんまり寒いよって、持って行った物は置いて、大急ぎで帰りました。あの時のことを吉野さんと話をする度に、『島坊ンは、どうしてはるやろ？』と言うたはりますわ」
島「姐貴、何を言う。吉野やったら、わしと一緒に暮らしてるわ」
姐「もし、阿呆なことを言いなはんな。いつも吉野さんは、島坊ンの心配をしたはります」
島「吉野は嫁になって、ウチで働いてるわ」
姐「まァ、嘘ばっかり！」
島「いや、ほんまや。姐貴の言うてる吉野は、二代目か？」
姐「大和巡りをした、あの吉野さんですがな。今日も吉野さんと旦那と私の三人で、中座の芝居を見に来ました。幕間に、私だけ出てきまして」
島「何ッ、吉野が芝居を見てる？　それは、ほんまか？」
姐「そんなに疑うのやったら、花道の陰から覗いてみなはれ。今日は悋気《りんき》しいの旦那と一緒やよって、会うことは出来ん。ほな、此方へ。（芝居小屋へ入って）紋付の羽織を着て、髭《ひげ》を生やした旦那の隣りに座ったはりますわ」
島「あッ、吉野や！　あァ、動いてる」
姐「コレ、当たり前ですがな」
島「姐貴、今日は帰るわ。改めて、ゆっくり寄してもらう」
○「此方へ小田巻を二膳、頼むで」
吉「へえ、おおきに。もし、マキを二膳！」
○「いや、一寸待って。やっぱり、ケツネにする。小田巻を、ケツネに替えて」
吉「あァ、さよか。マキが、信田に替わってェーッ！」
島「(吉野の胸倉を掴んで)おい、吉野。一寸、此方へ来い！」
婆「コレ、島三郎。一体、何をしなはる？」
吉「お母はん、直にわかります。コラ、お前は誰や？　吉野と偽って、この家へ入り込んでるのは？　まだ、言わんな。言わねば、(吉野を叩いて)〔ハメモノ／ツケ〕こう、こう！」
吉「申します、申ォーします！〔ハメモノ／来序。三味線・能管・〆太鼓・大太鼓で演奏〕思い返せば、三年前。一月半ばの寒き日の、寒風激しく吹きすさぶ。行き来の人も絶え絶えに、大和の国は奈良町の、野辺に住んだる無官の狐。親子五匹が困難の折、アラ有難や、貴方様《あなた》の野施行。赤飯・油揚げを頂戴し、親子五匹が糊口《ここう》を凌《しの》ぎ。その後、子どもは立派に巣立ち。恩義を返さん、尋ねてみれば、家は勘当、流浪《るろう》の身。この後は守護し奉らんと、吉野の君の姿を借り受け、当家へこそは入りこみしが、畜生ながら恩義忘れぬ大和魂。かく物語る上からは、我は古巣へ立ち帰らん。姿は忽《たちま》ち、コレ、御覧！」

島「今の今まで、木原の娼妓と思てたが、吉野が信田に変わってェーッ！」

解説「吉野狐」

古典落語は、ほとんど作者がわからず、誰かが創作したネタを、後々の噺家が演じる間に、全体の骨格が整い、名作に仕上がったのですが、中には作者がわかっているネタもあり、その一つが「吉野狐」で、二代目林家菊丸の作と言われています。

二代目菊丸は、生没年や本名は未詳ですが、幕末に活躍した初代林家菊丸の倅で、創作の才があり、明治半ばまで「吉野狐」「後家馬子」「不動坊」「猿廻し」など、裏長屋の暮らしを活写した落語を数多く創作したと言われており、「大津絵」「替え唄」をこしらえる技量も持ち合わせていました。

私が最初に「吉野狐」を知ったのは、『名作落語全集・第四巻／滑稽怪談編』(騒人社、昭和四年)に掲載されていた、笑福亭枝鶴(後の五代目笑福亭松鶴)の速記です。

噺家になり、大阪市内の落語会で、六代目笑福亭松鶴師の高座に接し、「演じるには骨が折れるけど、聞いてて気持ちの良え、綺麗《きれい》なネタ」と仰ったことが印象に残り、約三十年前に演ってみようと思い立ち、自分なりにまとめたネタを、師匠(二代目桂枝雀)に聞いてもらうと、「もう一寸、先で演った方が良えわ。四十歳を越えた頃、高座に掛けてみなさい」という、アドバイスを受けました。

平成十四年四月二十六日、大阪梅田太融寺で開催した「第二四回・桂文我上方落語選（大阪編）」で初演しましたが、穏やかに時間が進む時代にタイムスリップしたような気分に浸れ、生意気ながら、「噺家として、年を重ねるのは、こういうことか」と感じた次第です。

ネタの冒頭で、島三郎が時計尽くしで述懐するシーンは、いかにも古いギャグと、理解しにくい時計の地口が多かったので、当時と現代の最大公約数的な時計の地口に差し替えました。

その部分は生き返ったと思いますが、いかがでしょうか？

しかし、古風な味を残すことは、古典落語の値打ちであることも確かで、昔の通りの時計の洒落で演じることも否定はしません。

また、島三郎を時計屋の伜ではなく、呉服屋の跡取りに替えて演じたこともあります。

ネタの冒頭で信用を得ておかないと、最後まで押し切りにくいネタだけに、安兵衛と島三郎の出会いは丁寧に演じながら、中盤まで安兵衛のキャラクターで引っ張り、吉野が現れてからは、各々の個性を明確に打ち出し、店の客同士の会話にギャグを挟み、ワンクッションを置いた所で、怪異談となる構成にしました。

オチの手前から芝居もどきになりますが、その口調のままでオチを言い切るか、うどん屋の言い方にするかは、その時の雰囲気に任せています。

戦前の速記は、五代目笑福亭松鶴が私財を投じて刊行した雑誌『上方はなし／第十集』（楽語荘）に掲載されており、ＬＰレコード・カセットテープ・ＣＤは、六代目笑福亭松鶴師の

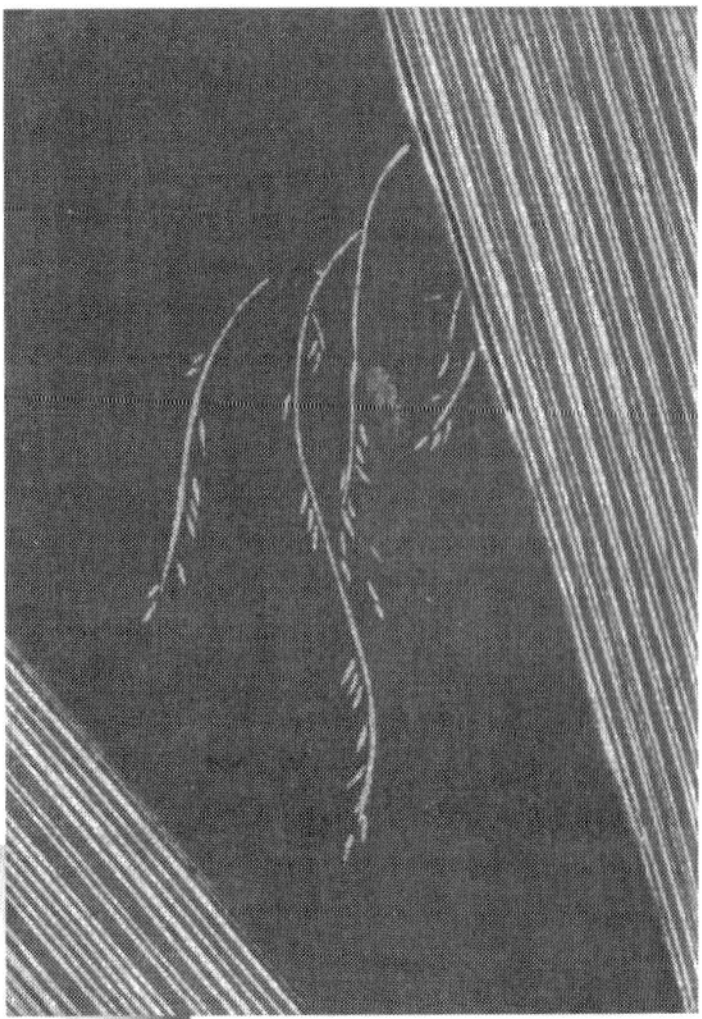

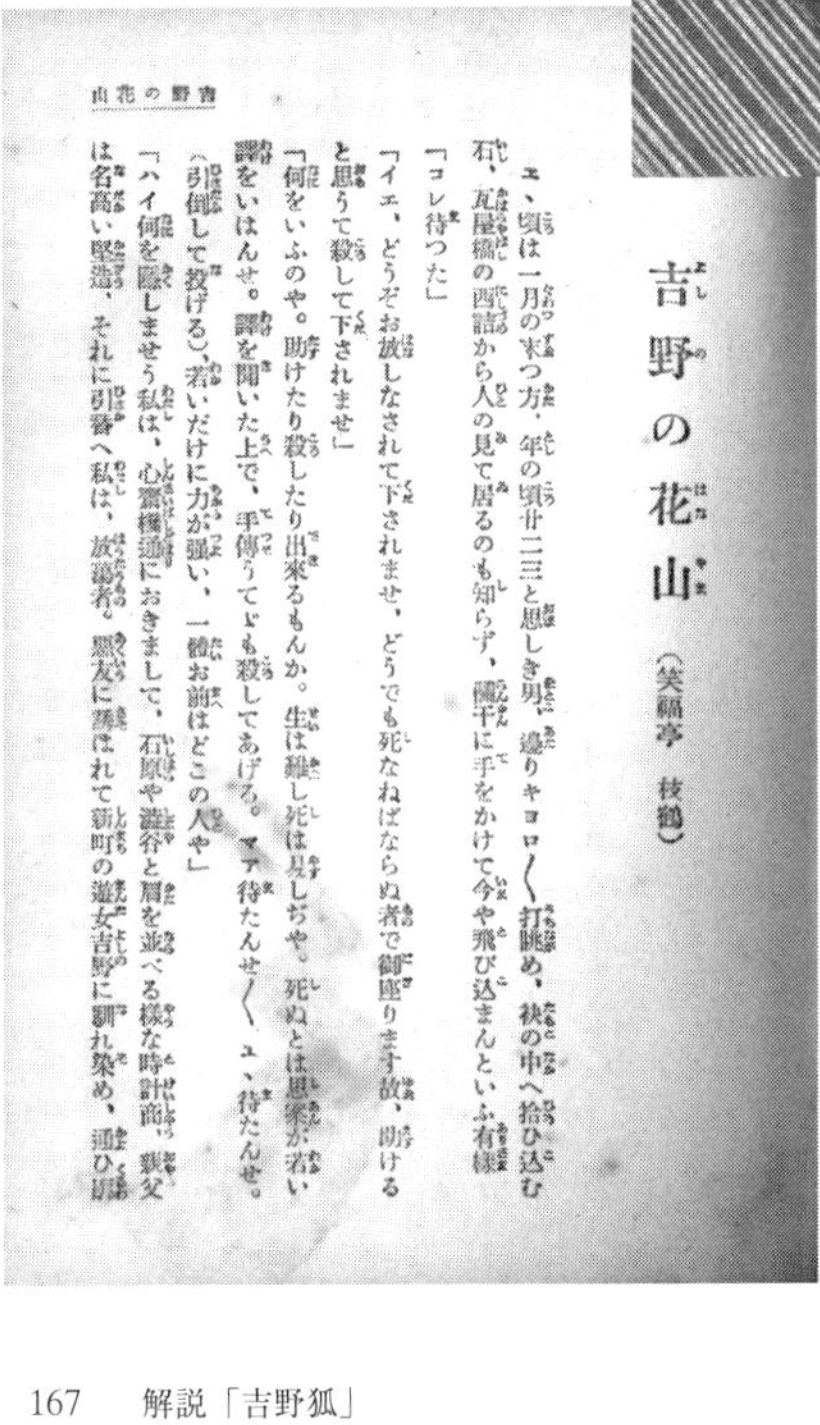

吉野の花山

吉野《よしの》の花山《はなやま》　（笑福亭　枝鶴）

ヱ、頃《ころ》は一月《くわつ》の末《すゑ》つ方《かた》、年《とし》の頃《ころ》廿二三と思《おぼ》しき男《をとこ》、邊《あた》りキョロ〳〵打眺《うちなが》め、袂《たもと》の中《なか》へ拾《ひろ》ひ込《こ》む石《いし》、瓦屋橋《かはらやばし》の西詰《にしづめ》から人《ひと》の見《み》て居《ゐ》るのも知《し》らず、欄干《らんかん》に手《て》をかけて今《いま》や飛《と》び込《こ》まんといふ有様《ありさま》

「コレ待《ま》つた」

「イヱ、どうぞお放《はな》しなされて下《くだ》されませ、どうでも死《し》なねばならぬ者《もの》で御座《ござ》ります故《ゆゑ》、助《たす》けると思《おも》うて殺《ころ》して下《くだ》されませ」

「何《なに》をいふのや。助《たす》けたり殺《ころ》したり出來《でき》るもんか。生《せい》は難《かた》し死《し》は易《やす》しぢや。死《し》ぬとは思案《しあん》が若《わか》い譯《わけ》をいはんせ。譯《わけ》を聞《き》いた上《うへ》で、手傳《てつだ》うてゞも殺《ころ》してあげる。マア待《ま》たんせ〳〵、ユ、待《ま》たんせ。（引倒《ひきたふ》して投《な》げる）、若《わか》いだけに力《ちから》が強《つよ》い、一體《たい》お前《まへ》はどこの人《ひと》や」

「ハイ何《なに》を隱《かく》しませう私《わたし》は、心齋橋通《しんさいばしどほり》におきまして、石原《いしはら》や澁谷《しぶや》と肩《かた》を並《なら》べる樣《やう》な時計商《とけいしやう》、親父《おやぢ》は名高《なだか》い堅造《かたざう》、それに引替《ひきかへ》私《わたし》は、放蕩者《はうたうもの》。惡友《あくいう》に誘《さそ》はれて新町《しんまち》の遊女《いうぢよ》吉野《よしの》に馴《な》れ染《そ》め、通《かよ》ひ詰《つめ》

『名作落語全集・第四巻／滑稽怪談編』（騒人社、昭和４年）の表紙と速記。

録音で発売されました。

菊丸以後、高座で演じていたのは、二代目桂三木助・三代目桂文都・二代目桂南光（後の桂仁左衛門）などで、五代目笑福亭松鶴は義父・六代目林家正楽から習ったそうです。

噺のラストは、「芦屋道満大内鑑／葛の葉の子別れ」「義経千本桜／四の切」を土台にしたパロディになっていますが、この台詞は引っ張り気味に言い、獣の足のように見せるため、両手の指を折り曲げ、胸の前で丸くしなければなりません。

「吉野狐」で使用されるハメモノについても述べておきますが、橋の上から身投げをする島三郎を、うどん屋の安兵衛が引き止め、身の上話を聞くシーンで演奏されるのが「篠入りの合方」で、八代目林家正蔵師が演じた東京落語の「怪談累草紙／親不知の場」のラストの場面でも使用されました。

歌舞伎「忠臣蔵六段目／勘平の腹切り」「義経千本桜三段目／鮓屋」などで、切腹の愁嘆場に演奏される、篠笛の入る歌舞伎下座音楽が「篠入り合方」で、それを落語のハメモノに採り入れた曲が、「篠入りの合方」という寄席囃子になったのです。

上方落語界で、昭和五十年代前半まで活躍した三代目林家染語楼の創作落語「市民税」では、税金の断りに税務署員の前で首を吊ろうとする者の台詞にも使用されました。

ゆっくり三味線を弾き、伏せた当たり鉦の表面を撞木で、時折、チキチンと打ちます。

太鼓類は入れず、笛は曲の名称通り、篠笛を曲の旋律通りに吹きますが、物悲しく、長く

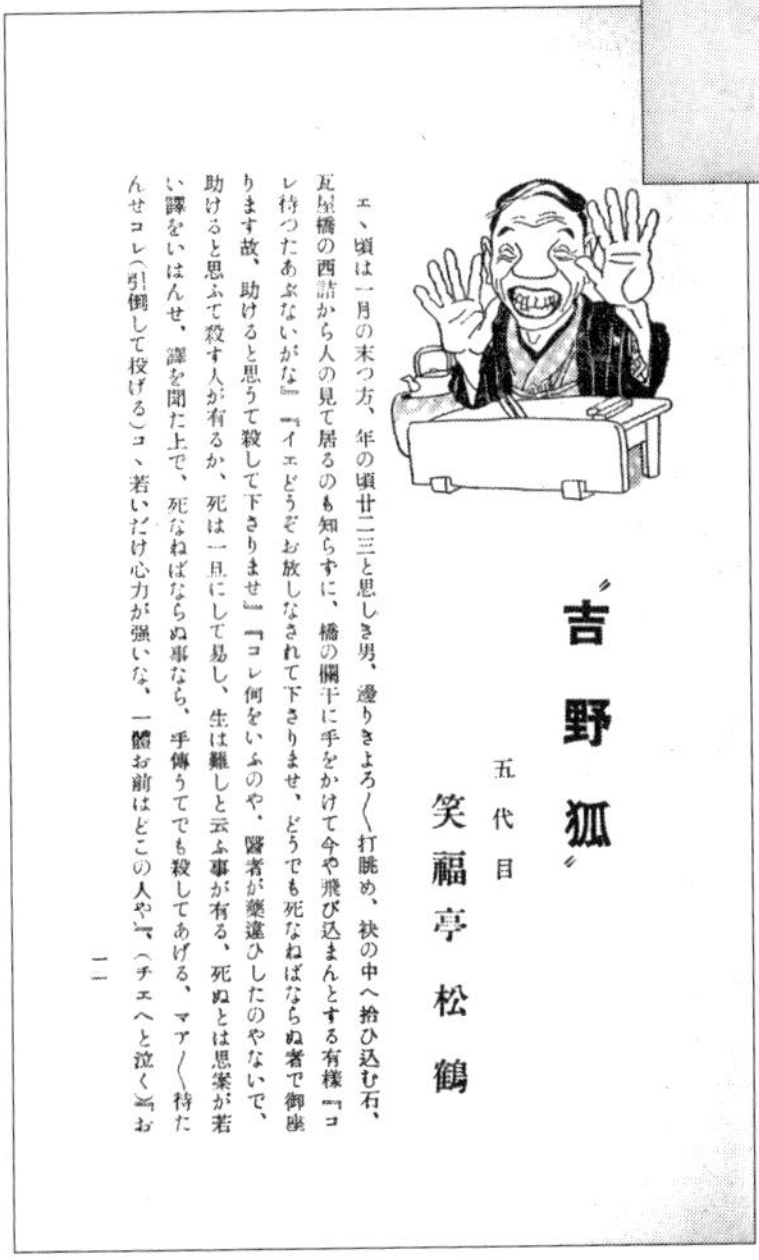

吉野狐

五代目　笑福亭松鶴

ヱ、頃は一月の末つ方、年の頃廿二三と思しき男、邊りきよろ〳〵打眺め、袂の中へ拾ひ込む石、瓦屋橋の西詰から人の見て居るのも知らずに、橋の欄干に手をかけて今や飛び込まんとする有様『コレ待つたあぶないがな』『イヱどうぞお放しなされて下さりませ、どうでも死なねばならぬ者で御座ります故、助けると思うて殺して下さりませ』『コレ何をいふのや、醫者が藥違ひしたのやないで、助けると思ふて殺す人が有るか、死は一旦にして易し、生は難しと云ふ事が有る、死ぬとは思案が若い譯をいはんせ、譯を聞た上で、死なねばならぬ事なら、手傳うてでも殺してあげる、マア〳〵待たんせコレ（引倒して投げる）コ、若いだけ心力が強いな、一體お前はどこの人や』『（チヱへと泣く）』お

一一

『上方はなし／第10集』（楽語荘、昭和12年）の表紙と速記。

吹き流し、悲哀感を高める方が良いでしょう。

吉野が狐の正体を現す場面で演奏される「来序」は、「七度狐」「天神山」「吉野狐」などは狐が、「猫の忠信」では猫が正体を現すシーンに使用されます。

雅楽に「乱声《らんじょう》」という、超人や、獅子の出に使用される音楽がありますが、能楽も「来序（乱序）」という囃子があり、人物の出入りや、獅子の出に使用され、これらが歌舞伎下座音楽の「来序（雷序）」になりました。

「来序」は、帝王・神体・天狗などの出入りに使われたそうですが、狐などの獣が人間に化けたり、本性を現す場面にも使用されるようになったのです。

三味線は勢い良く、重みを加えた演奏をし、鳴物は〆太鼓と大太鼓で、テーン、ドロドロドロドロという手を繰り返し、当たり鉦などの他の楽器は入れません。

能管で「来序」の唱歌を吹き、歌舞伎下座音楽では、三味線・太鼓・笛をズラして演奏が始まるようですが、落語のハメモノでは、キッカケの台詞で一斉に演奏を開始します。

噺の内容と雰囲気を考えると、もっとハメモノが多く入ってもよいとも思いますが、冒頭とラストだけ入ることにより、演者の技量だけで、噺の世界を想像させてしまうことにもなるため、程良いバランスで、ハメモノが使用されているとも言えましょう。

上演するには難しいネタですが、もっと上演者が増え、寄席や落語会で楽しんでいただく機会が多くなっても良いと思います。

月宮殿星の都

げっきゅうでんほしのみやこ

徳「わァ、大きな鰻や。盥《たらい》へ入れても、一回り半あるわ。釣り上げるのも、ほんまに苦労をした。竿もテグスも、ワヤや。さァ、覚悟をせえ。お前は、直に蒲焼や。（鰻を掴もうとして）指の間から、ヌルッと逃げた。よし、掴んだ！　何ぼ暴れても、直に蒲焼や。鰻が太う、長なってきた。一体、どうなってる？」

鰻が次第に太うなると、グゥーンと身の丈《たけ》が伸びて、この男の身体へ、キリキリキリキリッと巻き付いた。

いつの間にか、空は黒雲に覆われて、車軸を流すような雨が、ザァーッ！　〔ハメモノ／雨音。〆太鼓・大太鼓で演奏〕

キリキリッと竜巻が起こると、その勢いに乗った鰻が宙天高う、ビューッ！　〔ハメモノ

／大ドロ。大太鼓で演奏〕

徳「（腰を打って）あァ、痛い！　ほんまに、何という鰻や。ここは見たことが無い所で、フワフワとする。あァ、あの世か？　閻魔大王に、何と言うたらええ？『貴様は、どんな死に方をした？』『へェ、鰻に飛ばされて』と、そんな阿呆なことは言えんわ。向こうから、身体が真っ赤で、虎の皮の褌を締めて、角の生えてる奴が来た。あァ、鬼や！　足が竦《すく》んで、身体が動かんわ」

五「そこに居るのは、徳さんと違うか？」

徳「いや、鬼に知り合いは無い」

五「わしは鬼やのうて、雷の五郎蔵じゃ。三年前、天の切れ目から足を滑らせて、下界へ落ちた時、徳さんの家で養生をさせてもろて、天へ戻ることが出来た」

徳「えッ、ゴロはん？　あの後、ゴロはんのことは、誰に言うても信じてくれん。『お前は、夢を見てたような。千の内で、ほんまのことは、三つしか言わん』と言われて、千三つという綽名《あだな》まで付けられました。やっぱり、夢やなかったわ」

五「徳さんに受けた恩は、寝た間も忘れたことが無い。恩返しのつもりで、夏場の暑い日に、あんたの家の庭だけ、夕立を降らしてたけど、気が付いてくれたか？」

徳「あれは、ゴロはんの仕業《しわざ》で？　『ウチの庭だけ夕立が降るのは、何でやろ？』と、首を傾げてました。涼しいし、水に困らんよって、助かりましたわ」
五「喜んでもろたら、幸いじゃ。一体、ここへ何で来た？　何ッ、鰻に連れられて。『海に千年、池に千年、沼に千年、三千年の劫を経た鰻が天上してくる』という噂を聞いたけど、鰻の片棒を担いだ訳か。しかし、振り落とされて良かった。ここは雲より上で、人間の目では見えん、天という所じゃ。天も三十三天あって、ここは一番下界に近い中天で、一番上の大宇天不死不生界へ行くまでには、八億の魔性と出会わなあかん。下界の者では、とても太刀打ちが出来んわ。鰻の天上の邪魔になって、ここで振り落とされて良かった」
徳「ほな、命拾いをしましたか。これから、どうなります？」
五「直に、下界へ連れて帰ったろ。この後も、天へ来ることは無かろう。ウチの嬶に会うて、天の料理も食べてもらいたい。しかし、ウチの畑で振り落とされて良かった」
徳「ここは、ゴロはんの畑で？　（見廻して）チョイチョイ、青い芽が出てますわ」
五「あァ、豆が植えてある。空の豆で、空豆じゃ」
徳「一体、どんな料理にします？」
五「おォ、天ぷらに決まってるわ。ここが、ウチじゃ。（家へ入って）コレ、おイナ」

徳「おイナとは、誰です？」

五「おイナは、嬶じゃ。嬶のことを、妻と言うじゃろ。イナが妻で、イナズマじゃ。三年前、下界で助けてもろた徳兵衛さんが、鰻に連れられて、天へ来たわ。下界には無いような、天なればこその御馳走を出してくれ。さァ、徳さん。どうぞ、遠慮無しに食べてもらいたい。春雨のミゾレ和えに、アラレの時雨《しぐれ》煮じゃ。鰯雲の焼き物は、夕焼けと朝焼けで、味が違うわ。七色の物は、虹の酢漬じゃ。早う食べんと、直に消えてしまう。酒は銘酒・月桂冠に、濁り酒・月の桂もあるわ。しかし、徳さんは良え時に来た。今日は、一年に一遍の月宮殿のお祭りがあるわ。月宮殿という立派な宮殿から、天の王様が鶴と亀を従えて、お出ましになる。優秀な働きをした雷に、褒美《ほうび》の臍《へそ》を下さるわ。雷が鳴ると、臍を取られると言うが、ほんまや。下界で集めた臍を入れる葛籠《つづら》があって、臍を食べると、神通力が備わって、天の位も上がる。今年は、もらえるかも知れん」

徳「(食べ終わって) へェ、御馳走様。ほな、月宮殿へ行きますか？」

五「お祭りは、日が暮れから始まるよって、夕方に出掛ける。雷は、いつも夕立じゃ。日が暮れまでには暇があるよって、一眠りしなはれ」

徳「昼寝をして、寝過ごしませんか？」

五「この菓子を食べたら、目が覚めるわ。あァ、浅草名物・雷おこしじゃ」

徳「わァ、洒落ばっかりですな」
五「さァ、横になりなはれ」
徳「ヘェ、お休みやす」
五「(暫くして) 徳さん、起きなはれ！」
徳「(欠伸《あくび》をして) アァーッ！　やっぱり、夢やなかったような」
五「あんたのために、トラの皮の褌を出しといた。わしも、新《さら》の褌に替えたわ。嬶が、『雷は、装束《なり》(※鳴り) を落としたらあかん』と言うてる。さァ、出といで」
〔ハメモノ／雷。三味線・大太鼓・銅鑼で演奏〕
徳「わァ、賑やかですな」
五「ここが、天の繁華街じゃ。星や星座が、店を出してるわ」
徳「この店は、綺麗な女子が座ってますな」
五「乙女座がやってる、バーじゃ」
徳「皆、キチンと座ってますわ」
五「あァ、正座 (※星座) と言うぐらいじゃ」
徳「ほゥ、面白い！　わァ、一番前へ座ってる女子は別嬪ですな」
五「あれが、この店のナンバーワン。源氏名が、中秋の名月じゃ」

徳「ほゥ、齢は幾つで？」
五「あァ、十五や（※十五夜）」
徳「此方の店は、女子が歌を歌《うと》てます」
五「蠍《さそり》座が出してる、カラオケボックス。女子が歌てるよって、蠍座の女じゃ」
徳「此方の店は、靴屋で？」
五「あァ、月星シューズじゃ」
徳「此方に、歯磨きの店がありますわ」
五「それは、サンスターじゃ」
徳「向こうから、真っ赤な顔をした者が歩いてきました」
五「いつも酒に酔うてる、酔い（※宵）の明星じゃ」
徳「此方は青い顔で、小そうなってますわ」
五「あァ、弱気（※夜明け）の明星じゃ。自分を質に入れて、請け出せなんだら、流れ星になる」
徳「立て看板に、『この先に、駅あり』と書いてありますわ」
五「あァ、銀河鉄道じゃ。特急・北斗七星や、寝台急行・銀河が、赤字続きで廃止になったわ」

徳「仰山、車も走ってますな」
五「皆、スバル（※昴《すばる》）じゃ」

話をしながら、月宮殿の前まで来た。

月宮殿へ集まる者は、一億百余人。

月宮殿の有様は、庭の砂《いさご》は金銀の、玉を連ねて敷妙《しきたえ》の、いほえの錦や瑠璃《るり》のとぼそ、しゃこのゆき桁《げた》、めのうの橋。

現れ出たる王様の、右と左に鶴と亀。

鶴「皆の者、王様の御出座！」〔ハメモノ／鶴亀。三味線・〆太鼓で演奏。※月宮殿の白衣の袂、色々妙なる花の袖。秋は時雨の紅葉の羽袖、冬は冴え行く雪の袂を、翻す衣も薄紫の雲の上人の舞楽の声々に、霓裳《げいしょう》羽衣《うい》の曲をなせば〕
王「皆の者、よく承れ。例年の吉例通り、陰徳を積みし者へ、臍を与えん。コリャ、雷の五郎蔵。日々陰徳を積み、皆を喜ばせし功により、汝に臍を与えん」
五「ハハッ、有難き幸せにござりまする」
王「葛籠を、これへ。（鶴の讒言《ざんげん》を聞いて）何ッ、それは誠か？　コリャ、五郎蔵！　汝へ臍を与えんと思うたが、悪行発覚。臍は取り上げ、獄舎へ繋ぐ！」

五「暫く、お待ち下さいませ。私が、如何なる悪行を？」

王「ええい、黙れ！　下界の者を連れ参るとは、何たる所行。早速、獄舎に繋ぐ！」

徳「もし、一寸待った！　私のために、ゴロはんは臍がもらえん？　ほな、私を獄舎へ繋ぎなはれ。ほんまに、わからん御方や。（大手を広げて）ええい、やらぬ！　〔ハメモノ／鶴亀の合方。三味線・大太鼓・銅鑼で演奏〕さア、王様も退《ど》け！　こうなったら、臍が入ってる葛籠を持って逃げて、ゴロはんの家へ放り込んだろ。ほな、わしも臍を食べよか。（臍を食べて）ほゥ、美味い！　〔ハメモノ／ドロドロ。大太鼓で演奏〕葛籠を背負たら、身体が宙へ浮くわ」

皆「おォ、アレアレ！　葛籠が動くわ、動くわ！」

徳「徳兵衛が葛籠を背負たが、可笑《おか》しいか。めでとう臍を、いただいたり！　〔ハメモノ／鶴亀。三味線・〆太鼓で演奏。※山河草木。国土豊かに、千代萬代《よろずよ》と舞い給えば〕いっそのこと、走って逃げたれ。臍のお蔭で、神通力が備わった。足が速《はよ》なって、皆は追い付けんわ。あッ、天の切れ目や。（下界へ落ちて）ワァーッ！」

嬶「あァ、ビックリした！　上から落ちてきて、屋根の上で寝てたの？」

徳「あァ、嬶か。前に言うてた、雷のゴロはんの家へ行ってきた」

嬶「まだ、そんなことを言うてる。これからは、万三つと言われるわ。ほんまに、ええ加減にしなはれ！」
徳「ほな、ゴロはんに顔を出してもらう。（空を見上げて）もし、ゴロはァーん！」
嬶「阿呆なことをしたら、近所に恥ずかしいわ」
徳「（空を見上げて）もし、ゴロはァーん！　ほんまに、あんたの家へ行ってましたな！
天の切れ目から顔を出して、嬶に言うとおくなはれ！」
雷の五郎蔵が、天の切れ目から、ヒョイと顔を出して、
五「あァ、徳さん。今日のことは皆、空事《そらごと》（※空言）、空事！」

解説「月宮殿星の都」

江戸時代、上方と江戸で発展した落語は、明治維新以降、数多くの上方ネタが東京落語へ移植されましたが、上方色が濃厚な内容の演目は無理だったようです。

その一つが「月宮殿星の都」で、元来、この落語の前半には、東西の落語で上演されている「鰻屋」に似たシーンが付いていましたが、鰻が天上するという所からは、東京落語の許容範囲ではなかったのでしょう。

奇想天外なネタで言えば、あの世が舞台となる「地獄八景亡者戯」は、東京落語で「地獄巡り」となり、浦島太郎のパロディ落語「龍宮界龍の都」は「龍宮」となりましたが、上方落語では上演時間も長く、ハメモノ（※ネタの中で使う囃子）沢山で、賑やかな演出になっており、東京落語は短編で、アッサリした演出で上演することになりました。

「月宮殿星の都」は、上方落語独自の演目として残りましたが、昨今でも演者の多いネタとは言えませんし、海の底へ行く「龍宮界龍の都」に比べ、雲の上へ行く「月宮殿星の都」の上演回数が少ないのは、それなりの理由があると思います。

「龍宮界龍の都」の後半で、芝居掛かりになるシーンで使用される浄瑠璃は、「忠臣蔵」「義経千本桜」などの有名な芝居のパロディになっていますが、「月宮殿星の都」の後半の芝居は、

「釜淵双級巴《かまがふちふたつどもえ》」の石川五右衛門の葛《つづら》抜けという、昨今では馴染みの薄い芝居が使われているということもあるでしょう。

しかし、根本的な要因は、空と海の違いで、飛行機が飛ぶようになると、雲の上は人間の知る所となり、雷や龍が雨を降らせていると思わなくなりましたが、令和の今日でも、海の底は未知の世界であり、妙なことが起こる期待感が残っていることも否めません。

これは何でもないようで、かなり大きな意味を持つように思ったので、私の場合、天は雲の上ではなく、人間の目では見えない、異次元の世界としました。

一つ一つの駄洒落もわかりやすくし、月宮殿へ行く道の会話も現代的にした結果、コント性が強くなり、「地獄八景亡者戯」の六道の辻のシーンのようになったのです。

月宮殿の中へ入ってからは、踊りを加えたり、立ち廻りを派手にしたり、芝居噺の要素も採り入れ、ハメモノも数多く使用し、大げさな構成に仕立てました。

元来のオチは、天から下界に落ちた徳兵衛が、驚いた家内に長い杓《しゃく》で叩かれ、「臍の仇は、長い杓で打つ」。

「江戸の仇は、長崎で討つ」という諺の洒落になっていましたが、昨今では理解しにくくなったので、現在では演じる者が少ない「羽衣」という落語のオチを拝借し、洒落たオチを思い付くまで、使わせてもらうことにしています。

このネタの主人公の名前が徳兵衛なのは、芝居の「天竺徳兵衛」を意識し、そのパロディも加えた構成になっていたからだと思いますが、いかがでしょうか？

ネタの原話は、江戸時代の噺本『軽口花笑顔』（延享四年）の「鰻の天上」で、その内容は「さる者、川がりに行き、鰻を釣りけるが、針をはなして片手につかまへければ、ぬつと上へ出る。また片手にてつかまへければ、ぬつと出、せんぐりにとらまへて地をはなれ、そろそろと鰻につられ、天上してけり。月日ほどなく、六かわりになりければ、妻子も去年《こぞ》の事を思い出して、とむらひをいとなむ最中に、天《そら》より短冊散り来るを、取り上げ見れば、『去年のけふ、鰻と共にのぼりしが、今に絶えずのぼりこそすれ』。又裏書有り、読みて見れば、『一切手隙《ひま》無御座《ござなく》、代筆を以《もって》申入候』と」。

『往古噺《むかしむかしはなし》の魁《さきがけ》』（天保上方版）の「松前の擲打《かたきうち》」も原話で、「『こんど松前《まつまへ》にかたきうちがあったと云事《いふ》じやがきひてか』『イヤまだきかんがそれはめづらしい事じゃさだめてさむらいしゆじやあらふ』『イヤイヤみな漁師《れうし》じやそふなもっとも松まへのものではないむかし義《よし》つね公がわたらしゃったといふゑぞといふ国のものじやそふながなんでもれうしの事ならこんぶやぼうだらのいこんでがなあらふときにめうなことはあの国にはかたなわきざしといふような刃物《はもの》はとんとない国じやそふで四五間《けん》もある竹でたゝきあふてたゝきころすことじゃそふなそれであのくにではたゝきうちといふそふながこんどはめでとふおほせたといふ事じや』『これは又めづらしい事聞くことじやしかしどふやらちとうそらしいなんぼゑぞのれうしじやて、そのマアながい竹《たけ》をふりまはしてたゝきあふとはどふもがてんがゆかぬ』『イヤイヤそれはほ

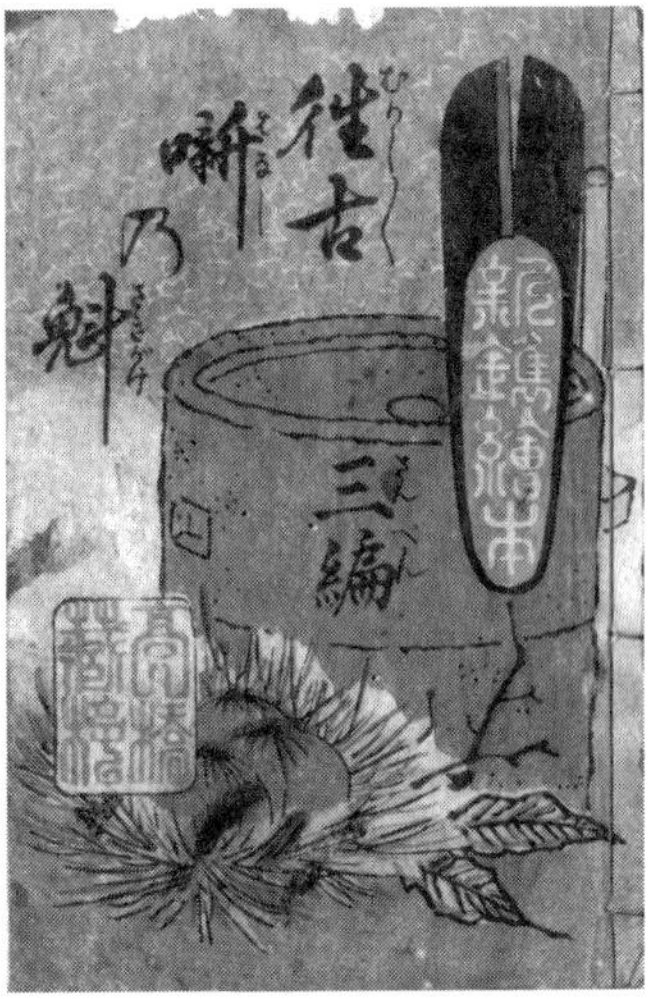

『往古噺の魁』（天保上方版）の表紙と速記。

んまの事じや其しやうこには昔《むかし》からたとへにもいふてある』『それは又なんとありますす』『ハテゑそのかたきは長竹《ながたけ》でうつといふ』』。

また、日本昔話の「源五郎の天昇り」も原話のようで、空想的な誇張を楽しむ「日本版／ジャックと豆の木」とも言えましょう。

源五郎が豆の種を播くと、天まで届く大木になったので、それを登り、天へ行き、雷に会い、雨を降らせる手伝いをしましたが、ある時、雲を踏み外し、下界に落ちたという内容で、琵琶湖の源五郎鮒の由来になるという結末の話にもなりました。

ちなみに、大木を登り、天へ行く話は、ヨーロッパに広く分布しています。

平成十年十月十日、三重県伊勢市おかげ横丁・すし久で開催した「第八九回・みそか寄席」で初演しましたが、最初から手応えはありました。

戦前の速記本は『桂文左衛門落語集』（博多成象堂、明治四十一年）、雑誌では『はなし／皐月之巻』（田中書店、明治四十一年）と、『上方はなし／第二九・三〇集』（樂語荘、昭和十三年）に収録され、『百千鳥』（駸々堂書店）には、二世曾呂利新左衛門の口演で、長編で構成された別バージョンが掲載されています。

LPレコード・カセットテープ・CDでは、六代目笑福亭松鶴・二代目桂小南・笑福亭仁鶴の各師の録音で発売されました。

「月宮殿星の都」は、お伽話とコントと芝居を混ぜたようなネタと捉えています。

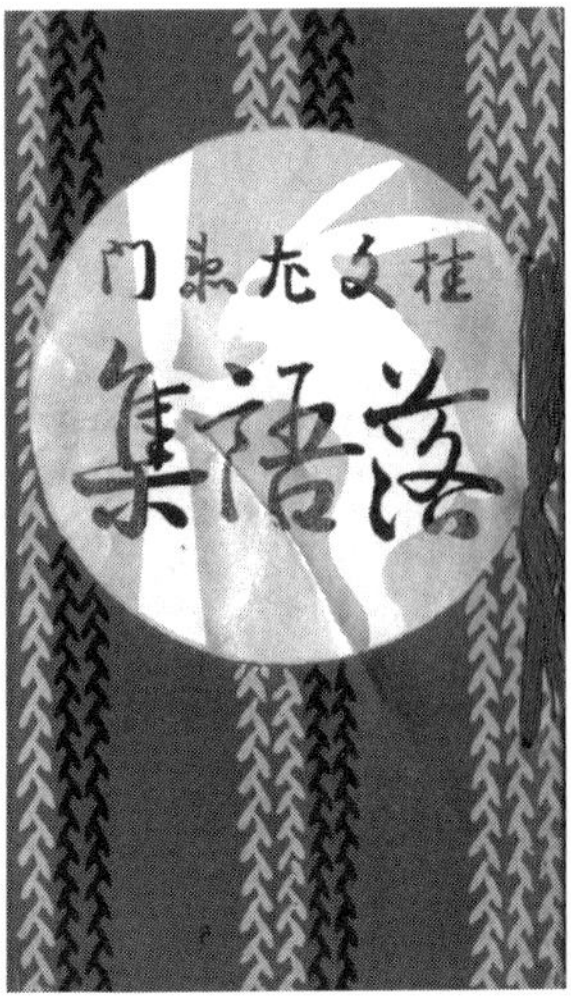

『桂文左衛門落語集』（博多成象堂、明治41年）の表紙と速記。

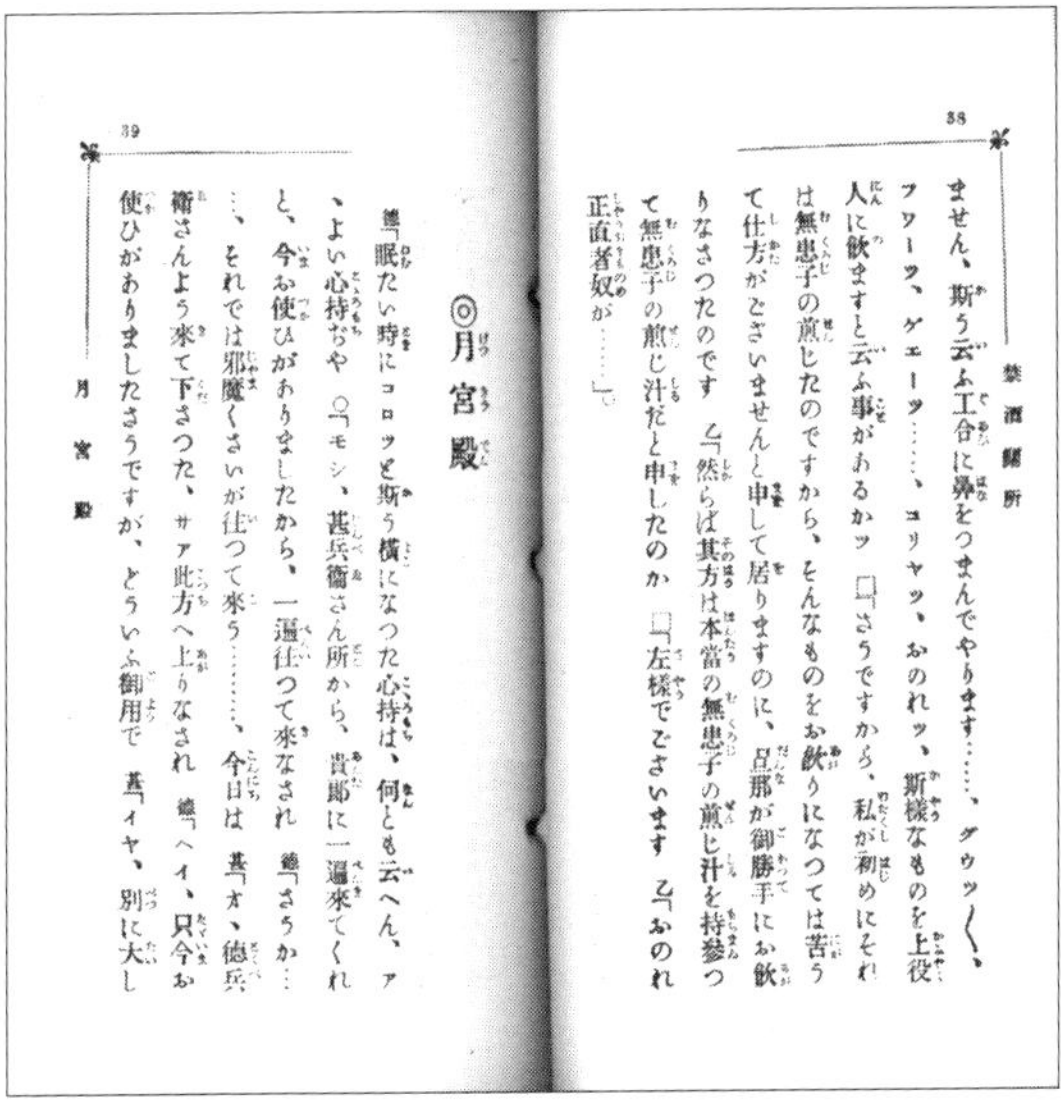

38　禁酒關所

ません、斯《か》う云ふ工合《ぐあひ》に鼻《はな》をつまんでやります……、グウッ〳〵、フワーッ、ゲエーッ……、コリヤッ、おのれッ、斯様《かやう》なものを上役《かみやく》人《にん》に飲《の》ますと云ふ事《こと》があるかッ　甲「さうですから、私《わたくし》が初《はじ》めにそれは無患子《むくろじ》の煎《せん》じたのですから、そんなものをお飲《あが》りになつては苦《にが》うて仕方《しかた》がございませんと申《まを》して居《を》りますのに、旦那《だんな》が御勝手《ごかつて》にお飲《あが》りなさつたのです　乙「然《しか》らば其方《そのはう》は本當《ほんたう》の無患子《むくろじ》の煎《せん》じ汁《しる》を持參《もちまい》つて無患子《むくろじ》の煎《せん》じ汁《しる》だと申《まを》したのか　甲「左様《さやう》でございます　乙「おのれ正直者奴《しやうぢきものめ》が……」

39　月宮殿

◎月宮殿《げつきうでん》

德「眠《ねむ》たい時《とき》にコロッと斯《か》う横《よこ》になつた心持《こゝろもち》は、何《なん》とも云《い》へん、アヽよい心持《こゝろもち》ぢや　○「モシ、甚兵衛《じんべゑ》さん所《とこ》から、貴郎《あんた》に一遍《いつぺん》來《き》てくれと、今《いま》お使《つか》ひがありましたから、一遍《いつぺん》往《い》つて來《き》なされ　德「さうか……、それでは邪魔《じやま》くさいが往《い》つて來《こ》う……、今日《こんにち》は　甚「オ、德兵衛《とくべゑ》さんよう來《き》て下《くだ》さつた、サア此方《こつち》へ上《あが》りなされ　德「ヘイ、只今《たゞいま》お使《つか》ひがありましたさうですが、どういふ御用《ごよう》で　甚「イヤ、別《べつ》に大《たい》し

『はなし／皐月之巻』(田中書店、明治41年)の表紙と速記。

月 宮 殿

二十二

管村と言ひます 「吉」では此邊にお住いなさる〻安兵衛さんと仰しやる方は御座いませんか 「女」ハイ其安兵衛は此處です 「吉」左樣で御座るか唯今は御不在で御座るか 「女」野良へ出て居ますだ 「吉」誠に申兼ねたが一寸江戸の者が参つたと仰しやつてお呼び下さるまいか 「女」ハアハア宜しい今呼んで來ますべい、と氣輕に外へ出て行きましたが軈て安兵衛を同道して歸つて參りました 「安」私を呼んだはお前樣か、吉五郎一目見ると命を助けた安兵衛だから 「吉」オ、老爺にはお忘れであらうが私は先年江戸兩國でお目にかゝつた木鼠の吉五郎で御座る 「老」ヒヱー、能くまあ無事でお尋ね下すつた、ヤ、コレコレ此お方が常々話した盜賊の木鼠吉五郎樣だ 「吉」二つの体がなければ鈴ヶ森でお目にかゝれぬものと思つたに、貴君のお蔭で命助かり[illegible]を致して居ります、計らず此家でお目にかゝるも何と深い御緣と云ふもの御禮は口には盡されませんと、厚く禮を申しまする、安兵衛は此事を名主に屆け出る、近邊での評判喧しく遂に村の廢寺を引受けて小安觀世音を安置し、名を[illegible]と改めまして此事御領主に聞へ五十兩の賞金、村々の寄附によりまして四間四方の觀音堂を建立致し九十三歳の長壽を保ち永眠致しましたと云ふ奧州白川在小管村木鼠塚、觀音堂の由來の一席、エ御退屈さま。

月宮殿

（日曜會所演）

曾呂利新左衛門

エー御所望に依りまして一席お笑ひを申上升、凡てお噺はお罪の無いはうが佳ろしいとして御座います、日々下界をお照しになりまするお日樣とお月樣と或時御相談をなさいまして 「日」お月さん何うだい、此頃に二人で下界へ旅行をしてみたいと思ふのですがお前さんも旅行に行になはらんか

月 宮 殿

「月」サア妾は常々下界へは旅行してみたいと思ふて居ますの 「日」そんなら、アノ雷公を供に連れて下界へ旅行をしませうと、御相談が出來まして、或日お日樣とお月樣とが雷公を供につれまして下界へ旅行を遊ばしました、先づ奈良から見物遊ばさうと云ふので、春日神社、奈良公園、大佛堂から二月堂、三笠山などをば見物になつて、猿澤池の傍にある印判屋と云ふ旅宿へお泊りになりました、晩酌を一杯きこしめされて、其晩はユックリとお寢みになり、翌日早朝にお目覺めになりまして、宿の主人をお招きになり 「日」種々といいかい御厄介になつたどうか、勘定をして下され 「主」ヘエ〱何も御かまい申しませんで、では茲に御勘定書を差上て置きます、未だお早やう御座いますから御ゆつくり遊ばしまして 「日」ヱー旅賃は一日一圓かい、お月樣お前さんのは 「月」アラ妾のは三十圓として御座いますよ、若しや間違つては居ない

二十三

『上方はなし・第29集』（樂語荘、昭和13年）
の表紙と速記。

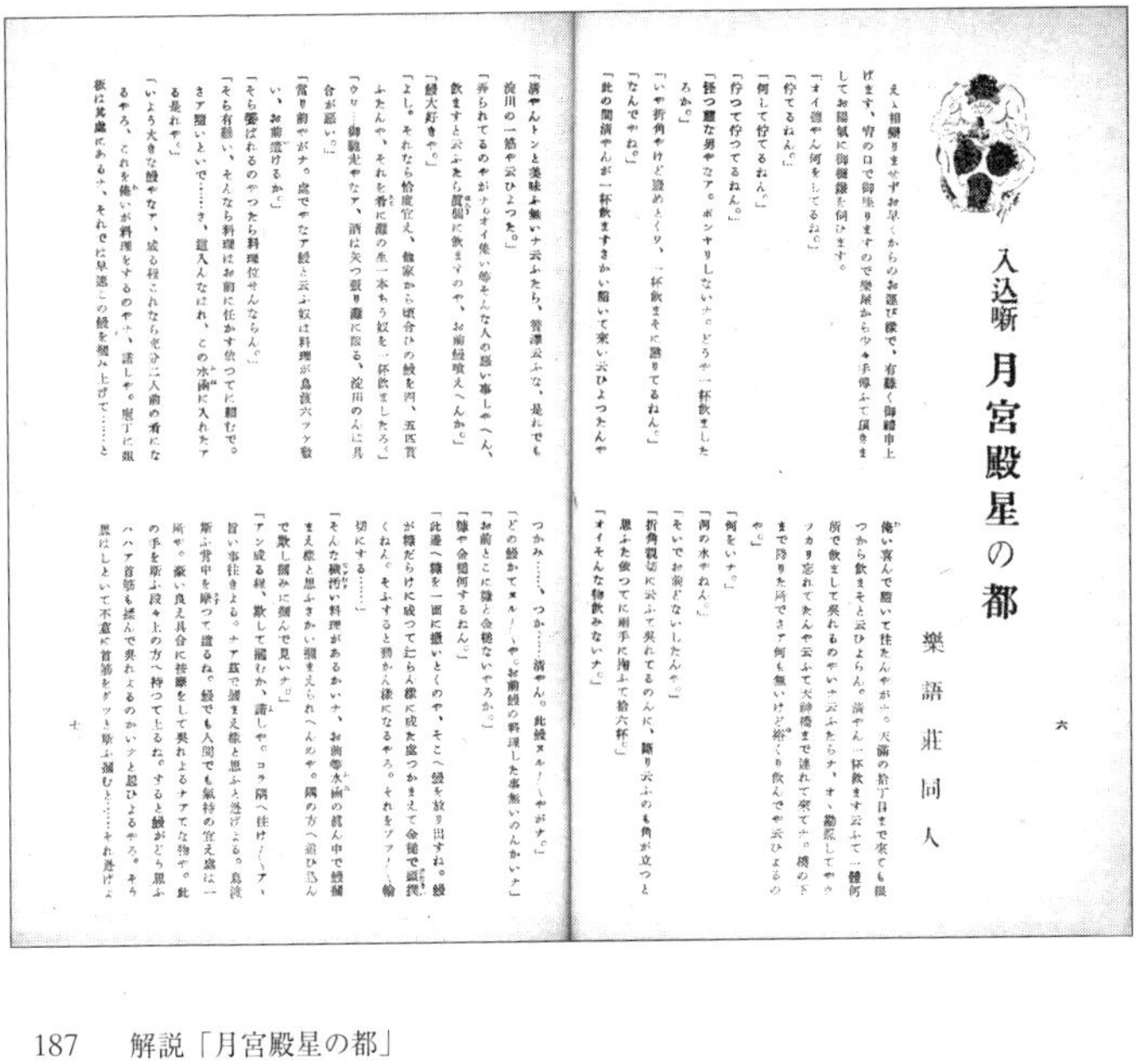

入込噺 月宮殿星の都

樂語荘同人

六

ええ相變りませずお早くからのお運び樣で、有難く御禮申上げます、宵の口で御座りますので樂屋から少々手傳ふて頂きましてお陽氣に御機嫌を伺ひます。

「オイ徳やん何をしてるねん。」

「佇てるねん。」

「何して佇てるねん。」

「佇つて佇つてるねん。」

「怪つ體な男やなア。ボンヤリしないナ。どうや一杯飲ましたろか。」

「いや折角やけど證めとくワ、一杯飲まそに懲りてるねん。」

「なんでやね。」

「此の間演やんが一杯飲ますさかい隨いて來い云ひよつたんや俺《わい》喜んで隨いて往たんやがナ。天滿の拾丁目まで來ても扱つから飲ませと云ひよらん。演やん一杯飲ます云ふて一體何所で飲まして呉れるのやいナ云ふたらナ、オヽ、勘忍してやゥツカリ忘れてたんや云ふて天神橋まで連れて來てナ、橋の下まで降りた所でさア何も無いけど緩くり飲んでや云ひよるのや。」

「何をいナ。」

「河の水やねん。」

「そいでお前どないしたんや。」

「折角親切に云ふて呉れてるのんに、斷り云ふのも角が立つと思ふた故つてに兩手に掬ふて拾六杯。」

「オイそんな物飲みないナ。」

「演やんトンと美味ふ無いナ云ふたら、贅澤云ふな、是れでも淀川の一番や云ひよつた。」

「弄られてるのやがナ。オイ徳い鄕そんな人の惡い事しやへん、飲ますと云ふたら眞個《ほんま》に飲ますのや、お前鰻喰えへんか。」

「鰻大好きや。」

「よし。それなら恰度宜え、他家から頃合ひの鰻を四、五匹貰ふたんや、それを肴《さかな》に灘の生一本ちう奴を一杯飲ましたろ。」

「ウワ…御馳走やなア、酒は矢つ張り灘に限る、淀川のんに具合が惡い。」

「當り前やがナ。處でやなア鰻と云ふ奴は料理が鳥渡六ツケ敷い、お前遣けるか。」

「そら嫑ばれるのやつたら料理位せんならん。」

「そら有難い、そんなら料理はお前に任かす依つてに頼むで。さア這いといで……さ、這入んなはれ、この水函《みづ》に入れたアる是れや。」

「いよう大きな鰻やなア、成る程これなら優に二人前の肴になるやろ、これを俺《わい》が料理をするのやナ、諾しや。庖丁に俎板は其處にあるナ、それでは早速この鰻を摑み上げて……とつかみ……、つか……演やん。此鰻ヌル／＼やがナ。」

「どの鰻かてヌル／＼や。お前鰻の料理した事無いのんかいナ」

「お前とこに糠と金槌ないやろか。」

「糠や金槌何するねん。」

「此邊へ糠を一面に撒いとくのや、そこへ鰻を放り出すね。鰻が糠だらけに成つて辷らん樣に成た處つかまえて金槌で頭撲くねん。そふすると動かん樣になるやろ。それをブツ／＼輪切にする……」

「そんな糠汚い料理があるかいナ、お前等水函《みづ》の眞ん中で鰻摑まえ樣と思ふさかい摑まえられへんのや。隅の方へ追ひ込んで欺し摑みに摑んで見いナ。」

「アン成る程、欺して摑むか、諾《よ》しや。コラ隅へ往け／＼ア、旨い事往きよる。ナア茲で摑まえ樣と思ふと逃げよる。鳥渡斯ふ背中を摩《さす》つて遣るね。鰻でも人間でも氣持の宜え處は一所や。鰻い良え具合に按摩をして呉れよるナアてな物や。此の手を斯ふ段々上の方へ持つて上るね。すると鰻がどう思ふ、ハヽア首筋も揉んで呉れよるのかいナと思ひよるやろ。そう思はしといて不意に首筋をグツと斯ふ摑むと……それ逃げよ

七

盆唄

ぼんうた

吉「今、帰った。風は無いけど、雪がチラついてきたわ。十日戎《とおかえびす》の日、今宮の戎《えべっ》さんは、押し合いへし合いや。（火鉢で、手を炙《あぶ》って）お参りをして、福笹をいただいて、寒いことを思い出した。戎さんに頼んだよって、安心せえ。皆は『家内安全、商売繁盛』と頼んでたけど、『ウチは銭儲けはええよって、子どもを授けてもらいたい』と頼んだ。戎さんは子授けをせんかも知れんよって、『今年中に授けてもらえなんだら、戎さんへ火を点ける！』と脅しといた。今まで、いろんな神様に頼んだ。天満の天神さん、高津さん、木津の大黒さん、住吉さん。戎さんが聞いてくれなんだら、伊勢神宮と出雲大社へ頼むしかないわ。最前から浮かん顔をして、どうした？」

嬶「いえ、迷子や。ウチの前で、シクシクと泣く声がするの。隣りの花ちゃんが、男の子に泣かされたかと思て、表へ出たら、小さい女の子が立ってた。『一体、どこから来たの？』と尋ねても、首を横へ振るだけで、何にも言わん。長い間、表を歩いてたようで、身体が冷え切って、唇《くちびる》の色も変わってた。家の中へ入れて、熱い甘酒を呑ましたら、ニコッと笑て」
吉「その子は、どこに居る？」
嬶「此方へ出てきて、オッちゃんに挨拶をしなはれ」
吉「良え装《なり》をした、可愛らしい女の子やないか。一体、この子は幾つや？」
嬶「最前から聞いても、何にも言わんの」
吉「ほゥ、片手を拡げて出したわ。あァ、五つか。名前は、何や？」
美「お美奈」
嬶「まァ、しゃべったわ！　私が聞いた時は、何にも言わなんだのに」
吉「あァ、よう覚えとけ。小さい子どもでも、良え人間と、悪い人間の違いはわかる」
嬶「コレ、阿呆なことを言いなはんな！」
吉「いや、ウチに慣れただけや。あんたの家は、どこかわかるか？」
嬶「家がわかったら、迷子になるかいな」
吉「確かに、そうや。しかし、親は心配をしてはる。御番所へ連れて行かなあかんけど、お役人の所へ行くか？　涙を零して、首を横へ振ってるわ。ほな、ここに居るか？　あア、頷いた。ほな、ウチに居るか？　ひょっとしたら、戎さんが願いを叶えてくれはったのかも知れん。戎さんを脅したよって、顔色を変えて、『火を点けられん内に、子どもを一人送り込んだ方が良え』と思て、ウチの前へ立たせはったような。親が捜しに来なんだら、戎さんが授けてくれはったに違いないわ。（手を合わせて）戎さん、大事に育てます。また、お礼参りに行かしてもらいますわ」

この後、お美奈という女の子が、大工・吉兵衛の家へ住み着くようになる。

吉兵衛夫婦の可愛がりようは一通りやのうて、仕事が終わると、いつも一杯呑んで帰る吉兵衛が、子どもの土産に饅頭を提げて帰って、夫婦の間へ挟んで寝るという塩梅。

近所へ「こないだ、親の無い子をもろた」と言うて廻ったので、誰も迷子とは思わなんだ。

お美奈も面白いことがあると笑うようになったが、困ったことに、一寸も物を言わん。

吉「いや、心配せんでもええ。物を言わん子どもが、おしゃべりになったりするわ」

嬶「一寸、心配なことがあるの。時々、寝言は言うやろ。昨日の晩も、『あァ、お母《かあ》はん！』と言うて、泣き出した。ほんまの母親の夢を見て、泣いたのと違うやろか。ほんまの親が泣いてはると思うと、胸が締め付けられるような思いがするわ」
吉「わしも思うけど、どこに親が居るかわからん。今から御番所へ届けたら、何で早う届け出なんだと、わしらが子取りのようにされてしまうわ。その内に、ほんまの親が捜しに来るかも知れん。それまで、お美奈を大事に育ててやった方が良え」

暫くすると、春の便りで、桜が散って、藤が咲く。
紫陽花《あじさい》になって、道行く人の額へ汗が滲《にじ》むと、御先祖様のお迎えとなる。

吉「やっと、日が暮れた。あァ、お盆の一日は暑かったわ。お美奈は、飯を食べたか？」
嬶「今日から、おんごくへ連れて行ってもらう。皆と一緒に町内を歩く時、お腹が空いたらあかんと思て、お腹一杯食べさした」
吉「お美奈は、どこに居る？　ほゥ、可愛らしい浴衣《ゆかた》を着せてもろた。さァ、表へ出え。
（歩いて）お母《か》ンが打ち水をしてくれたよって、涼しいわ。向こうに、子どもが集まってる。遅うなって、すまんことで」
○「お美奈ちゃん、良え浴衣を着せてもろたな。あんたが一番小さいよって、一番前を歩きなはれ。その後は小さい子から並んで、輪にした紐の中へ入って、両手で紐を持って。

団扇《うちわ》は帯の間に挟んで、姐さんは提灯《ちょうちん》を持って、横から照らしてもらいたい」

吉「どうぞ、宜しゅうに。おい、お美奈。直に帰れるよって、泣いたらあかん。お父っつぁんや、お母ンは居らんけど、泣くな。（泣き声になって）お美奈、泣くなよ！」

○「コレ、吉っつぁんが泣いてるわ。お美奈ちゃんは初めて行くよって、心配か？　痩せ我慢を張っても、顔に心配と書いてある。ほな、一緒に随いてきなはれ」

吉「ほな、そうさしてもらいます！」

○「始めから、そう言うたらええ。さァ、行こか。おんごくは、子どもの夜遊びや。提灯を照らして、町内を廻る。唄を唄て、町内を廻りなはれ」

姐「ほな、行きますわ。（唄って）遠国《おんごく》なはは、なははや遠国。なは、よいよい。何が優しや、螢が優し。さァ、しっかり声を出しなはれ！」

吉「お美奈のお父っつぁんが、見本を見せたる。（大声を出して）えェ、おんごく！」

姐「コレ、阿呆声を出しなはんな。（唄って）遠国なはは、なははや遠国。なは、よいよい。何が優しや、螢が優し。知らん文句を唄うのは、誰や？　もう一遍、ちゃんと唄いなはれ。（唄って）遠国なはは、なははや遠国。なは、よいよい。何が優しや、螢が優し。コレ、一寸待ちなはれ！　知らん文句を唄うのは、誰や？」

子「お美奈ちゃんが、ケッタイな唄を唄う」

姐「お美奈ちゃんは、おんごくの唄を知ってるの？　ほな、唄てみなはれ」
美「（唄って）遠国なはは、なははや遠国。なは、よいよい。玉江橋から、天王寺が見える」
姐「そんな文句は聞いたことが無いけど、吉っつぁんが教えたの？」
吉「いや、知らん。玉江橋から、天王寺が見える？　あァ、そうか！　用事を思い出したよって、お美奈を連れて帰ります。お美奈、帰ろ！　（家へ帰って）今、帰った！」
嬶「帰るのが早かったけど、お美奈のお腹でも痛なったの？」
吉「落ち着いて、よう聞け。やっと、お美奈の親の家が知れた。親には会うてないけど、近所の子どもと一緒に、おんごくの唄を唄たら、お美奈が『玉江橋から、天王寺が見える』と唄たわ。玉江橋辺りへ住んでて、その辺りで唄た文句に違いない。玉江橋辺りへ行って、お美奈の家を探してくる！」
嬶「コレ、一寸待って！　お美奈を親へ返したら、私らが淋しい思いをせなあかん」
吉「あァ、それは仕方が無いわ。ほんまの親は、わしらより淋しい思いをしてはる。手掛かりが掴めたら、放っとく訳にはいかん。お美奈を玉江橋まで連れて行ったら、家の場所を思い出すかも知れんわ。お前も提灯を提げて、一緒に随いてこい！」

暗闇に一筋の光を見付けたように、三人が夜道に提灯を照らしながら、玉江橋辺りまで来ると、お美奈が立派な家の前で足を止めた。

吉「ここが、お前の家か？　(玄関を開けて) 夜更けに、すまんことで」
旦「皆、此方へ来なはれ。お仏壇のお飾りが出来たよって、お美奈と御先祖様のお迎えをしょう。今、表で声がしたような。ほな、出てみなはれ」
内「(玄関へ来て) へェ、誰方でございます？」
吉「アノ、旦さんや御寮人《ごりょうにん》は居られますか？」
内「主は奥に居りますし、私が家内でございます」
吉「ケッタイなことを尋ねますけど、この子を御存知やございませんか？」
内「まァ、お美奈！」
美「(泣きながら、母親に抱き付いて) あッ、お母はん！」
内「今まで、どこに居ったの？　この世には居らんと諦めて、お線香を上げる所やったわ。旦さん、帰ってきました！」
旦「あァ、その通り。御先祖様が、お帰りになった」
内「そうやのうて、生き仏が帰りました！」

旦「死なんことには、仏になれん。一体、どうした？」
内「もし、早う見とおくれやす」
旦「あッ、お美奈！　お母はん、此方へ来とおくれやす！　今、帰ってきました！」
母「（合掌して）南無阿弥陀仏、南無阿弥陀仏。御先祖様が、お帰りかえ？」
旦「いえ、お美奈が帰ってきました！」
母「御先祖さんが、皆？」
旦「いえ、顔を見とおくれやす」
母「アレ、お美奈！　ひょっとしたら、私が死んだのかえ？」
旦「もし、何を言うてなはる。いえ、お美奈は生きてました。一体、どういう訳で？　十日戎の晩、今宮で迷子になって、お宅に子どもが無かったよって、今まで我が子として育ててもろて、おんごくの唄で、ウチの家の場所が知れましたか。あァ、何と有難いことで」
内「一つ間違《まちご》たら、お美奈は生きてたかどうか」
吉「御番所に届けなあかんのに、お美奈が、いえ、お美奈ちゃんが『御番所へ行くより、この家が良え』と言うよって、神様から授かった子どもにして、今日まで一緒に過ごしました。どうぞ、堪忍しとおくなはれ」

旦「堪忍するも何も、改めて、お礼を申し上げます」
吉「堪忍してもろて、肩の荷が下りました。コレ、お美奈。今日から、ほんまのお父っつぁんや、お母はんに可愛がってもらいや。ほな、帰りますわ」
旦「暫く、お待ち下さいませ。それでは、私の気が済まん。念を残さずに、お帰りにはなれますまい。お宅は子どもが無いよって、お美奈が居らんと淋しゅうなる。それを思うと、ウチばっかりが喜んでは居られません」
吉「嬶、泣くな！　また、お美奈、いや、お美奈ちゃんの顔を見せてもらいに来ます」
旦「どうぞ、お美奈と呼び捨てにしていただきますように。これから先は、親戚付き合いで、お願い致します。せめて、お所とお名前を聞かせていただきますように」
吉「ほな、紙と硯《すずり》を借しとおくれやす。（書いて）さァ、これで宜しゅうございますか？」
旦「（読んで）お仕事は大工で、お住まいは瓦屋町。今宮から、遠い所まで行きましたな。瓦屋町辺りも捜しましたけど、一向に見つかりませんでした」
吉「親の無い子をもろたと言うて廻ったよって、誰も迷子とは思わなんだようで。一つだけ、お願いがございます。やっぱり、素面《しらふ》では帰り辛いよって、冷やを一杯いただきたい。（湯呑みを受け取って）さァ、嬶も呑め。（酒を呑んで）おい、お美奈。ほんまのお父っつぁんや、お母はんに可愛がってもらいや！」

吉兵衛夫婦が、ポイッと表へ出る。

内「もし、旦さん。ほんまに、これで宜しいやろか？　今晩は、ウチに泊まってもろたら」

旦「もう一遍、戻ってもらおか。まだ、その辺りに居てはるはずや」

内「おんごくの唄を唄て、御夫婦がフラフラと帰って行かはります」

吉「(唄って) 遠国なはは、なははや、遠国」

旦「もし、御夫婦！　今晩、ウチへ泊まっとおくれやす」

内「首を横へ振って、帰って行かはりますわ」

旦「もし、御夫婦！　ほんまに、これで宜しいか？」

吉兵衛夫婦が、ヒョイと振り返って、

吉「(唄って) よいよい！」

解説「盆唄」

歌舞伎や文楽で有名な「傾城阿波鳴門／巡礼歌」のように、離れ離れになっていた親子が出会う人情物は、いつの時代も人気を集める出し物と言えます。

親が子どもを可愛く思い、子どもが親を慕う心さえ無くならなければ、親子を題材にした人情物は、未来永劫、生き続けるでしょう。

「盆唄」は、私が付けた演題ですが、元来は東京落語の「ぼんぼん唄」で、明治から大正にかけて、四百冊以上刊行された雑誌『文藝倶楽部』（博文舘）に、四代目春風亭柳枝の速記が掲載されており、音源で残る五代目古今亭志ん生の語りでも、オチの無い人情噺として、江戸の風情や人情を伝えています。

噺家になった頃から、上方落語で演じることは出来ないかと考えていたので、文献や資料で「ぼんぼん唄」の風習を細かく調べ、上方に置き替えられる遊びも探し続けました。

「ぼんぼん（※盆盆という字を充てる）」は、『日本国語大辞典』（小学館）に、「江戸時代、江戸で盆の夜に、七、八歳から一五、六歳ぐらいの子どもたちが一列七、八名ずつで五、六列をなし、手をつないで、『ぼんぼん盆は今日あすばかり……』『ぼんぼん盆の十六日に……』と歌いながら町をねり歩いたこと。また、その時歌った歌」と記されており、江戸では江戸時代末期まで行われ、明治になると、ほとんど見られなくなったようです。

しかし、長野県松本市の旧市内では、今でも「ぼんぼん」が伝えられ、「ぼんぼん唄」も歌われているそうですが、元来、松本は徳川家と縁が深かっただけに、「ぼんぼん」や「ぼんぼん唄」は、江戸から伝わったのかもしれません。

八月の第一土曜日に催されている「松本ぼんぼん」（松本市商工会議所主催）は、サンバ風の踊りを各連が踊り、市民意識を盛り上げる催しになっており、本来の「ぼんぼん」のような、ホノボノとした雰囲気とは掛け離れた内容になっていますが、賑やかな「松本ぼんぼん」の盛り上がりの裏で、風情タップリの「ぼんぼん」も伝えられていることは、現代のような殺伐とした時代には、嬉しい伝統と言えるのではないでしょうか。

大阪に「ぼんぼん」や「ぼんぼん唄」はありませんが、置き替える風習を探すと、それにふさわしい、「おんごく」という遊びが見付かりました。

三世長谷川貞信が描いた『浪花風俗図絵』（杉本書店、昭和四十三年）に、「この子どもの遊びは、夏の暑い太陽も落ちて、夕食後の道路に打ち水をした、涼しい夜の街を、近所の子ども達が長い行列を作って、団扇片手に、最年少の子を先頭にして、次第に身丈の大きい順にして、列の側面には、中年の者が提灯をかざして付き添い、二時間ぐらい練り歩いてから、各々、帰途につくのである」と記されています。

また、右田伊佐雄著の『大阪のわらべ歌』（柳原書店、昭和五十五年）には、「小町踊りの

三世長谷川貞信『浪花風俗図絵』（杉本書店、昭和43年）。

名残と言われる。主に大阪市内で、明治期には夏場一杯、毎夕、単なる行列遊びとして唄い遊ばれ、明治三十四年の「歩行者交通取締令」によって、廃絶した盆歌。数え年三歳くらいから、十歳くらいまでの女の子が、およそ丁単位で集まり、小さい子を先頭に、背丈の順に、縦一列に並ぶ。男の子も、五、六歳までは参加した。列を乱さぬよう、離れぬように、前の子の帯を、順に持つ。帯の結び目に付けた細紐を、順に持つ。腰紐を持ち寄って、一本に長く繋ぎ、その両側に並ぶ。紐を長い輪にし、その中へ入る（電車ごっこ形式）などの工夫が、各時代・地域によってなされた。長柄の提灯を持った姉や女中などに足元を照らしてもらいながら、夕刻八時頃から、一時間ないし二時間、町内を唄って、練り歩く。旧大阪市内以外では、池田と兵庫県伊丹でも遊ばれていた記録がある。共に酒の銘醸地であるが、子ども達の隊形は、両手を繋ぎ合った、横一列であった」と、とても面白く、わかりやすい紹介がなされています。

細かいことを言い出すと相違点もあるでしょうが、「ぼんぼん」と「おんごく」には類似点が多く、子どもが歌う歌で、実家の在り処《か》が知れるのがポイントのネタだけに、これだけ共通点のある「おんごく」で構成しても、大きな間違いはないでしょう。

師匠（二代目桂枝雀）が主演したNHK時代劇「なにわの源蔵事件帳」にも、「おんごく」のシーンがあり、三重県松阪市出身の私には不思議な行事に見えましたが、「盆唄」を演じるにあたり、その時の記憶が、ネタのイメージ作りに絶大な効果を上げたことは言うまでもあ

『傑作落語・愉快の結晶』（いろは書房、昭和９年）の表紙と速記。

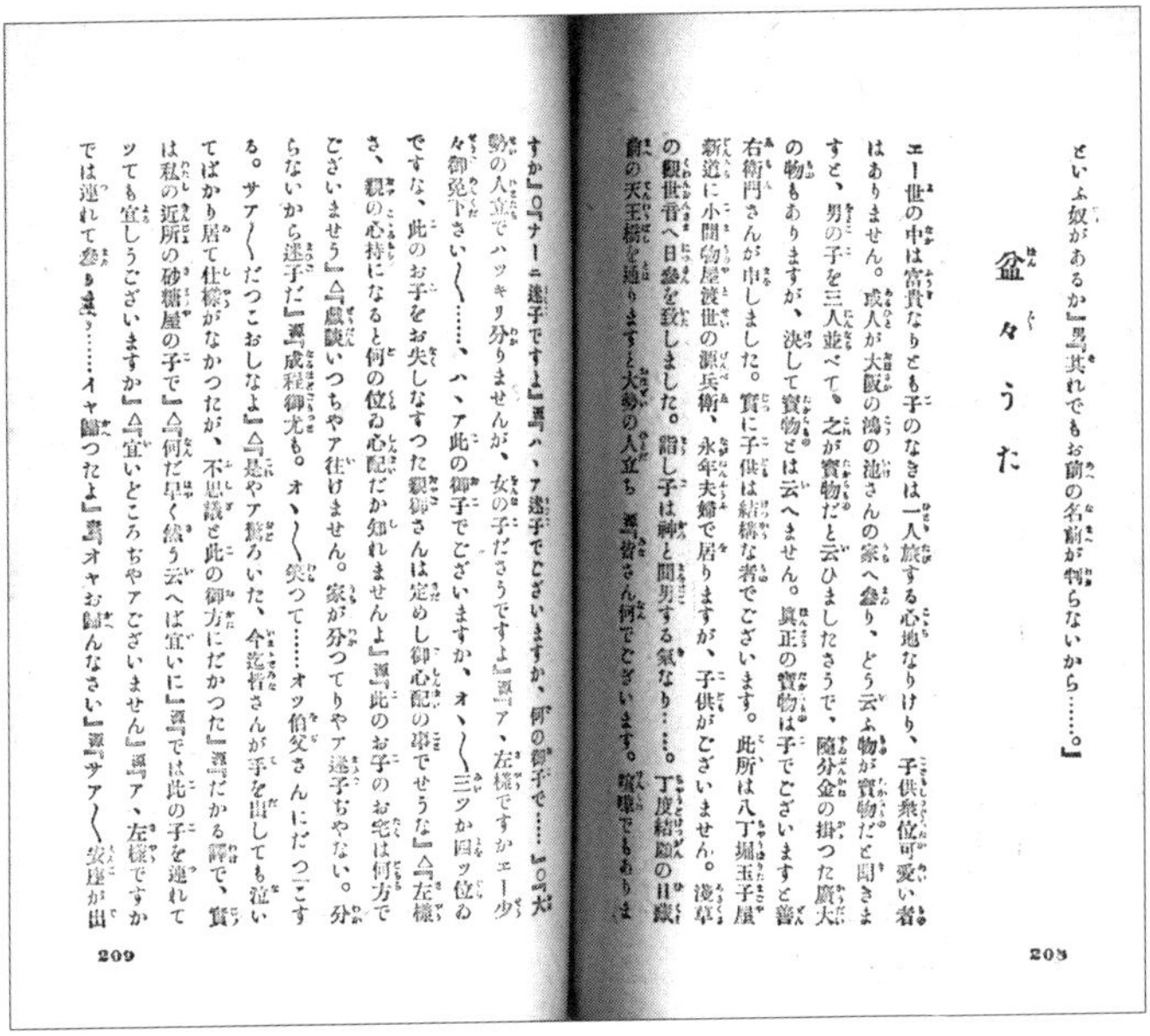

といふ奴《やつ》があるか』男『其《そ》れでもお前《めへ》の名前《なめへ》が判《わか》らないから……。』

盆《ぼん》々《ぼん》うた

エー世《よ》の中《なか》は富貴《ふうき》なりとも子《こ》のなきは一人旅《ひとりたび》する心地《ここち》なりけり、子供幾位可愛い者はありません。成人《おとな》が大阪《おほさか》の鴻《こう》の池《いけ》さんの家《うち》へ参《まゐ》り、どう云《い》ふ物《もの》が寶物《たからもの》だと聞《き》きますと、男《をとこ》の子《こ》を三人《にん》並《なら》べて、之《これ》が寶物《たからもの》だと云《い》ひましたさうで、随分金《ずゐぶんかね》の掛《かゝ》つた廣大《かうだい》の物《もの》もありますが、決《けつ》して寶物《たからもの》とは云《い》へません。眞正《ほんたう》の寶物《たからもの》は子《こ》でございますと善《ぜん》右衛門《ゑもん》さんが申《まを》しました。實《じつ》に子供《こども》は結構《けつかう》な者《もの》でございます。此所《こゝ》は八丁堀玉子屋《はつちやうぼりたまごや》新道《じんみち》に小間物屋渡世《こまものやとせい》の源兵衛《げんべゑ》、永年夫婦《ながねんふうふ》で居《を》りますが、子供《こども》がございません。浅草《あさくさ》の観世音《くわんぜおん》へ日参《にっさん》を致《いた》しました。詣《まう》し子《ご》は神《かみ》と問男する氣《き》なり……。丁度結願《ちやうどけつぐわん》の日《ひ》。歸《かへ》りに天王橋《てんわうばし》を通《とほ》りますと大勢《おほぜい》の人立《ひとだ》ち　源『皆《みな》さん何《なん》でございます。喧嘩《けんくわ》でもありま

208

すか』○『ナーニ迷子《まひご》ですよ』源『ハヽア迷子《まひご》でございますか、何《なん》の御子《おこ》で……』○『大勢《おほぜい》の人立《ひとだち》でハッキリ分《わか》りませんが、女《をんな》の子《こ》ださうですよ』源『ア、左様《さやう》ですかエー少々御免下《せうせうごめんくだ》さい〳〵……、ハヽア此《こ》の御子《おこ》でございますか、オヽ〳〵三ツか四ッ位《ぐらゐ》ですな、此《こ》のお子《こ》をお失《なく》しなすつた親御《おやご》さんは定《さだ》めし御心配《ごしんぱい》でせう、親《おや》の心持《こゝろもち》になると何《ど》の位《くらゐ》心配《しんぱい》だか知《し》れませんよ』源『此《こ》のお子《こ》のお宅《たく》は何方《どちら》でございませう』△『戯談《ぜうだん》いつちやア往《い》けません。家《うち》が分《わか》つてりやア迷子《まひご》ぢやない。分《わか》らないから迷子《まひご》だ』源『成程御尤《なるほどごもつとも》。オヽ〳〵笑《わら》つて……オッ伯父《をぢ》さんにだつこする。サア〳〵だつこおしなよ』△『是《これ》やア驚《おどろ》いた、今迄皆《いままでみな》さんが手《て》を出《だ》しても泣《な》いてばかり居《ゐ》て仕様《しやう》がなかつたが、不思議《ふしぎ》と此《こ》の御方《おかた》にだかつた』源『だかる譯《わけ》で、實《じつ》は私《わたし》の近所《きんじよ》の砂糖屋《さたうや》の子《こ》で』△『何《なん》だ早《はや》く然《さ》う云《い》へば宜《い》いに』源『では此《こ》の子《こ》を連《つ》れて行ッても宜《よろ》しうございますか』△『宜《い》いどころぢやアございません』源『ア、左様《さやう》ですか、では連《つ》れて参《まゐ》ります……イヤ歸《かへ》つたよ』女『オヤお歸《かへ》んなさい』源『サア〳〵安座《えんこ》が出

209

りません。

ネタの再構成では、季節感を濃厚に盛り込むことを考えた結果、冬の大阪のメイン行事の「戎さん」から始まり、春から夏への移り変わりは、花の開花で季節の移ろいを表現し、夏の遊びの「おんごく」へ繋ぐことにしたのです。

時代設定は、『陶犬新書』（天保三年刊）や、『守貞謾稿』（嘉永六年刊）に、「おんごく」の様子を著した記述があるので、幕末頃のつもりで演じることにしました。

文明開化の声を聞く前にした方が、ネタの雰囲気にも重みが加わるように思います。

「おんごく」の歌詞は、地域や町内で少しずつ違ったそうで、それなればこそ、このネタのような事件が成立するのですが、「玉江橋から、天王寺が見える」という歌詞が、玉江橋近辺で歌われていたかどうかは、わかりません。

「鷺とり」という落語にも、「大阪の七不思議の一つに、玉江橋から真南に、天王寺の五重塔が見える」という台詞があり、「玉江橋から、天王寺が見える」というフレーズは、よく人の口の端《は》に掛かったと思えるだけに、この歌詞が地域限定とは言いにくいのですが、民謡や戯《ざ》れ唄を歌う場合、一番最初に自分の住んでいる町名の歌詞を歌うことが多いことも考慮し、「玉江橋から、天王寺が見える」という歌を聞き、お美奈が玉江橋近辺に住んでいたことを、吉兵衛が気付くことにしました。

平成十四年十二月十九日、大阪梅田太融寺で開催した「第二五回・桂文我上方落語選（大

阪編）」で初演しましたが、「盆唄」の表記を「盆歌」としなかったのは、「歌」より「唄」の方が人情噺にはふさわしいと思ったことと、演題として納まりが良いと考えた結果です。

「ぼんぼん唄」が掲載されている戦前の速記本は、『三遊連柳連名人落語全集』（いろは書房、大正十年）、『傑作落語・愉快の結晶』（いろは書房、昭和九年）などがあり、ＬＰレコード・カセットテープ・ＣＤは、五代目古今亭志ん生の録音で発売されました。

螢の探偵

ほたるのたんてい

昨今、大阪ミナミの道頓堀は、一寸は綺麗になりましたが、以前は「大腸菌が死んだ」という噂が立ったぐらいで、有機物が存在出来んように言われてた。

一番汚かった頃、海外映画のロケで、道頓堀の水を降らせて、雨のように見せて撮影したことがある。

ロケの後、道頓堀を通った時の汚さは、往来にバイ菌を撒き散らしたような塩梅。

また、阪神が優勝をすると、橋の上から道頓堀へ飛び込んだりする。

あんなことをするぐらいなら、阪神電車や阪神百貨店の掃除をするとか、甲子園の回りのゴミ拾いをする方が、社会貢献になって、阪神関係者も喜ぶように思う。

昔は道頓堀も綺麗で、螢が飛んだ時代もあったようで。

螢は、川の水が綺麗過ぎても、汚な過ぎても育たんそうで、条件が揃うのが難しい。

昔は螢の居らん村もあって、蝿や蚊が居らん村もあったそうで。
そんな村から、二人の若い者が大坂見物に来て、道頓堀の宿屋へ泊まった。

ヌ「コレ、ヒョコ吉」
ヒ「何じゃ、ヌケ作」
ヌ「大坂様は、太閤秀吉様がお造りになった町だけに、お城も立派で、町も賑やかじゃ」
ヒ「物売り店で、風味と言うて、タダで食わせてくれるのが有難かった」
ヌ「風味の佃煮が美味かったで、弁当を出して、飯の上へ佃煮を山盛りにして食うたら、店の者に怒られたわ」
ヒ「機嫌良う風味を勧めた若い衆が、飯の上へ佃煮を盛ったら、鬼のような顔になって、『去《い》にさらせ！』と言うた」
ヌ「しかし、お前も馬鹿じゃ。『去にさらせ！』と言われた時、『腹に晒《さらし》は巻くけんども、胃に晒は巻かん』と言うたじゃろ」
ヒ「『帰れ！』と言うのを、大坂様では『去にさらせ！』と言うようじゃが、『胃に晒』と聞こえただ。頭から、水をブッ掛けられた。しかし、道頓堀の宿屋は気持ちが良えのう。呑んだ酒も美味えし、料理も良え。布団もフカフカで、極楽気分じゃ」

ヌ「気持ちは良えけんども、最前から耳許で、ブゥーンという音がするぞ」
ヒ「最前から、何か飛んどる。細《こま》げな奴が、ブゥーンと鳴きながら、彼方此方を飛び廻っとるぞ。うっとおしいで、わしが叩いてやるわ。（蚊を叩いて）さァ、成敗しただ。（掌《てのひら》を見て）アレ、何じゃ！　細げな奴は、わしらの血を吸うとった。こりゃ、恐ろしい奴じゃ！」
ヌ「また、攻めてきよった。こんな恐ろしげな物が居る所では、寝ることも出来ん」
ヒ「身体中の血を吸われたら、あの世の婆様の所へ行かねばなんねえだ」
ヌ「あァ、婆様の所へ行くのだけは勘弁してもらいてえ。一体、どうしたらええだ？」
ヒ「恐ろしげな物から逃げるしかねえだで、押入れへ逃げるだ」
ヌ「あァ、それがええ。（押入れへ入って）さァ、もう安心じゃ」
ヒ「おォ、これで婆様の所へ行かんでもええだ。こんな暑い晩に、男二人で押入れへ入るのは辛えのう。大坂の御方は、いつも押入れで夜通しか？　大坂様は良え所で、道頓堀は過ごしやすいと思たけんども、恐ろしい奴が居るのう」
ヌ「風味の佃煮を食べて、水をブッ掛けられるより酷いだ」
ヒ「あァ、その通りじゃ。ブゥーンは押入れへ入れんで、大丈夫だ。あァ、駄目じゃ！ブゥーンは、押入れの隅にも隠れとる！」

ヌ「宿屋の表へ出て、道頓堀の畔《ほとり》で寝るのが一番じゃ」
ヒ「夜が明けたら、こんな恐ろしげな所は出て行くだ」
ヌ「早う、道頓堀の畔へ行くがええ。（道頓堀の畔へ来て）川風が吹いて、気持ちが良えのう。汗だくになったで、着物を脱ぐだ。干しといたら、着物の汗も乾く。汗ダクの着物を着とったら、風邪を引くだ」
ヒ「川風に当たり過ぎたら、風邪を引いて、婆様の所へ行くことになるだよ」
ヌ「血を吸われて、婆様の所へ行くよりは、マシじゃ。ブゥーンは、一寸も来ん」
ヒ「これで、やっと命拾いをしただ。あァ、良かった。（笑って）わッはッはッは！」
ヌ「夜が明けたら、風味の佃煮を食べに行って、『去にさらせ！』と言われてこようか。こんなことが、村へ土産話になるだ。（笑って）わッはッはッは！」

道頓堀の畔で笑い合《お》うてる所へ、フワフワと一匹の螢が飛んできた。

ヒ「コレ、ヌケ作。ここまで逃げても、ダメじゃ」
ヌ「一体、どうした？」
ヒ「ブゥーンの探偵が、提灯を照らして捜しに来た」

解説「螢の探偵」

小学生の頃から古本屋巡りが趣味だった私は、かなり変わった子どもでした。

三重県松阪市白粉町の古本屋・玩古堂へ行くと、山積みになっている貸本漫画の中に、手塚治虫の『新宝島』や、水木しげるの『墓場の鬼太郎』があったことを、今でも思い出します。タイムマシンがあれば、その時代へ戻り、それらの貸本漫画を買い求め、本棚へ並べれば、どれほど幸せな気分が味わえることか……。

模型店のガラスケースの中に並ぶプラモデルも綺羅星《きらぼし》の如くで、マルサン（※後のマルザン）製の『ウルトラマン』『大魔神』『カネゴン』『シュピーゲル号』『ブースカ』など、令和の今日に買い戻せば、何十万円の高値が付く物ばかりが並び、その中で『ウルトラマン』（八百円）と、キャプテンウルトラの『シュピーゲル号』（四百五十円）を、貯めていた小遣いで購入し、組み立てたことが忘れられません。

この二つだけでも、未組み立てで残っていれば、二百万円以上の値段は付くでしょう。

しかし、これは大人の不粋な考えであり、幼い頃、一生懸命に組み立てた思い出は、お金では買えない値打ちがあることに、疑問の余地はありません。

もう少し、当時の古本屋の話をしますが、中学生になった私に、本当の古本屋通いの面白さを教えてくれたのは、クラスメイトの中嶋修君です。

彼は後に主体展会員の立派な画家となりましたが、当時は変わった子どもで、吉川英治全集を買うために、親からもらった昼食代を使わず、水を飲んで、我慢をしていました。

後に知ったことですが、玩古堂の貴重な漫画本の中には、中嶋君が売った本が相当あったそうです。

古本屋通いを加熱させてくれた中嶋君との出会いが無かったら、私は古い落語の速記本を集めていなかったかもしれません。

「螢の探偵」という洒落た短編も、古本屋で見つけた速記本に掲載されていました。

粗筋は米朝師から伺いましたが、全容を知ることが出来たのは『講談速記落語集』(駸々堂書店、明治二十六年)に掲載された二世曾呂利新左衛門(初代桂文之助)の「夏の夜噺」と、『新作落語扇拍子』(名倉昭文舘、明治四十年)の「虫の無い国」で、後に『圓右小さん新落語集』(三芳屋書店、明治四十四年)に、三代目柳家小さんの「小噺」として掲載されていることも知りました。

平成二十四年七月二十三日、大阪梅田太融寺で開催した「第五四回・桂文我上方落語選(大阪編)」で初演しましたが、終演後、当日のお客様に「本で例えたら、読後感の良えネタという感じですわ」と言われ、嬉しかったことを覚えています。

近年、道頓堀が綺麗になったとは言え、いまだに水は濁っており、阪神タイガースが優勝

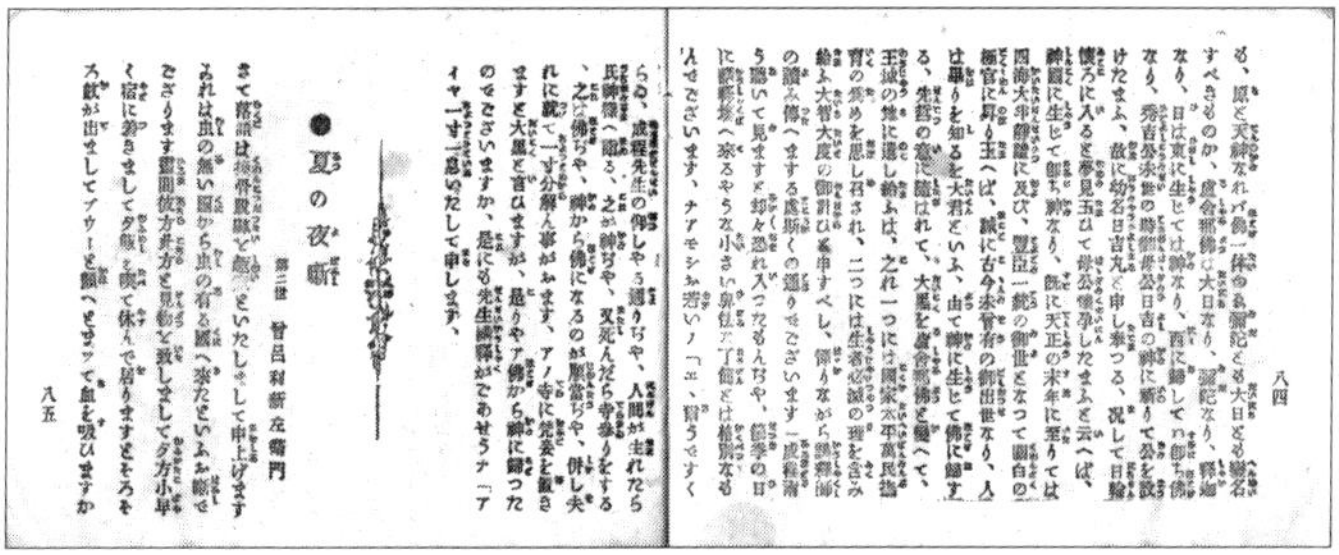

八四

も、原と天神なれバ御一体の御説と云大日とも婆名すべきものか、盧舎那佛は大日なり、釈迦なり、日は東に生じては神なり、西に歸して佛なり、秀吉公未の時御母公日吉の神に祈りて公を設けたまふ、故に幼名日吉丸と申し奉つる、況して日輪懐ろに入ると夢見玉ひて御公懐孕したまふと云へば、神國に生じて即ち神なり、既に天正の末年に至りては四海大平静謐に及び、豊臣一統の御世となつて關白の極官に昇り玉へば、誠に古今未曾有の御出世なり、人は畢りを知るを大君といふ、由て神に生じて佛に歸する、先哲の意に随はれて、大佛を盧舎那佛と爨へて、王城の巽に遷し給ふは、之れ一つには國家太平萬民猶育の鎮めを思し召され、二つには生者必滅の理を含み給ふ大智大度の御計ひと申すべし、僭りながら謝釋御の讀み傳へまする處斯くの通りでございます」成程斯う承いて見ますと却々恐れ入つたもんぢや、儒学の日に蘭郷塩へ來るやうな小さい鼻似た了簡とは格別なる人でございます、ナアモシ御若い衆「エ、皆うですく

らの、成程先生の御しやる通りぢや、人間が生れたら氏神様へ詣る、之が神ぢや、又死んだら寺參りをする、之は佛ぢや、神から佛になるのが順當ぢや、併し夫れに就て一寸分解ん事があります、アノ寺に梵妻を置きますと大黒と言ひますが、是りやア佛から神に歸つたのでございますか、是にも先生講釋がございませうナ「アイヤ一寸一息いたして申します、

●夏の夜噺

第二世　曽呂利新左衛門

さて落語は操骨農議と題しいたしまして申上げますあれは虫の無い國から虫の有る國へ來たといふお噺でございます、甕間彼方此方と見物を致しまして夕方小草く宿に着きまして夕飯を喰て休んで居りますとそろそろ蚊が出ましてブウーと顔へとまツて血を吸ひますか

八五

『講談速記落語集』（駸々堂書店、明治26年）の表紙と速記。

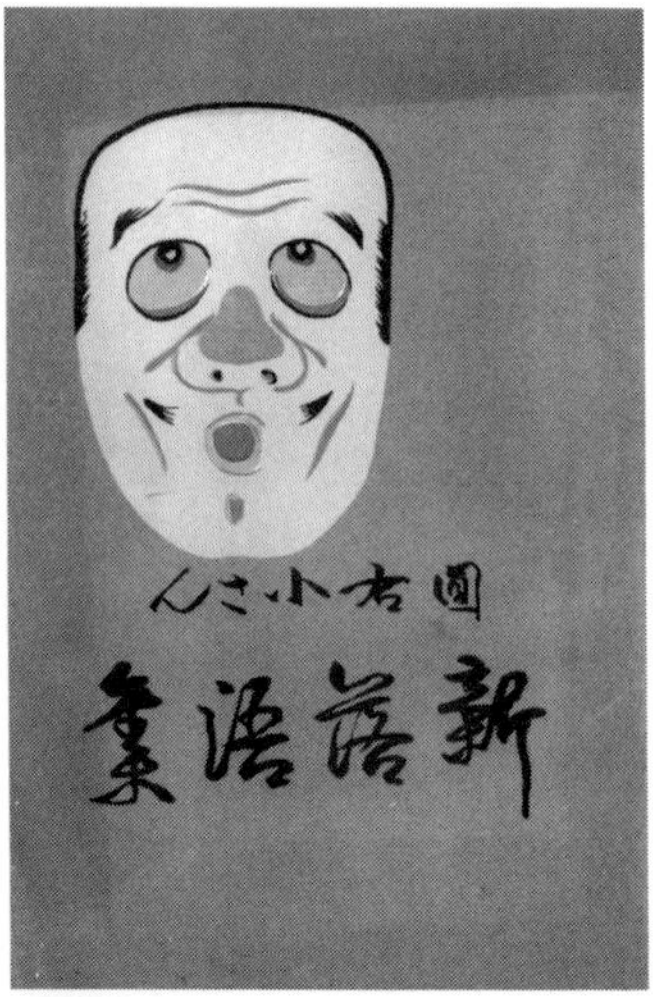

『圓右小さん新落語集』（三芳屋書店、明治44年）の表紙と速記。

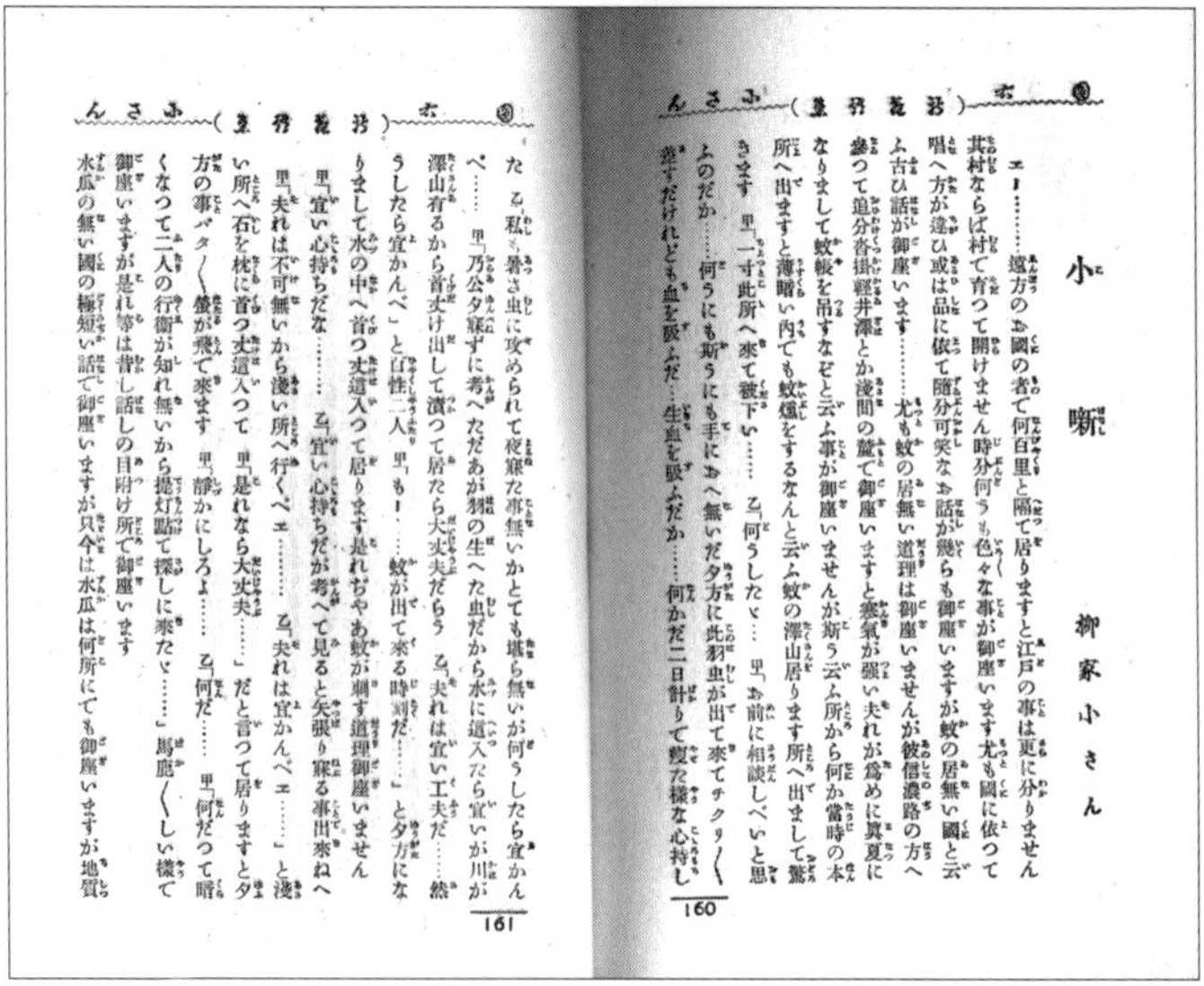

圓右（新落語集）こさん

小噺　柳家小さん

エー……遠方のお國の者で何百里と隔て居りますと江戸の事は更に分りません其村ならば村で育つて開けません時分何うも色々な事が御座います尤も國に依つて唱へ方が違ひ或は品に依て隨分可笑なお話が幾らも御座いますが蚊の居無い國と云ふ古ひ話が御座います……尤も蚊の居無い道理は御座いませんが彼信濃路の方へ參つて追分沓掛輕井澤とか淺間の麓で御座いますと寒氣が強い夫れが爲めに眞夏になりまして蚊帳を吊すなぞと云ふ事が御座いませんが斯う云ふ所から何か當時の本所へ出ますと薄暗い内でも蚊燻をするなんと云ふ蚊の澤山居ります所へ出まして驚きます 甲「一寸此所へ來て被下い…… 乙「何うしたゞ… 甲「お前に相談しべいと思ふのだか……何うにも斯うにも手におへ無いだ夕方に此羽虫が出て來てチクリ〳〵螫すだけれども血を吸ふだ…生血を吸ふだか……何かだ二日計りて瘦た樣な心持し

160

圓右（新落語集）こさん

た 乙「私も暑さ虫に攻められて夜寐た事無いかとても堪ら無いが何うしたら宜かんべ…… 甲「乃公夕寐ずに考へたゞあが羽の生へた虫だから水に這入たら宜いが川が澤山有るから首丈け出して漬つて居たら大丈夫だらう 乙「夫れは宜い工夫だ……然うしたら宜かんべ」と百姓二人 甲「も一……蚊が出て來る時刻だ……」と夕方になりまして水の中へ首つ丈這入つて居ります是れぢやあ蚊が刺す道理御座いません 甲「宜い心持ちだな…… 乙「宜い心持ちだが考へて見ると矢張り寐る事出來ねへ 甲「夫れは不可無いから淺い所へ行くべヱ…… 乙「夫れは宜かんべヱ……」と淺い所へ石を枕に首つ丈這入つて 甲「是れなら大丈夫……」だと言つて居りますと夕方の事バタ〳〵螢が飛て來ます 甲「靜かにしろよ…… 乙「何だ…… 甲「何だつて暗くなつて二人の行衞が知れ無いから提灯點て探しに來たゞ……」馬鹿〳〵しい樣で御座いますが是れ等は昔し話しの目附け所で御座います

水瓜の無い國の極短い話で御座いますが只今は水瓜は何所にでも御座いますが地質

161

すると、飛び込む者が居ますが、それを見ていた御方の「怪我《けが》をしたら、破傷風になるで」という言葉には、素直にうなずきました。

いつの頃まで道頓堀に螢が居たのかは知りませんが、落語に採り入れられている所を見ると、その近辺を飛び廻っていたことは間違いないでしょう。

螢は日本で約四〇種あり、その代表は、ヘイケボタルとゲンジボタル。

ヘイケボタルは溜め池や水田に、ゲンジボタルは小川などに生息するそうで、尾部に発光器官を持ち、酵素のルシフェラーゼとルシフェリンの化学反応で発光し、それは求愛行動とか、相手を威嚇《いかく》するためとか言われています。

螢の語源は、「ほ」は「火」に通じ、「たる」は「垂れ下がる」という意味だと言われていますが、江戸時代中期の本草学者・小野蘭山は「昔の人は、螢が光っていると思わず、夜空一杯に輝く星が、天降った物として崇拝したことから、この名前が付いたと思うので、『星垂る』と書くべき」と述べました。

話は私的なことになりますが、野坂昭如が著した『火垂るの墓』の原作や、滝田ゆうの漫画は読むことは出来ましたが、アニメ映画で見た時、あまりにも悲し過ぎたので、「もう、二度と見ることは無いだろう」と思った次第です。

小学生の頃、幼い妹を亡くしているだけに、小さい子どもが不幸になる姿を見ることは耐え難く、アニメ映画『火垂るの墓』ファンには申し訳ないですが、仕方がありません。

探偵という名称の付く落語は、「螢の探偵」の他、「探偵うどん」があります。日本では警察・民間を問わず、捜査活動を行う者を「探偵」と呼び、江戸時代の同心や岡っ引きは「探偵方」と呼ばれ、明治以後の巡査や刑事も「探偵」と呼ばれていました。探偵という言葉が付くと、時代が新しく感じますが、そうではありません。

演っている間も気持ちの良いネタだけに、今後も全国で催される落語会や独演会で、時折、上演しようと考えています。

焼物取り

やきものとり

旦「親父の還暦祝いに、親戚縁者が集まって下さった。早速、お酒や料理を出しなはれ」
○「実は、難儀なことになりまして。井上の御隠居が孫を連れて、お越しになりました。皆様に鯛の尾頭付きの焼物を付けましたけど、杢兵衛さんの分が足らんようになりまして。魚屋へ尋ねましたら、今から手廻すことは出来んそうで」
旦「こんな日に孫を連れくるとは、気が利かん」
○「仕方が無いよって、杢兵衛さんに切り身の鯛の焼物を付けましたら、『還暦の祝いで、身を切るとは、縁起が悪い。腹が立つよって、お上へ訴える』と仰って、頭から湯気を立てて、怒っておられます」
旦「皆様に祝《いお》てもろてこそ、親父も喜ぶわ。小さい子どもは、鯛の尾頭付きは喜ばん。何とか、井上の御隠居の孫の鯛を取り戻す算段は無いか？」

○「猫に頼むのが一番と思いますけど、そんな訳にも行きません。こうなったら、太兵衛が宜しい。ウチの店で盗人の気があるのは、太兵衛だけですわ」
太「コラ、誰が盗人や！　一体、わしが何を盗んだ！」
○「あァ、堪忍。いつも、太兵衛は上手に盗んでくると言うて誉めてる」
太「余計、えげつないわ！」
旦「コレ、しょうもないことで揉めなはんな。ほな、太兵衛。井上の御隠居の孫の膳にある、鯛の焼物を取り戻してもらいたい」
太「旦さんに頼まれたら、嫌とは言えん。ほな、お盆を此方へ貸しとおくなはれ。（座敷へ来て）これは、井上の御隠居様。ようこそ、お越しで」
井「あァ、太兵衛さん。孫にも膳を据えてもろて、申し訳無い」
太「ほんまに、坊ンは福々しゅうございますな」
井「肥え過ぎて、心配をしてます」
太「いえ、大丈夫！　麻疹《はしか》を患《わずろ》たら、熱が出て、直に痩せますわ」
井「コレ、ケッタイなことを言いなはんな」
太「いえ、冗談でございます。坊ンは、眉毛が濃うて結構で」
井「右と左の境が無いぐらい、濃い眉毛になりましたわ」

太「右と左の眉毛が繋がって、孫悟空のような顔になったら面白い」
井「一々、阿呆なことを言いなはんな。猿のような顔になったら、えらいことじゃ」
太「身体が豚で、顔が猿とは、末が楽しみで」
井「コレ、ええ加減にしなはれ！　冗談でも、腹が立つわ」
太「お祝いの席ですよって、お怒りになりませんように。坊ンは、お元気ですな」
井「今は猫を被ってますけど、その内に座敷を走り廻ったら、叱ってもらいたい」
太「ヘェ、承知を致しました。拳骨《げんこつ》で、ゴォーン！」
井「コレ、無茶をしなはんな。そんなことをしたら、夜中に虫が出ますわ」
太「ヘェ、誠に御無礼を致しました。坊ンのお椀が空やよって、お代わりを持って参ります」
井「子どものクセに、汁物が好きでな。一寸だけ、いただきますわ」
太「お椀を、お盆へ乗せていただきたい。直に、お代わりを持って参ります。（旦那の所へ戻って）旦さん、鯛の尾頭付きの焼物を取り戻して参りました」
旦「おォ、見事！　どんな手を使《つこ》て、鯛を持ってきた？」
太「ヘェ、何でもないことで。お汁のお代わりを言うて、お椀をお盆へ乗せる時、膳の上へお盆を乗せて、下の焼物を張り付けて、持って参りました」

旦「なるほど、上手に取り返したな」

太「お清どん、お碗へ汁を半分だけ入れて。（座敷へ戻って）もし、坊ン。どうぞ、お汁をお上がり遊ばせ。御隠居様のお汁も、お代わりを持って参ります」

井「ほな、いただきましょう」

坊「爺ちゃん、お代わりはせん方がええ」

井「ほゥ、何でじゃ？」

坊「お代わりをしたら、爺ちゃんの鯛も持って行かれる」

解説「焼物取り」

祝宴の裏には、トラブルが多いことは御存知でしょう。

ある噺家が結婚披露宴で落語を演ることになり、「取り敢えず、切れる・去る・死ぬという言葉が入ってるネタは避けよう。『めでたし、めでたし』でお開きになる、日本昔話のパロディの落語やったら、間違いない」と思い、「桃太郎」という落語を演り出しましたが、ネタの中に、犬（去《い》ぬ）や猿（去る）が出てきたので、その後はメロメロになり、しくじったというエピソードが残っています。

結婚披露宴の失敗談は、濃厚な面白さを含む場合が多いのですが、本人は冷汗物で、生涯、忘れられないでしょう。

また、結婚披露宴を任されたホテルの方の話を聞くと、落語以上に面白い失敗談が多く、食事の采配だけでも失敗は付き物のようで、祝い事の裏には、出席者に知らされない、涙ぐましい努力と工夫があることも伺いました。

「焼物取り」という落語は、祝いの席のトラブルがテーマで、単純な物語ですが、昔の人の工夫が推し量れる作品だと思います。

一席物として、寄席や落語会で上演されることは皆無に等しくなりましたが、昔は便利な

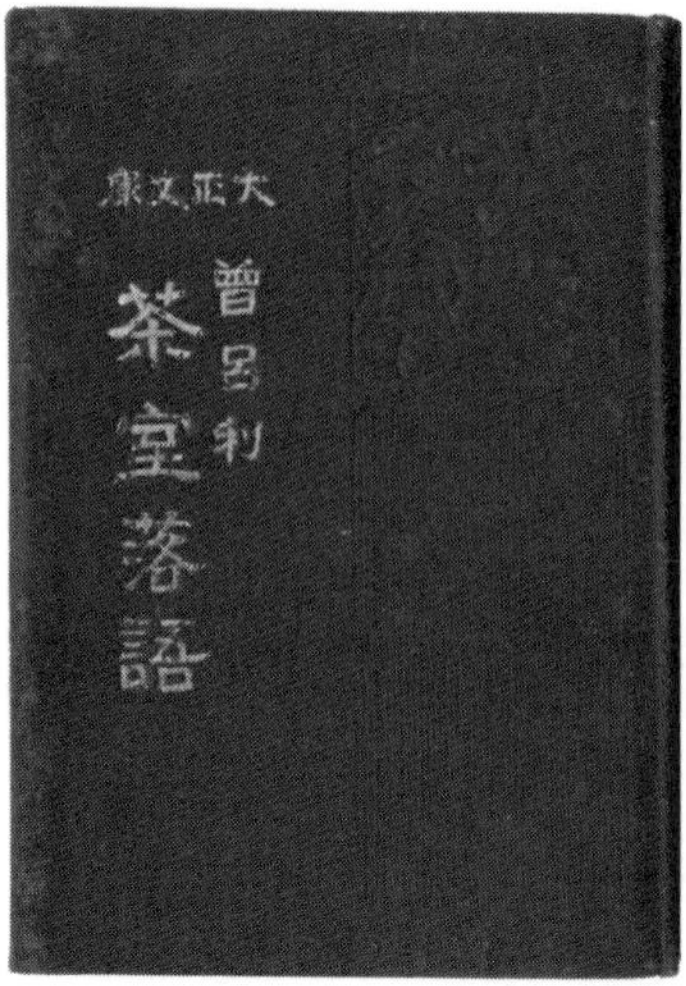

『茶室落語』（駸々堂書店、大正３年）の表紙と速記。

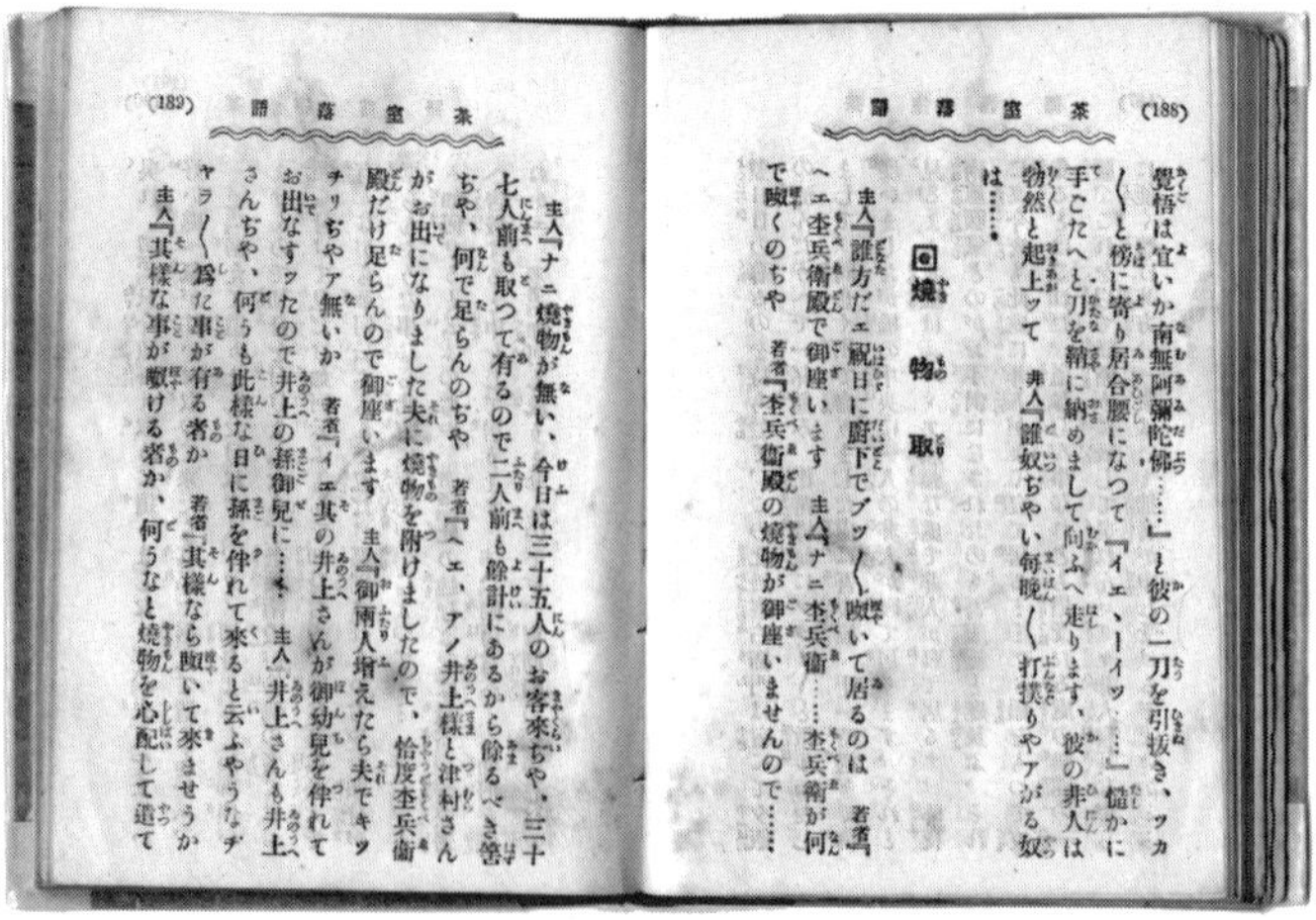

茶室落語 (188)

覺悟《かくご》は宜《よ》いか南無阿彌陀佛《なむあみだぶつ》……』と彼《か》の一刀《たう》を引抜《ひきぬ》き、ツカ〱と傍《かたは》らに寄《よ》り居合腰《ゐあひごし》になつて『イエ、ーイツ……』慥《たし》かに手《て》ごたへと・刀《かたな》を鞘《さや》に納《をさ》めまして向《むか》ふへ走《はし》ります、彼《か》の非人《ひにん》は惣然《がく》と起上《おきあが》ッて　非人『誰奴《どいつ》ぢやい毎晩《まいばん》〱打撲《ぶんなぐ》りやアがる奴《やつ》は……

◎焼物取《やきものとり》

主人『誰方《どなた》だエ晩日に廊下《らうか》でブツ〱嗅いて居《ゐ》るのは　若者『ヘエ杢兵衛殿《もくべゑどん》で御座《ござ》います　主人『ナニ杢兵衛……杢兵衛が何《なん》で嗅くのぢや　若者『杢兵衛殿の焼物《やきもの》が御座いませんので……

茶室落語 (189)

主人『ナニ焼物《やきもの》が無《な》い、今日《けふ》は三十五人《にん》のお客来《きやくらい》ぢや、三十七人前《にんまへ》も取《と》つて有《あ》るので二人前《ふたりまへ》も餘計《よけい》にあるから餘《あま》るべき筈《はず》ぢや、何《なん》で足《た》らんのぢや　若者『ヘエ、アノ井上様《あのうへさま》と津村《つむら》さんがお出《いで》になりました夫《それ》に焼物《やきもの》を附《つ》けましたので、恰度杢兵衛殿《ちやうどもくべゑどん》だけ足《た》らんので御座《ござ》います　主人『御両人《おふたり》増《ふ》えたら夫《それ》でキツチリぢやア無《な》いか　若者『イエ其《そ》の井上《あのうへ》さんが御幼児《ぼんち》を伴《つ》れてお出《いで》なすッたので井上《あのうへ》の孫御児《まごご》に……　主人『井上《あのうへ》さんも井上《あのうへ》さんぢや、何《ど》うも此様《こんな》日《ひ》に孫《まご》を伴《つ》れて来《く》ると云《い》ふやうなヂヤラ〱為《し》た事《こと》が有《あ》る者《もの》か　若者『其様《そん》なら嗅いて来《き》ませうか　主人『其様《そん》な事《こと》が嗅ける者《もの》か、何《ど》うなと焼物《やきもの》を心配《しんぱい》して遣《やつ》て

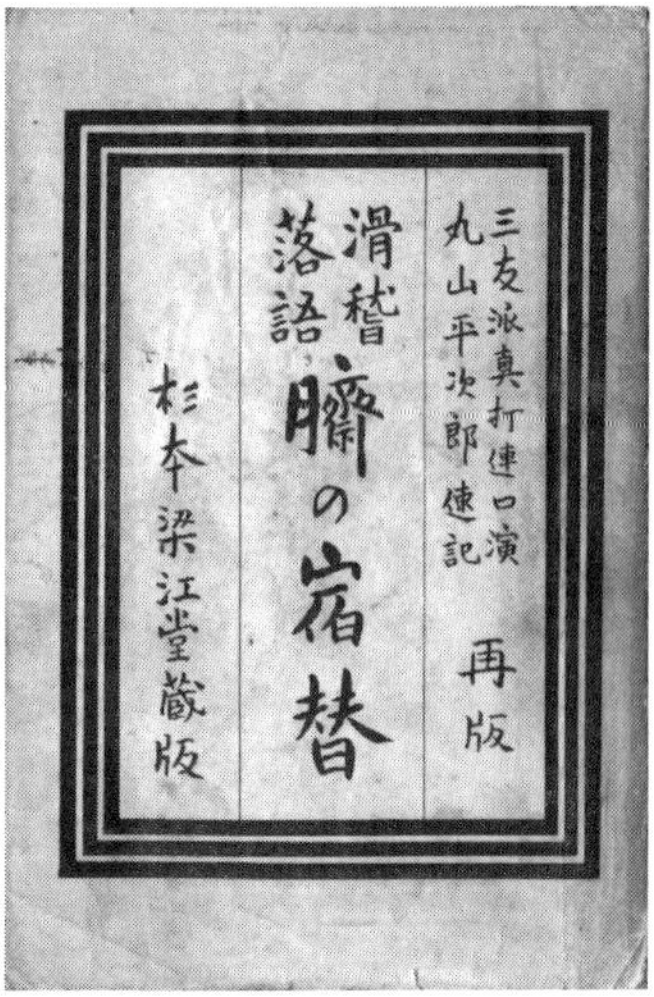

『滑稽落語 臍の宿替』（杉本梁江堂、明治42年）の表紙と速記。

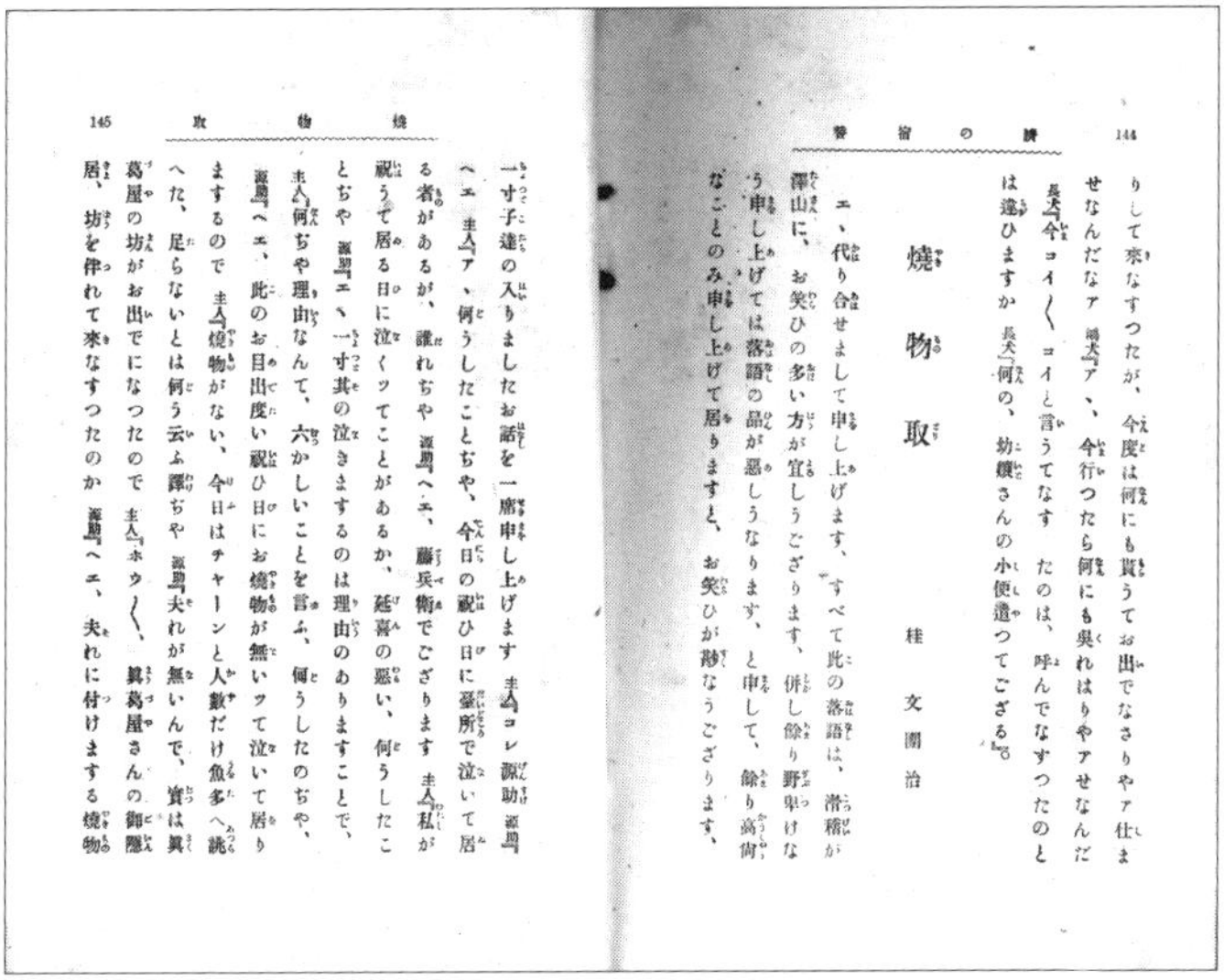

りして來《き》なすつたが、今度《えど》は何《なん》にも貰《もら》うてお出《いで》なさりやア仕《し》ませなんだなア 繁太「アヽ、今《いま》行《い》つたら何《なん》にも呉《く》れはりやアせなんだ 長太「今《いま》コイ〱コイと言《い》うてなすたのは、呼《よ》んでなすつたのとは逢《あ》ひますか 長太「何《なん》の、幼《こ》嬢《いと》さんの小便《しし》遣《や》つてござる。

焼《やき》物《もの》取《とり》

桂文團治

エヽ、代《かは》り合《あは》せまして申《まを》し上《あ》げます、すべて此《こ》の落語《おはなし》は、滑稽《こつけい》が澤山《たくさん》に、お笑《わら》ひの多《おほ》い方《はう》が宜《よろ》しうございます、併《しか》し餘《あま》り野卑《やひ》けなう申《まを》し上《あ》げては落語《おはなし》の品《ひん》が惡《わる》しうなります、と申《まを》して、餘《あま》り高尚《かうしやう》なことのみ申《まを》し上《あ》げて居《を》りますと、お笑《わら》ひが尠《すくな》うございます、

一寸《ちよつと》子達《こたち》の入《はい》りましたお話《はなし》を一席《せき》申《まを》し上《あ》げます 主人「コレ源助《げんすけ》 源助「ヘエ 主人「アヽ何《ど》うしたことぢや、今日《こんにち》の祝《いは》ひ日《び》に臺所《だいどころ》で泣《な》いて居《ゐ》る者《もの》があるが、誰《たれ》ぢや 源助「ヘエ、藤兵衛《とうべゑ》でございます 主人「私《わたし》が祝《いは》うて居《ゐ》る日《ひ》に泣《な》くッてことがあるか、延喜《げん》の惡《わる》い、何《ど》うしたことぢや 源助「エヽ一寸《ちよつと》其《そ》の泣《な》きまするのは理由《りいう》のありますことで、 主人「何《なん》ぢや理由《りいう》なんて、六《むつ》かしいことを言《い》ふ、何《ど》うしたのぢや、 源助「ヘエ、此《こ》のお目出度《めでた》い祝《いは》ひ日《び》にお焼物《やきもの》が無《な》いッて泣《な》いて居《を》りまするので 主人「焼物《やきもの》がない、今日《けふ》はチャーンと人數《かず》だけ魚多へ誂《あつら》へた、足《た》らないとは何《ど》う云《い》ふ譯《わけ》ぢや 源助「夫《そ》れが無《な》いんで、實《じつ》は眞葛屋《くずや》の坊《ぼん》がお出《いで》になつたので 主人「ホウ〱、眞葛屋《まくずや》さんの御隱居《ごいんきよ》、坊《ぼう》を伴《つ》れて來《き》なすつたのか 源助「ヘエ、夫《そ》れに付《つ》けまする焼物《やきもの》

ネタとして、時折、高座に掛けられていたのでしょう。

昔の速記本では、二世曾呂利新左衛門（初代桂文之助）の『茶室落語』（駸々堂書店、大正三年）と、『滑稽落語臍の宿替』（杉本梁江堂、明治四十二年）に、三代目桂文團治の口演で掲載されています。

平成十八年四月二十三日、東京八重洲ブックセンターで開催された「第三回・桂文我の世界／復活珍品上方落語」で初演しましたが、この企画は翻訳家・金原瑞人氏の発案により、東京八重洲ブックセンターの催物会場で、上方落語の復活ネタの口演と、演芸研究家をゲストに迎えた座談会という形式で催され、数年間続きました。

皮肉な内容の短編ですが、わかりやすい構成になっているので、時折、落語会や独演会で上演するようになった次第です。

鯛の出てくる落語は数多くあり、令和の今日でも、「寄合酒」「雑穀八《ざこ》」「無いもん買い」などは、時代に関係なく上演されていますが、その中で「焼物取り」は、置いてけぼりになりました。

日本では祝い事には欠かせない魚が鯛であり、尾と頭が付いたままの尾頭付きには、最初から最後まで全うするという、長寿の願いが込められています。

昔から祝いの席で喜ばれた理由は、三十年以上も生きる鯛があるように寿命が長いことや、「めでたい」に通じることから、福をもたらすとされ、元来、赤い色がめでたいとされていることによりました。

大阪料理会の発起人で、浪速割烹の名店・㐂川の創業店主・上野修三氏の言によると、大阪では「お鯛さん」と呼び、昔は年間で鯛の安い時、親戚縁者に贈る風習があり、贈った鯛が廻り廻って、自分の所に戻ってくることを、「鯛の親戚廻り」と言ったそうです。

また、五月初旬の産卵期に浅瀬へ寄ってくることを「乗っこみ」と言い、瀬戸内海で重心を失い、浮き上がる鯛の色と、桜の時期を重ね合わせて「桜鯛」と呼び、「安くて、美味い」と喜んだそうですし、折り重なる鯛の群れを小高い島のように見えるというので、「魚島」と呼んだそうです。

神様と鯛の関係にも触れると、七福神の恵比寿は、右手で釣竿を持ち、左手で鯛を抱える姿になりました。

神道では重要な地位を占めている魚で、冠婚葬祭などの祭礼には欠かせません。

日本では古来から重要な食用魚だったようで、縄文時代の地層からも、鯛の骨が出土しており、『古事記』『日本書紀』『風土記』にも記されています。

江戸時代までは、高位を意味することで、鯉が祝い事に使われていましたが、江戸時代は将軍家でも鯛を喜んだため、大位と当て字をされ、鯉に替わり、持て囃されました。

鯛の絵について少しだけ申し上げますが、三重県伊勢市二見町今一色の漁師の家に生まれ、日本画家として活躍した中村左洲は、「鯛の左洲」と言われたほど、見事な鯛を描いたことを御存知の方も多いでしょう。

時折、中村左洲の絵が骨董店で売られると、鯛の絵が描いてあるだけで高額になりますが、どれを見ても惚れ惚れするような出来栄えです。

明治時代、伊勢神宮に参拝する賓客の休憩や宿泊施設だった三重県伊勢市二見町の賓日館《ひんじつかん》に、中村左洲の作品が展示してありますから、伊勢近辺に旅をされる時は見学されることをお勧めしますし、生涯の思い出になることは間違いないでしょう。

南海道牛かけ

なんかいどううしかけ

喜六・清八という大坂の若い者が、「時候も良うなったよって、紀州加太《かだ》の淡島《あわしま》神社へ参詣をしょう」と、紀州街道を南へ南へ。

淡島神社を参拝して、和歌山の町を見物すると、道を東へ取って、吉野から大和街道。

清「喜ィ公、出てこい。田圃《たんぼ》や畑で、牛を原っぱで遊ばせてるわ」

喜「ノンビリして、良え景色やな」

清「あれは、牛かけや。秋の稲刈りで働いた牛を、冬場は牛方へ預ける。春先になると引き取って、これから働いてもらうために、一日中、原っぱで遊ばせるわ。牛かけとか、牛の藪入りとか言うそうな」

喜「原っぱに居っても、藪入りか？」

清「コレ、しょうもないことを言うな」
喜「牛に飾り付けがしてあるよって、戎さんのお飾りが歩いてると思た」
清「牛かけの時は、綺麗に飾ってもらえるわ」
喜「秋まで働いた牛が、春先に遊ばせてもらえるか。わしらも汗水垂らして働いて、春になると、旅に出掛ける。わしらは、人かけや」
清「おい、牛と一緒にするな。日が暮れてきたよって、宿屋へ泊まろか。山の中は百姓家のような宿屋しか無いけど、宿賃は安いわ。向こうに宿屋が見えてきて、軒の行燈《あんどん》に御宿としてあるけど、客引きが出てこん。ほな、一番手前の宿屋へ入ろか。(宿屋へ入って)えェ、御免!」
一「(大声を出して)おォ、誰じゃ!」
清「えらい勢いやけど、ここは宿屋やろ?」
一「お前らは、目が見えんのか! 軒の行燈に、何と書いてある?」
清「それやったら、御宿と」
一「ほな、一々聞かんでもええわ」
清「わァ、ムカつく親爺や。ほな、泊めてくれるか?」
一「泊めるよって、宿屋じゃ!」

清「一々、怒らんでもええわ」
一「一体、何人泊まる？　何ッ、二人か。（舌打ちをして）チェッ、しょうもない！」
清「ほんまに、ボロカスに言われてるわ。宿賃は、何ぼや？」
一「あァ、一人が一分じゃ！」
清「えッ、高い宿賃や。和歌山の町中で一分も払たら、良え宿屋へ泊まれるわ」
一「高いと思たら、余所へ泊まれ。出て行け、銭無し！」
清「わァ、えらい言われようや。喜ィ公、出てこい。（表へ出て）こんな愛想の無い宿屋へ泊まらんでも、隣りへ行こか。（二軒目の宿屋へ入って）えェ、御免」
二「（大声を出して）おォ、どいつじゃ！」
清「最前より口汚いけど、ここも宿屋やろ？」
二「お前らは、目が見えんのか！」
清「わァ、最前と同じや。御宿と読めるよって、目は見える。一晩、泊めてもらいたい」
二「何じゃ、客か。一々、偉そうにしやがって」
清「いや、あんたの方が偉そうや。宿賃は、何ぼ？」
二「あァ、一人が一分一朱じゃ！」
清「えッ、最前より高なってるわ。おい、一分一朱は高いな」

三「高いと思たら、余所へ泊まれ。出て行け、腰抜け！」
清「わァ、何という口の悪さや。喜ィ公、隣りへ行こか。（三軒目の宿屋へ入って）えェ、御免」
三「（大声を出して）おォ、どこのガキじゃ！」
清「ここが一番、口汚いわ。宿屋ということは知ってるけど、宿賃は何ぼや？」
三「あァ、一人が一分二朱じゃ！」
清「わァ、一朱ずつ上がるわ。おい、一分二朱は高いな」
三「高いと思たら、余所へ泊まりさらせ。道端で、くたばれ！」
清「わァ、これより悪う言えんわ。ここも止めて、表へ出よか。（表へ出て）この先は真っ暗で、人家が無いわ。初めの宿屋が、一番安い。道を間違えたら、命に関わる。命を買うたつもりで、一分の宿へ泊まる方がええわ。（一軒目の宿屋へ入って）えェ、御免」
一「また、入ってきやがった！　何ッ、泊まりさらすか。泊めたるけど、愛想は無いわ。ほな、宿賃は先にもろとく。（金を受け取って）さァ、風呂へ入れ。昼間に沸かしたままで、湯は水になってる。漬物で冷飯を食て、二階へ上がって、寝てしまえ。布団は半年干してないけど、文句は言うな。油が勿体《もったい》無いよって、行燈も消せよ。飯を食て、風呂へ入って、とっとと寝さらせ！」

清「この宿屋は、木賃宿より悪いわ」

宿屋の親爺に急《せ》き立てられて、御飯を食べて、風呂へ入って、二階の湿った布団で寝た。昼間の疲れで、トロトロッとした頃、「行け、行け、行けェーッ！」〔ハメモノ／伊勢音頭。〆太鼓・大太鼓・篠笛・当たり鉦で演奏〕

清「（飛び起きて）この喧しいのは、何や？」

一「起きた、起きた！　さァ、早う出て行け。朝じゃ、朝じゃ！」

清「何ッ、朝？　最前、寝た所や」

一「前の街道を、伊勢参りの道者が通るわ。朝じゃ、朝じゃ！」

清「まだ、表は暗いわ」

一「コラ、何を寝惚《ねぼ》けとる。明るうて、目が痛いわ。着物を着て、荷物を持って、表へ出え。（表の戸を閉めて）もう、二度と来るな！」

清「（戸を叩いて）親爺っさん、開けてくれ！　喜ィ公、鍵が掛かってるわ。隣りも、その隣りも鍵が掛かって、一寸も開かん。表は真っ暗で、月も出てないわ」

喜「何やら、狐・狸に化かされたような。これから、どうしょう？」

清「こうなったら、次の宿場まで歩くしかないわ。あの森へ入ったら、真っ暗や」

喜「あア、怖ア！」〔ハメモノ／凄《すご》き。三味線・大太鼓・銅鑼で演奏〕

清「さア、離れんと随いてこい。ケッタイな音がしたり、怪しい物が出てきたら、直に言え」

喜「ワァーッ！　（前を指して）清やん、火の玉が歩いてきた！」

清「コレ、火の玉が歩くか。火の玉にしては小さいよって、誰かが莨を喫うてるような」

喜「あんな背の高い人は居らんし、大入道は莨を喫わん」

清「ほな、声を掛けてみよか。そこへ来たのは、誰や？　あんたは、えらい背が高いな」

★「目を凝らして、よう見てみい。わしは、牛へ乗ってるわ」

清「あア、それで背が高う見えたか。こんな夜中に牛へ乗って、どこへ行く？」

★「冬場に預けた牛を牛方へ取りに行って、話をしてる内に、夜が更けてしもた。今から、村へ帰るわ。こんな所で、何をしてる？」

清「前の宿場の宿屋へ泊まったら、夜中に表へ放り出された」

★「あァ、あの地獄宿へ泊まったか？　一軒目の宿賃が一分で、一朱ずつ上がったやろ？　あの宿屋へ泊まる奴は、阿呆の見本じゃ」

清「とうとう、阿呆の見本になってしもた」

★「あの三軒は、有名な地獄宿じゃ。三軒が企んで、後へ行くほど宿賃を高する。一番初めの宿屋が安いと思て、一分を払た金を三軒で山分けをするという訳じゃ」
清「わァ、えげつないことをするわ。夜中に、伊勢参りの道者が通った」
★「泊まり客が寝たら、隣りの宿屋の親爺や嫁が道者に化けて、表を囃して歩く。それをキッカケに、表へ客を放り出して、鍵を掛けて、安らかな眠りに就くのじゃ。あの宿屋を知ってる者は、誰も泊まらん。騙された者が、阿呆の見本じゃ」
清「また、阿呆の見本と言われてるわ」
★「一分には、気を付けた方がええ」
清「次の宿場まで、どれぐらいある？」
★「森が一里ぐらい続いて、狼が棲《す》んでるわ。狼の餌になることは、わしが請け合う！」
清「いや、請け合わんでもええわ。あんたは、狼に喰われてない」
★「牛へ乗ってたら、大丈夫じゃ。況《ま》して、狼は莨の煙を嫌うわ」
清「わしらを牛へ乗せて、次の宿場まで送ってもらいたい。命に関わるよって、礼は十分にさしてもらうわ」
★「ほな、一人が一分じゃ」
清「何ッ、一分？　いや、それは高い！」
★「ほな、狼の餌になれ。ここへ来るまで、狼に三匹出会た。ほな、わしは行くわ」

清「払う、払う！　（泣いて）一分を出すよって、牛へ乗せて！」

★「男のクセに、泣かんでもええわ。牛へ乗せたるけど、先に金をもらう。（金を受け取って）わしは降りるよって、その岩を足場にして、牛へ乗れ。莨を喫うてたら、狼は傍へ寄らんわ。（牛から下りて）あァ、乗ったか。ほな、行くぞ」

清「あァ、牛が歩き出した。喜ィ公が前やよって、牛の首を持て」

喜「（牛の首を持って）何やら、牛の鼻息が荒《あろ》なってきた」

牛「（首を震わせて）ブルブルブルッ！」

清「おい、体も震えてきた。ひょっとしたら、牛が怒ってるのと違うか？」

★「いや、そんなことはない。至って、大人しい牛じゃ」

牛「（首を震わせて）ブルブルブルッ！」

清「牛が、ブルブルブルッと言い出した」

牛「（首を震わせて）ブルブルブルッ！　モォーッ！」

清「わァ、走り出した！　おい、喜ィ公。しっかり、首を掴まえとけ！」

喜「あァ、えらいことになった！　清やん、止めて！」

清「おい、無茶を言うな。牛が止まるまで、乗ってるしかない。しっかり、掴まえとけ」

喜「太い枝が、ニュッと出てるわ。わッ、ぶつかる！」

清「（牛から落ちて）あァ、痛ッ！　おォ、牛は行ってしもた。喜ィ公、大丈夫か？」
喜「頭はぶつける、尻は打つ。踏んだり蹴ったりやけど、怪我は無いわ」
清「牛も百姓も、どこかへ行ってしもた。また、一分の取られ損や。森の中の小屋から、灯りが漏れてる。誰かが住んでたら、泊めてもろたらええ。戸が薄うに開いてるよって、家の中を覗いてみよか。（戸の隙間《すきま》から覗いて）何やら、男と女子が話をしてるわ」
女「（着物の袖で、涙を拭いて）どうしても、私と一緒になれんと仰る？」
男「あァ、わしは帰るわ」
女「あんたを帰すぐらいやったら、一思《ひと》いに！　（包丁で、男の腹を刺して）エイ！」
男「（両手で、腹を押さえて）ウゥーッ！」
清「喜ィ公、人殺しや！　あァ、女子が飛び出して行った。小屋の中に、殺された男が倒れてるわ」
男「（起き上がって）さァ、終わった。これで十日の間、生きて行けるわ」
清「（節穴を覗いて）アレ、殺された男が立ち上がった。一体、どういう訳や？　（小屋へ入って）もし、大丈夫で？」
男「入ってきたのは、誰じゃ？　お前らは、今の様子を見てたか？」
清「戸の隙間から覗いて、ビックリしました。お宅は、ほんまに生きてますか？」

男「見られたら、仕方が無い。あの女子は、隣り村の庄屋の娘じゃ。男に捨てられて、十日に一遍、頭へ血が上って、訳がわからんようになる。わしが、その男に似てるよって、この小屋へ誘い出して、出刃で突く。娘に渡してある出刃は、木で拵えて、銀紙を張った偽物じゃ。わしは腹へ晒を巻いてるよって、出刃で突かれても、怪我は無いわ。娘は出刃で突いたら、気が納まって、十日ほど大人しゅうしてる。お庄屋へ出刃を持って行ったら、一分を下さるよって、その金で十日暮らすという訳じゃ。殺されては一分、殺されては一分。あの娘に殺されなんだら、わしは生きて行けんのじゃ」
清「わァ、ケッタイな仕事や。あの娘に殺されるのが、お宅の仕事で？」
男「あァ、その通り！　それはそうと、こんな所に何で居る？　夜中、前の宿場の宿屋で、表へ放り出されて、森で出会た百姓の牛へ乗ったら、牛が暴れて落ちたか。宿賃は一分で、牛の乗り賃も一分じゃろ？　牛を引く百姓も、宿屋の親爺の親戚じゃ。お前らが来るのを森で待ってて、お前らから金を取って、今頃、高鼾で寝てる。あの村は、盗人村と呼ばれてるわ。近郷近在の者は、誰も寄り付かん。一分ずつ盗ろうとするよって、騙されるな。一分には、気を付けた方がええわ」
清「重々、承知しました。これから先は、どうしたら宜しい？」
男「ほゥ、それを教えてほしいか？　ほな、一分を出しなはれ」

解説「南海道牛かけ」

上方落語に数多くある旅ネタでは、喜六・清八の仲良しコンビが、あちらこちらで事件に巻き込まれる展開が多いのですが、これは十返舎一九の『東海道中膝栗毛』の弥次郎兵衛・喜多八のパターンに、よく似ています。

『東海道中膝栗毛』を読んだ江戸時代の噺家が落語に仕立てたのか、それとも旅ネタを聞いた一九が、落語を土台にし、『東海道中膝栗毛』をまとめたのか、真実は闇の中ですが、どちらかであることは間違いないでしょう。

学生時代、東大落語研究会編『落語事典』（青蛙房）を読み、「南海道牛かけ」の粗筋は知っていましたが、この本の編集者の山本進氏（落語・噺家の歴史や逸話で、資料から割り出す考証は当代随一）や、保田武宏氏（長年の寄席や落語会の見聞で、的確な評論を行う文筆家）からも、「南海道牛かけ」を高座で演じる噺家を見たという意見は聞けず、「そのうちに、あなたが演ってくださいよ」と言われ続ける始末。

残っている資料では、明治時代に活躍した初代桂文枝の高弟・二世曾呂利新左衛門が著した『伊勢参宮』（駸々堂書店、大正十年）に骨格を見付けられるぐらいでしたが、上演するにはつらい内容で、「一体、どうすれば良い？」と、頭を抱えてしまいました。

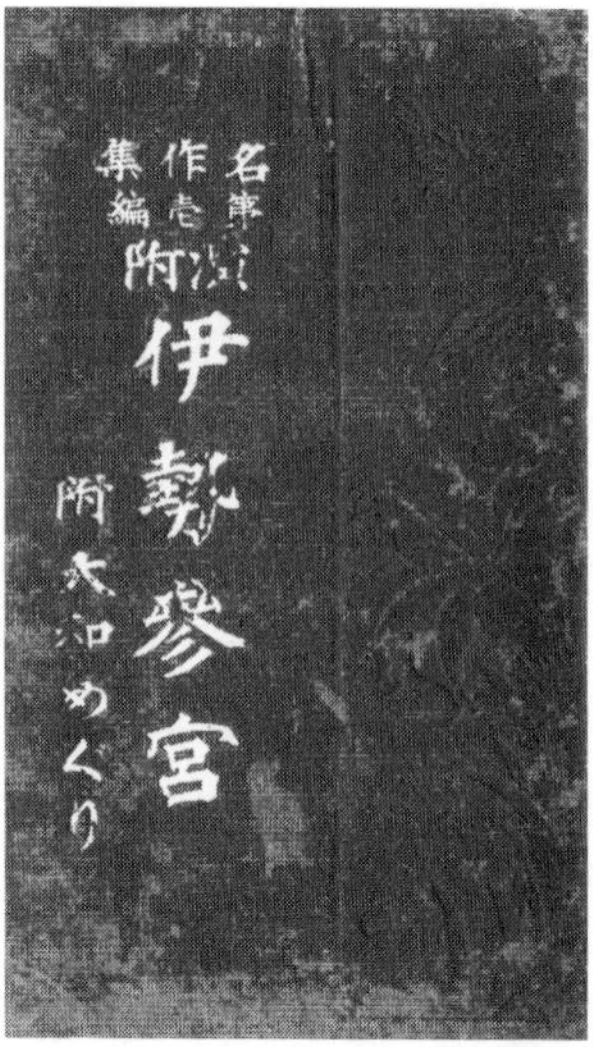

『伊勢参宮』（駸々堂書店、大正10年）
の表紙と速記。

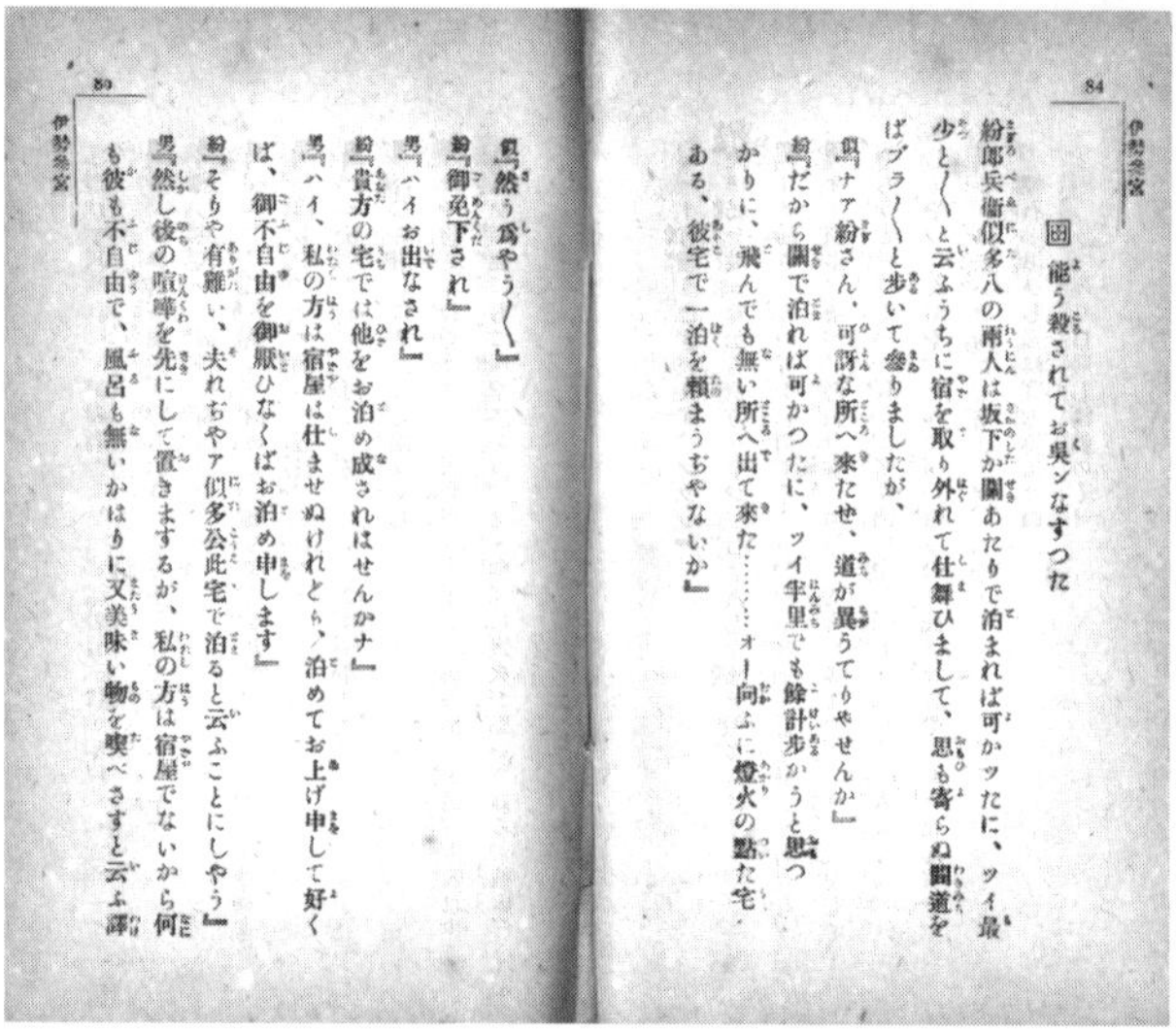

84 伊勢参宮

圝 能う殺されてお與ンなすつた

紛郎兵衛似多八の兩人は坂下か關あたりで泊まれば可かッたに、ツイ最少と〳〵と云ふうちに宿を取り外れて仕舞ひまして、思も寄らぬ間道をばブラ〳〵と歩いて參りましたが、

似『ナア紛さん、可訝な所へ來たせ、道が異うてりやせんか』

紛『だから關で泊れば可かつたに、ツイ半里でも餘計歩かうと思つかりに、飛んでも無い所へ出て來た……オー向ふに燈火の點た宅がある、彼宅で一泊を賴まうぢやないか』

85 伊勢参宮

似『然う爲やう〳〵』

紛『御免下され』

男『ハイお出なされ』

紛『貴方の宅では他をお泊め成されはせんかナ』

男『ハイ、私の方は宿屋は仕ませぬけれども、泊めてお上げ申して好くば、御不自由を御厭ひなくばお泊め申します』

紛『そりや有難い、夫れぢやア似多公此宅で泊ると云ふことにしやう』

男『然し後の喧嘩を先にして置きまするが、私の方は宿屋でないから何も彼も不自由で、風呂も無いかはりに又美味い物を喫べさすと云ふ譯平成十一年一月三十一日、伊勢内宮前・おかげ横丁の料理店・すし久で開催した「みそか寄席」は、桂米朝師の来演となりましたが、この寄席は毎月末の日に開催され、現在で三百五十回以上を数え、毎回二部構成だけに、実質は七百回を超えています。

東京や大阪を離れ、これだけ続いた落語会は、他に例を見ないでしょう。

米朝師は過去三回出演していただきましたが、その日の寄席が終演し、スタッフと会食後、米朝師の部屋で、「南海道牛かけ」の詳細を聞くことが出来ました。

「「南海道牛かけ」は面白いネタで、桂團治さんが一遍だけ演ったのを見たことがある」と仰り、その時の記憶をたどりながら、細かいギャグや演出を教えてくださったのです。

それを頼りに、頭の中で考えを巡らせてみましたが、アイデアがまとまらず、暗礁に乗り上げていましたが、ある本の絵で上演のヒントを得ることが出来ました。

それは小学生時代に愛読していた『東海道中膝栗毛』（偕成社）で、久し振りに懐かしく読むと、弥次郎兵衛・喜多八が、伊勢国の雲出から松坂まで、夜道を歩くシーンに描かれていた絵が、「南海道牛かけ」のイメージにピッタリだったのです。

私の郷里・松阪（※江戸時代は、松坂）が、ヒントを与えてくれたのも面白い偶然でしたが、この絵で「南海道牛かけ」の復活の糸口が見付かりました。

早速、ネタの再生に取り掛かりましたが、前半で「牛かけ」の風習を、喜六・清八の会話で、さり気なく入れ込み、宿屋の主人の言葉を次第にエスカレートさせ、ギャグを加えたのです。

ネタの半ばの夜道のシーンは、『東海道中膝栗毛』の絵をイメージしながら、不気味な雰囲気を加え、後半の小屋の場面は、トントンと進む運びにしました。

元来の構成では、酒屋の娘が男を突いた包丁は、木に銀紙を貼った偽物であり、その裏に「切れ物、御持参下されたし」と書いてあったというオチで、これは昔の酒屋の表に「容れ物、御持参下されたし」と書いた紙が貼ってあったり、札が掛けてあったことから、地口のオチとなったそうです。

しかし、「六文銭」（※東京落語の「真田小僧」）のギャグを、このネタのオチに使った方が面白いと考え、一分の金が狂言廻しになるオチに改めました。

平成十五年五月十五日、大阪梅田太融寺で開催した「第二十回・桂文我上方落語選（大阪編）」で初演しましたが、コロコロと場面が変わり、かなり複雑な展開だけに、噺の世界を頭の中で構築しにくいのではないかと心配をしましたが、当日のお客様が前向きに盛り上げてくださったお蔭で、良い雰囲気で進めることが出来たのです。

その後、独演会のネタへ加えたり、噺家仲間が催す落語会で上演しましたが、盛り上がりも良く、ポピュラーなネタと並べても遜色の無い作品となりました。

南海道は、文武天皇（六八三〜七〇七）の時に定められた、七道（東海・東山・北陸・山陽・山陰・南海・西海）の一つ、和歌山から淡路島、四国全部を含む道のことです。

海道は山道に対して、海辺の国々に通じる公路のことで、街道の元にもなりました。

コラム・上方演芸の残された資料より

「桂文我上方落語全集」のコラムには、元・サンデー毎日の編集長であり、祇園小説に才を発揮し、織田作之助にも影響を与え、戦前・戦後の噺家と付き合いも出来、落語研究家として、「落語の研究」という本まで著した渡辺均氏の自筆原稿の、四代目桂米團治の原稿を採り上げた。

今回から、大阪厚生信用組合の原稿用紙に、当時の噺家の様子が記されていた分を紹介するが、まずは二代目桂圓枝・二代目桂三木助・二代目三遊亭圓若・立花家扇遊から取り掛かることにする。

当時の原稿通りの表記としたため、令和の今日ではふさわしくない表現の言葉も出てくるが、自筆原稿の内容重視と考え、お許しを願いたい。

桂圓枝の巻 ⑪

昭和十八年の秋、六十三で歿くなったのだから、まだ一般の記憶には、はっきり残っていることと思ふが、この性格も芸風も共に、これほど糞真面目一点張りの落語家は他になかったであらう。

世間のことは知らないし、融通はきかないし、酒だけは強かったが、座談は拙いし、色気はないし、もし先代春團治の爪の垢ほどの野心があるか、三木助の百分の一ほどの才智でもあったとしたら、もう少し異った存在ともなり、又、あのやうな不遇な晩年を送らなくてもよかったろうが、しかし、又、もしさうだったら、あんな床しい落語家ではなくなっていたのにちがひない。

何のヤマ気もアヲ気もなく、正統に生粋に、ただ糞真面目に一生、その正統さを尊挙と通した人で、しかも長く年の間には、その正統さに磨きがかかって、いふにいはれぬ味が滲み出て来ていた。

先代春團治のやうな型破りなどは思ひも及ばず、ワッと湧き立たせるやうな爆笑は勿論起させないし、従って馴染のない人には何の変哲もないのだが、何度も聴いていると、聴けば聴くほど味があり、コクがあった。

楽屋裏から、思はず拍手させられたといふほど、渋過ぎる位、本格的な藝だった。

彼は極めて質素な、むしろ始末屋だったので、食べ物も極端に貧弱だった。

病身であることも手伝って、彼の顔色はいつも生気がなく、死人のやうな蒼ざめた顔だった。

彼は「首つり」を、よく出した。

注文も「首つり」が、一ばん多かった。

そして、彼は大抵、注文通り、正直に、どこの席ででも、この「首つり」をやった。

円枝の「首つり」は、それほど有名だったが、彼の顔色の悪さと陰気臭さは、この「首つり」には誠にうってつけだった。

晩年は不遇だったが、何ら悔やむでもなく、何事も当然の如く甘受して、勿論、焦るといふやうな気持ちは微塵もなく、のんびりと落ち着いていた。

ゆかしく、懐かしい善人であった。

桂三木助の巻 ⑫

彼ほど明智を多分に持っていた落語家も少ないであろう。

そして、彼ほどネタの豊富な人も少なかった。

嘗て、三年間、毎晩異ったものを高座にかけた経験があると、彼自身の口から、私は聞いた。

三年間、毎晩と言えば、優に千以上のネタである。

驚くべき、ネタの多数保持者である。

その上、元来が二代目桂南光の門下として、上方咄をみっちり勉強した上に、一時、東京へも行って、修業していたことがある。

経歴上、江戸咄も確に身につけてしまったのだから、鬼に金棒である。

しかも、踊は本格であり、いつしか大阪落語界の大御所としての貫禄が出来上り、明快な口調と、些かの渋滞もない運びとは、「佐々木裁き」「大丸屋騒動」「箒木屋娘」「莨の火」「菊江仏壇」「抜け雀」「立切れ線香」といふやうに、どんな種類の話でも、その芸には少しの狂ひない的確さがあった。

しかし、一面から見れば、彼のかうした経歴上から、当然、彼に上方咄の純粋さが薄れて行ったといふことは、蔽ふことの出来ない事実でもあった。

高座へ袴をはいて出ることも、彼がはじめて。

鵺的な藝風を作り挙げて、どっちつかずのものにしてしまったともいへる。

又、彼のあまりにも明快すぎる運びのために、ややもすれば、ニュアンスに乏しい嫌ひが生じて来たのも事実である。

その上、晩年には、一方に於て、借金がかさみすぎたことと、又一方に於ては、或る時の落語家芝居の舞台で、耳の鼓膜を破って、殆んど聾に近くなってしまったことのために萬事に甚だ引込み思案になりすぎて、元気を失ったのは惜しかった。

婦人、病弱。

朝の台所仕事も彼がして、夫人が起きる。

芸人に似合はぬ早起きで、まづ散歩する。

円若の都々逸と、扇遊の尺八とは、今だにその古風さが偲ばれて、懐かしい。

円若は、はじめ岡本宮太夫といひ、後に花之助となり、初代円若の門に入って若輔となり、桂三輔の弟分となり、其後に二代目円若を襲った。

彼の絞り出すやうな声で唄ふ都々逸は哀調の中に歓楽あり、よく人情の機微を穿って、聴く者をして、或はしんみりとさせ、或はうっとりとさせる技巧を蔵し、所謂、寄せ気分を堪能せしめるに十分であった。

扇遊は、本職の尺八よりも、その尺八に取りかかる前の口上に於ける毒舌が面白くて、寧ろ、その方に人気があった位である。

彼は高座へ出ると、まず必ず、次のやうなことをいふ。

「えー、私のところは、大衆向きのせぬ、一般うけのせぬ尺八です。何やら、アホンダラ坊主が、葬礼の帳場を受取ったやうに、染め直しの紋付を着せてもろて、せほうむないもんです……。しかし、顔見てるだけでも、五分や八分は、見飽きのせん顔です。というても、それも私は、お客さんと思えばこそ、遠慮してるのやけど、今夜あたり、そっちにも、おもろい顔が、随分あちこちとあります。そっちは大勢で目立たんけど、私のはうは一人でっさかい、よう目立ちます。何も、こっちだけが、そないに卑下せんならんちふこともないのです。イヤ、ほんまに」などと、いひたい放題なことを長々としゃべって、皆を喜ばせ、笑わしておいて、それから「では、あらすじめ口上は、この辺でとめておいて、早速ながら、僅かばかりの金儲けに取りかかることにいたします」といって、尺八を吹き、最後にお添物として、あのツルツルに禿げ上った頭をふり立てながら、「蠅取り」の珍芸をやったものである。

同時代に桂文我さんがいてくださる喜び

文学紹介者　頭木　弘樹

桂米朝さんが『算段の平兵衛』の枕で、こんなふうに語っている。

「この噺も、もう何十年もやり手がなく滅んでおりましたんです。（中略）なにしろ、みんながやらなんだ噺には、やらなんだだけの理由がございまして、まずおもしろない。それから、難しいんですな。そいで、なんやあんじょうわからんのですな。それを、なにもやらいでもええのやけど。（中略）珍しいというだけが取り柄で、お覚悟の上、お付き合いを願います」（ＣＤ『桂米朝上方落語大全集』より書き起こし）。

こうして「お覚悟の上」と言われると、たまらなく嬉しかった。珍しい噺を聴かせろというお客さんがいるから「今日はこらしめのために」とおっしゃることもあり、こらしめてほしいと思ったものだ。

関東では、十代目金原亭馬生さんも、すたれていた噺の復活に熱心だった。月亭可朝さんによると、米朝さんと馬生さんは「ふたりで酒を飲みながら『あの噺のこんなんあったな』『あった、あった』『あれはどういう筋やったかな』『こんなんやで』『こういう筋もあったで』というのを持ち寄っていまの時代に復元していました」とのことだ（『ユリイカ』特集＝桂米朝、２０１５年6月号、青土社）。

　馬生さんの弟の古今亭志ん朝さんも、自分に合わない噺でも、後世に残すために高座にかけていた。『ちきり伊勢屋』の枕でこう語っている。「大変に長いのと、それから、それほど面白くないのと、その上にもってきて難しいのと、だいたいこういったような事情から、あまりやる人がおりません。（中略）そういう噺っていうのは他にもいくらもあるんです。なんか、やって難しいけれども、それほどウケないなあ、なんて噺はいくらもある。そういうのは、人がやらないもんだから、だんだんだんだんなくなっちゃう。噺が死んじまうなんてことがあります」（『古今亭志ん朝 二朝会 CDブック』より書き起こし）。

　その馬生さんも、志ん朝さんも、そして米朝さんも亡くなってしまった。そして、埋もれている噺を甦らせてくれる人は誰もいなくなった——となりかねなかったところを、救世主となってくださったのが、桂文我さんだった。

　桂文我さんの噺で、初めて聴いたのは『ほうじの茶』だった。東大落語研究会編の『増補 落語事典』（青蛙房）にこそ載っているものの、聴いたことはなかったし、聴けるとも思っていなかった。しかも、内容が工夫されていた。舞台の上で、下座のお囃子さんではなく、噺家自身が太棹の三味線を弾いたり、ヴァイオリンを弾いたり。そんな破格なことをしているのに、噺が壊れていない。日本舞踊、浄瑠璃、三味線などのたしかな腕前。そして、落語なので、あえてうまくやりすぎないようにしておられる。これはすごい人だと、嬉しい驚きだった。

それから、文我さんのＣＤや本を買い集めた。たくさんの珍品を復活させておられ、聴いたことのない落語を聴ける喜びをたっぷりと味わわせてもらった。

珍品の落語の復活がありがたいのは、聴いたことのない噺が聴けるということだけではない。落語は、同じ噺を何度聴いても面白いものだし、同じ噺でも演者によって味わいはまるでちがう。だから、聴いたことのある噺だって面白いのは、言うまでもない。

珍品の落語には、他には得難い味があるのだ。珍品ほど、落語だけが持つ独特の面白さが濃厚であることが多い。たとえば昔話の「桃太郎」でも、お供をするのが「犬、猿、雉」ではなく「牛糞」や「腐された縄」という類話もある。桃太郎が鬼退治に行かず、それどころか家からもなかなか出ない、ひきこもりという類話もある。そういう類話のほうがずっと面白かったりもする。落語の場合も同じだ。

では、なぜ面白い噺が滅びるのか？　ひとつには、面白すぎるからということもあるだろう。たとえば、落語だけが持つ面白さの最たるものは、通常の物語の「起承転結」という構成にこだわらずにすむところだと思う。オチがあるために、そこで物語を終わりにできるので、物語としての「結」がなくてもすむ。そのため、「うまく結末をつけなければ」という縛りがなくなり、物語をいくらでも自由に羽ばたかせることができる。しかし、あまり自由に羽ばたきすぎると、ついていけなくなる人も多くなってしまう。その結果、その噺がすたれていってしまうことにもなるのだろう。

だから、すたれていたからといって、面白くない噺とは限らない。売れ残りの商品のほこりを払ってみたら、思いがけず小野道風の書だったというようなことだってありうるのだ。

ただ、埋もれた噺を復活させるのは、たんに昔の速記を読めばいいというわけにはいかない。冷凍肉を解凍するのだって技術がいる。下手にやるとまずくなってしまう。まして、噺を今に復活させるには、さまざまな工夫が必要になる。それはほとんど創作に近く、古典を創るということになる。

創ってしまっては古典ではなくなる、と思う人もいるかもしれないが、そんなことはない。古典落語は、長い時の流れの中で、たくさんの噺家さんたちが工夫を積み重ね、それらのうち、つまらないものは消えて、面白いものが残るという、自然淘汰のようなことが起きて、それで面白くなっている。いくら天才でも、ひとりの人間には、古典落語のような面白さは出せない。長い期間と、大勢の人の力があって、はじめて成り立つことだ。

したがって、古典落語や昔話などの口承文学は、一字一句そのまま伝えることが継承ではなく、どんどん工夫を加えていってこそ、本当の継承と言える。「これが正しい」と決めてしまうと、虫をピンでとめて標本にするようなもので、そこで噺が死んでしまう。変化こそが命だ。

この全集には、珍品落語だけでなく、誰もが知っている噺も入っているが、それらに関しても、文我さんはちゃんと自分なりの工夫を加えておられる。たとえばこの第四巻の『借家怪談』でも「オチを変え、後半も短く切り上げて」おられる。その工夫が残っていくか、残らないかは、私たち聞き手にかかっている。

話を珍品に戻すが、工夫して噺を復活させても、大変なのはそれだけではない。それを覚えなければならないのはもちろんとして、他にやっている噺家さんが誰もいないわけで、お手本がない。口慣れないから、それだけでも難しい。そして、「なにしろ、みんながやらなんだ噺には、やらなんだだけの理由がございまして」ということもある。

ウケのいい噺の何十かに絞って、ひたすら磨き上げていくほうが、どうしたってうまくいきやすいだろう。次々と珍品を復活させて高座にかけていくというのは、想像するだけでも大変すぎる。そして、想像の及ばない大変さがきっと多々あるだろう。

それを続けてくださっている桂文我さんには、本当に頭が下がる。しかも、噺だけでなく、お囃子に関しても『上方寄席囃子大全集』などで保存継承を心がけておられる。純邦楽が大好きな私としてはとても嬉しい。そして、珍品の復活という、ある種、玄人好みなことをしておられる一方で、「おやこ落語」などによって、子どもたちに落語を体験してもらって、あらたな落語ファンを増やす努力もしておられる。まったく完璧ではないか。

そして、この全集の出版！　刊行が始まったとき、なんとも嬉しかった。さらに、実際の高座を収録したＣＤ（配信）、そして電子書籍まで。こういう全集は初めてではないだろうか？　私はいつも三種とも購入している。まず本で読み、それが実際に高座でどのように語られるのかを聴き、また本で解説を読む。この解説がすごい。噺の原話や先人の演出やお囃子なども紹介してあり、文我さんが収集されている膨大な資料の一端を写真で見ることができる。この第四巻でも、『時うどん』のような、もうよく知っているつもりの有名な噺でも、文我さんの解説を読むと、初めて知ることがたくさんある。電子書籍は、外で読むときや、「あの言葉が出てくるのは、どこだったかな?」というときの検索に用いている。三種あることが、とてもいい。刊行してくださっているパンローリング株式会社さんにも、落語ファンとして心から御礼を申し上げたい。

私は、自分が初めて落語に関する本を出すとき、編集者さんから「解説はどなたに書いてもらいたいですか?」と聞かれて、「桂文我さん！」と即答した。編集者さんも大賛成で、文我さんに連絡をとってくれたのだが、返ってきたお返事に、はっとさせられた。編集者さんを通じての伝聞だが、「適当な解説に対しては、厳しく指摘をしている」ので「疑問点があったらお尋ねする」とのこと。文我さんらしい、素晴らしい姿勢だ。しかし、私は青ざめ、お返事をいただくまでの日々、心配で夜がよく眠れなかった。尊敬する方から、否定されてしまうと、ショックが大きい。幸い、三箇所のご指摘ですみ、とくに一箇所については、私が一次資料まで確認していなかったところを、文我さんはちゃんと確認しておられて、「じつはそれには載っていません」と教えていただき、大変助かった。そして、とても素晴らしい解説を書いてくださって、本は無事に出た。文我さんの解説がついていることが私の誇りだ。

そして、今度は私のほうがこの素晴らしい『桂文我上方落語全集』の解説を書かせていただけることになり、大変光栄に思っている。

桂文我さんがいなければ、この全集に載っている噺の多くは、埋もれたままで、世に出ることはなかっただろう。それが、こうして、紙と電子と音で残っていくのである。それは大変なちがいだ。今の時代に「桂文我」が存在してくれることの幸運を感じる。

五十巻まで到達すれば前代未聞の偉業だが、できることなら、さらに百巻、二百巻を目指していただきたい。苦労をしらない、ファンの勝手な願いだが。

●参考文献

東大落語研究会編『落語事典』増補改訂新版、青蛙房、一九六九年
前田勇『上方落語の歴史』杉本書店、一九六六年
前田勇編『上方演芸辞典』東京堂出版、一九六六年
古河三樹『図説 庶民芸能・江戸の見世物』雄山閣出版、一九九三年
小寺玉晁、郡司正勝・関山和夫編『見世物雑志』三一書房、一九九一年
桂米朝『米朝落語全集』創元社、二〇一三年〜
六代目三遊亭圓生『寄席育ち』青蛙房、一九九九年
宮尾與男『図説 江戸大道芸事典』柏書房、二〇〇八年
光田憲雄『江戸の大道芸人　庶民社会の共生』つくばね舎、二〇〇九年
長谷川貞信・杉本宇造『浪花風俗図絵』杉本書店、一九六八年
右田伊佐雄『大阪のわらべ歌』柳原出版、一九八〇年

(株)パンローリング・後藤康徳社長、岡田朗考部長、組版の鈴木綾乃さん、編集作業の大河内さほさん、校閲の大沼晴暉氏に、厚く御礼を申し上げます。

■著者紹介

四代目 桂 文我（かつら ぶんが）

昭和35年８月15日生まれ、三重県松阪市出身。昭和54年３月、二代目桂枝雀に入門し、桂雀司を名乗る。平成７年２月、四代目桂文我を襲名。全国各地で、桂文我独演会・桂文我の会や、親子で落語を楽しむ「おやこ寄席」も開催。平成25年４月より、相愛大学客員教授に就任し、「上方落語論」を講義。国立演芸場花形演芸大賞、大阪市咲くやこの花賞、NHK新人演芸大賞優秀賞、芸術選奨文部科学大臣新人賞など、多数の受賞歴あり。令和３年度より、東海テレビ番組審議委員を務める。

・主な著書

『復活珍品上方落語選集』（全３巻・燃焼社）
『らくごCD絵本　おやこ寄席』（小学館）
『落語まんが　じごくごくらく伊勢まいり』（童心社）
『ようこそ！　おやこ寄席へ』（岩崎書店）など。

・主なオーディオブック（CD）

『桂文我 上方落語全集』第一巻～第三巻 各【上】【下】
『上方落語 桂文我 ベスト ライブシリーズ１・２』
『おやこ寄席ライブ 1～10』（いずれもパンローリング）など多数刊行。

2022年２月１日　初版第１刷発行

桂文我 上方落語全集 ＜第四巻＞

著　者　桂文我
発行者　後藤康徳
発行所　パンローリング株式会社
〒160-0023　東京都新宿区西新宿 7-9-18　6階
TEL 03-5386-7391　FAX 03-5386-7393
http://www.panrolling.com/
E-mail　info@panrolling.com
装　丁　パンローリング装丁室
組　版　パンローリング制作室
印刷･製本　株式会社シナノ

ISBN978-4-7759-4263-5